ハヤカワ文庫SF
〈SF1989〉

輪廻の蛇

ロバート・A・ハインライン
矢野 徹・他訳

早川書房
7480

THE UNPLEASANT PROFESSION OF JONATHAN HOAG

by

Robert A. Heinlein

1959

ユージーン・R・ギルドに

目次

輪廻の蛇

ジョナサン・ホーグ氏の不愉快な職業

The Unpleasant Profession of Jonathan Hoag

矢野　徹訳

1

……終りはよくなきものか
生きることの喜びあまりにも多く
希望と畏怖の離れたるゆえに
われら短き祈りもて感謝す
神々がいかなるものにあれ
とわにつづく生なきことを
死者のよみがえることなく
かぼそき川さえもまわりうねり
いつかは安らけき海に注ぐことを
――スインバーン

「血でしょうか、先生？」

と、ジョナサン・ホーグは唇をなめながらかがみこみ、医者が持っている紙になんと書いてあるのか見てみようとした。

ポットベリイ医師はその紙片を胸もとに引きよせ、眼鏡ごしにホーグを眺めた。

「何か特別な理由でもあるのかね……あんたの爪に血がついていなきゃあいけないような？」

「いいえ。つまり……そいつは……何もありません。でも、それは血なんでしょう……違うのですか？」

ポットベリイは重々しく答えた。

「いや、血じゃあないね」

ホーグはそれを聞いてほっとするべきだとわかっていた。だが、そう思えなかった。爪のあいだについている茶色の垢が何か別のもっと安心できるものではなく、血の乾いたものであるという考えから離れられないのだ。

胃のあたりが変な気分になってきたが、かれはどうしても知りたかった――

「では何なのです、先生？　教えてください」

ポットベリイはかれをじっと見つめた。

「あんたは、はっきりした質問をした。わたしはそれに答えた。あんたは、その物質が何であるのかを尋ねたのではなく、血であるのか、そうでないのかを調べてくれと言った。血ではないね」

「でも……からかっているんですね。分析の結果を見せてください」

ホーグは椅子から乗りだし、紙片に手を伸ばした。

医者はその紙をかれの手の届かぬところに離し、それをきちんと二つに裂いた。それからその二枚を重ねてまた引き裂き、また同じことを繰り返した。

「なぜ、そんなことを！」

ポットベリイは答えた。

「どこかほかをあたるんだな。料金は要らないよ、さあ、出ていってくれ。二度と来るんじゃないよ」

ホーグはいつか通りに出て、高架の駅へ向かって歩いていた。かれはまだ医者の無礼さに身震いしていた。人によっては蛇や高所や閉ざされた小部屋を恐れるように、かれは無礼さというものを恐れていた。無作法なことは、直接向けられたのでなくても、ただかれのいる前で他人に向かっておこなわれただけで、たまらなく気分が悪くなり、恥ずかしさに圧倒されてしまうようになるのだ。

そして自分自身が粗野な言動の目標となった場合、逃げ出すほか身を守るすべを知らなかった。

かれは高架鉄道の駅へつづく階段に一歩足をかけて、ためらった。高架鉄道に乗るのは、どう考えても腹の立つことだ。押され、揺られ、汚ならしく、荒々しい言動にいつだってぶつかることになる。いまそんな目に遭うのは耐えられない。環状線に向かって北へカーブして電車が悲鳴を上げるとき、かれも一緒になって悲鳴を上げることになるだろう。

とつぜん振り向いたかれは、危いところで立ちどまった。階段に近づいてきた男とぶつかりかけたのだ。

「気をつけろ、この野郎」

男はそう言うと、かれをかすめて通りすぎていった。

「ごめん……」

ホーグはそう呟いたとき、相手はもう行ってしまっていた。

その男の口調は荒っぽかったが、それほど不親切なものではなかったから、ホーグが気にすることはなかった。だがその男の着ているものと格好とひどい体臭に、ホーグはぞっとしてしまった。といって、くたびれた作業ズボンに革のジャンパーは別に恐ろしいものではないとわかっているし、労働で汗によごれた顔に悪徳の影はなかった。男の帽子には番号と文字を組み合わせた丸いバッジがついていた。トラックの運転手か機械工か、とにかく大きくて強力な乗物を動かしている連中のひとり。たぶん家族持ちで、優しい父親であり良い亭主で、そいつが踏みこむ一番の悪徳といっても、ビールをもう一杯とかツー・ペアに十セントを賭けたがるくらいのところだろう。

　そんな外見に悪寒を覚え、白いワイシャツにきちんとした背広と手袋のほうを選びたがるのは、実に子供っぽいことだった。だがホーグにとって、さきほどの男が汗のかわりにシェービング・ローションの匂いをさせていたら、そうまでぞっとしないですんだはずだ。

　かれは自分自身にそう言い、自分は馬鹿で弱虫なんだと言い聞かせた。そうはいっても――あんな粗野で野獣のような顔が、実は優しさと感受性の表われだというようなことがあるだろうか？　あのつぶされたような鼻と豚のような目が？

　どうだっていい、タクシーに乗って、だれの顔も見ずに家へ帰るんだ。すぐそこの食料品店の前にタクシー乗り場がある。

「どこまで？」

　タクシーのドアは開いており、運転手の声はひどく生意気だった。

　ホーグはそいつの目を眺め、ためらい、心を変えた。またもあの粗野さだ――深みのない目と、汚ないにきびと毛穴の開いた皮膚だ。

「うん……ごめんよ、忘れ物をした」

　かれは急いで立ち去ろうとしたが、何かに腰をつかまれてとまった。スケートをはいた少年がぶつかってきたのだ。ホーグは、子供を相手にするときいつも浮かべる父親のような優しさで話しかけた。

「おっと、坊や、危いよ！」

かれは少年の肩をつかんで、ゆっくりと離した。

「モーリス！」

と、かん高く下品な声がかれの耳もとで叫んだ。食料品店のドアから出てきたデブの大女の声だった。そいつは少年の片手をつかんで引っぱり離すなり、もう一方の手で少年の耳を引っぱたいた。ホーグは少年を弁護しようと口を開きかけたが、その女ににらみつけられていることに気づいた。少年のほうは、母親の態度を見たか感じたかして、ホーグを蹴った。

スケートは向こう脛にいやというほどぶつかった。痛かった。かれはその場にいたくないというだけの思いで急いで離れた。最初の横町を少し足を引きずりながらまわるホーグは、まるでかれ自身のほうがあの少年に悪いことをしていたのを見つけられたかのように、耳が鳴り首筋が焼ける思いを味わっていた。その横町は、かれが逃げてきた通りよりましとはいえないところだった。店舗は並んでおらず、高架鉄道の目ざわりな鉄のトンネルもなかったが、四階建てのアパートがごみごみと建っており、貧民街とさほど変わらないところだ。

詩人たちは子供の美しさと無邪気さを歌っている。だが、ホーグの見るところ、この横町にいる子供たちにそんなものがあるとは思えない。少年たちは鼠のような顔をしており、年齢より遙かにこすっからく、あさはかで、卑劣だ。少女たちも同じようなものらしい。八つか九つの、もやしのようにひょろひょろした連中の痩せた顔には告げ口屋と書いてあるように見える――面倒をおこし悪意のある噂話をまきちらすためだけに生まれてきたような、賤しい心の持主だ。そいつらよりもわずかに年上の貧しい小娘たちが気にかけているのは、ちかごろ気がつきだしたセックスの点を得意そうに宣伝することだけだ――ホーグに向かってではなく、ドラッグストアのあたりにうろうろしているにきびだらけの小僧たち相手にだ。

乳母車に入れられている餓鬼どもまでだ――ホーグは赤ん坊が好きで、優しい小父さんの役目を果すのが好きだった。だがここの連中は違っていた。鼻水だらけで、臭く、垢だらけで、うるさく――

小さなホテルもそのあたりのあらゆるものと同じで、正真正銘の三流であり、〈貸間、宿泊、ホテル・マンチェスター〉と小さなネオンが出ており、ロビーは間口の半分もなく、長細くて薄暗かった。わざわざその気になって探してもしなければ、お目にかかれないようなところだ。旅費を節約しなければいけないセールスマンや、ろくなところに住めない独身の連中が利用するところだ。ただひとつあるエレベーターは鉄棒の檻で、ブロンズ色のペンキでごまかしてある。ロビーの床はタイルで、痰壺（たんつぼ）は真鍮（しんちゅう）製だ。帳場のデスクに、鉢植えのしおれた棕櫚が二本、レザーの肘掛け椅子が八脚。上の部屋に住んでおり、ときおりはネクタイを家具に引っ掛けて首吊りをしているのが発見される老人たちの何人かが、それらの椅子に坐っている。係累はなく、過去など持ったこともないような連中だ。

ホーグは舗道で跳ねまわっている子供たちの群を避け、マンチェスターの入口を後ろ向きになって入っていった。何かの遊びをやっているのだ——かん高いはやし声の終りが耳に入った。

「……ひっぱたいて黙らしてやれ。どんじりのやつが汚ねえジャップさ！」

「だれかをお探しですかい、旦那？　それとも部屋がお入り用で？」

かれはちょっと驚き、急いで振り向いた。部屋だって？　必要としていたものは自分のこぢんまりしたアパートだったが、いまとなってはどんな部屋だっていい、錠のついたドアでまわりの世界から切り離してくれるところでさえあればありがたい。

「ええ、部屋が欲しいんです」

番頭は宿帳をくるりとまわした。

「つき、それとも、なし？　つきなら五ドル半。なしなら三ドル半」

「つきで」

番頭はかれがサインするのを見つめていたが、ホーグが五ドル半を出すまでキーを取ろうとしなかった。

「ありがとうさんで。ビル！　ホーグさんを四一二にご案内だ」

ただひとりいるベルボーイがかれを檻の中へ案内しながら、仕立ての良い背広を着て荷物を持っていないホーグの姿を、片目でじろじろと観察した。四一二号室に着くと、そいつは窓を少しあけ、浴室の明かりをつけ、それからドアのそばに立って尋ねた。

「だれかをお探しで？　お手伝いしましょうか？」

ホーグはそいつにチップを渡して、荒々しく言った。

「出ていってくれないか」

ベルボーイは笑顔を消して肩をすくめた。

「いやならいいですよ」

部屋の中にあるのはダブル・ベッド一つ、鏡つきの洋服ダンス一つ、肘掛け椅子が一脚に、四角い椅子が一脚。ベッドの上に「月夜のコロセウム」の印刷（プリント）が額に入っている、それだけだ。だがドアには鍵がかかるし、閂（かんぬき）もあり、窓は露地に向いており、通りには面していない。ホーグは肘掛け椅子に腰を下ろした。スプリングが折れているが、そんなことはどうでもいい。

かれは手袋をぬいで、爪を見つめた。すっかりきれいになっている。あれはみな妄想にすぎなかったのだろうか？　本当にポットベリィ医師のところへ相談に行ったのだろうか？　健忘症にかかっているのだとしたら、また同じ妄想を味わうことになるかもしれない。

そうだとしても、あれがみな妄想だったはずはない。あまりにもはっきりと起こったことを記憶しているのだから。だが、本当にそうか？　かれは起こったことを正確に思い出そうと精神を集中した。

今日は水曜、休みの日だ。昨日はいつものとおり、仕事が終ってから帰宅した。食事に出かけようと着替えながら、ぼんやりとどこへ行ったものだろうと考えていたのだった。友だちがすすめてくれた新しいイタリア料理の〈ロバートソン〉へ行ったものか、それともブダペスト亭のうまいシチューをまた食べにいったほうがいいかな、と。

いつものところにしようと決めかけたとき、電話が鳴った。洗面所の水を出していたので聞き逃すところだった。何か音がしたように思って蛇口をとめると、また電話のベルが鳴った。

かれの好きな女主人（ホステス）のひとり、ポメロイ・ジェイムスン夫人からだった――彼女自身魅力があるだけでなく、ちゃんとした澄ましスープを作れるコックがいるのだ。それにソースもだ。彼女が問題を解決してくれた。

「最後になってとつぜん来られなくなった人ができたの。それでだれかに夕食に来てもらわなくちゃあいけなくなったってわけ。あなたお約束は？　助けてもらえない、ホーグさん？」

ありがたいことだったし、ぎりぎりのときになって代わりに来てくれと言われても腹が立ったりしなかった。なんと言っても、家庭的な夕食に招待されるなどというのは、めったにないことなのだ。かれは喜んでエディス・ポメロイの申し出に応じた。彼女はそう高価でないが口あたりの良い白葡萄酒（ぶどうしゅ）を魚と一緒に出してくれるし、時と場所のおかまいなしにシャンパンを出すといったような粗野なことは決してしない人だ。立派な女主人だし、代わりに呼んでくれる気になったのは嬉しいことだった。

服を着ながらそんなことを考えていたはずだと、かれは思い出した。そして、ほかのことを考えていたところを電話のベルに中断されたことで、爪をよく洗うのをうっかり忘れてしまったのだろう。

そうに決まっている。ポメロイ夫人のところへ行く途中で、あんなにひどく爪を汚してしまう機会などなかったはずだから。それに、手袋をはめていたんだ。

爪のことに気づかせたのは、ポメロイ夫人の義妹だった——かれが避けたいタイプの女だ！　彼女は〝現代風〟の率直さで、すべての人の職業はその人自身に書いてあるものだということを主張していた。

「たとえば、うちの人よ……弁護士以外の何物でもないでしょ？　見てごらんなさい。それにあなた、フィッツ先生……だれを見ても患者あつかい(ベッドサイド・マナー)ってところね！」

「食事のときは勘弁してほしいですな」

「どうしても隠せないでしょ」

「でもそれで説明ができたことにはならないでしょう。あなたはぼくらの正体を知っておられるんだから」

というわけでこの困った婦人はテーブルを見まわし、かれをじっと見つめたのだ。

「ホーグさんがわたしをテストできるわ。わたし、あなたが何をなさっているのか存じませんもの。だれも知らないはずでしょ」

「そうよ、ジュリア」

ポメロイ夫人は困ったように口をはさみ、それから左側の男のほうに笑顔を向けた。

「ジュリアはちかごろ心理学にこっていますのよ」

夫人の左にいた男、サドキンス、それともスナギンズ……いや、スタビンズという名前だった。

スタビンズは尋ねた。

「ホーグさんは何をなさっているんです？」

「それがちょっとした謎ですのよ。ホーグさんは絶対にお仕事の話をなさらないんですもの」

ホーグは言いだした。

「そんなんじゃありませんよ。ぼくは別に……」

あの女は激しい口調で言ったのだ。

「言わないで！　すぐにわかるわ。職業はね……書類カバンでわかるわ」

かれには教える気などなかった。食事のときに話題とするべきでないことだってあるのだ。ところが彼女は言葉を続けた。

「会計のお仕事かしら、それとも美術品のご商売。作家かもしれないわね。あなたの両手を見せてくださいな」

かれはその要求にちょっと驚いたが、別にあわてることもなくテーブルに両手を置いた。すると女は喚声を上げた。

「わかったわ！　あなたは化学者ね」

みんなが彼女の指さしたところを眺めた。だれもが、かれの爪が黒ずんでいるのを見た。彼女の良人(おっと)はその一瞬の沈黙を破った。

「馬鹿げているよ、ジュリア。爪を染めるものはいくらだってある。ホーグさんは写真をやっているのかもしれないし、製版の仕事かもしれないだろ。きみの言い方じゃあ、法廷ではなんの役にも立たないね」

「弁護士らしい言い方ね！　でもわたし自信があるわ。違って、ホーグさん？」

かれ自身もじっと自分の両手を見つめていた。夕食パーティで汚ない爪をしているのを見つけられるとは、実にぞっとすることだ――ただ、なぜそんなことになったのかわかればいいんだが。

だが、なぜ爪がそんなに汚れていたのか、まったくわけがわからなかったのだ。仕事でか？　そうらしい――だが、昼間に何をやっていたというのだ？

わからなかった。

「教えてくださいよ、ホーグさん。わたしの言うとおりですの？」

かれはその恐ろしい爪から目をそらして、弱々しく言った。

「すみません、失礼させてください」

そう言い残してテーブルから逃れたかれは、洗面所へ行くと、わけのわからない嫌悪の思いを抑えつけ、ペンナイフの刃で爪のあいだにつまっているねばねばした茶色の汚れを取り除いた。それは刃にこびりついた。かれはそれを塵紙でふきとり、丸めてチョッキのポケットに入れ、それから何度も何度も爪を洗った。

それが血だ、人間の血だと、いつ信じこんでしまったのか、思い出せなかった。

かれは女中に尋ねることなく自分の帽子、上衣、手袋、ステッキを見つけ、表に出ると急いでそこから立ち去った。

薄汚れたホテルの静かな部屋で考え直してみると、最初に覚えた恐怖は、爪のあいだに黒ずんだ赤い汚れがあるのを見たときの本能的な嫌悪感だとわかった。その次にやっと、どこでその爪が汚れたのかわからないことに気づいた。その日、どこへ行っていたのか、その前の日にどこへ行ったのか、それ以前の毎日にどこにいたのかも思い出せないのだ。かれは自分の職業が何なのか、まったく知らないのだ。

それはわけがわからぬことであり、ひどく恐ろしいことだった。

かれは静かなホテルの部屋から離れるよりはと、夕食はあきらめることにした。十時ごろかれは浴槽にできるだけ熱い湯をはって、その中につかった。そのおかげでだいぶのんびりし、乱れていた気分も落ち着いてきた。いずれにしたところで、自分の職業を思い出せないのなら、そこへ戻ることもなく、爪のあいだにまた恐ろしいものを見つけたりするような羽目にならなくてすむのだ。

かれは身体(からだ)をふくと、ベッドにもぐりこんだ。いつものベッドと違うので寝つきが悪かったが、やっと眠りこむことができた。

悪夢を見て飛びおきたが、最初は夢から覚めたのだとわからなかった。周囲の安っぽい様子が悪夢とぴったりだったからだ。どうしてこんなところにいるのかを思い出すと、悪夢のほうがまだましに思えてきたが、そのときにはもう夢のことは忘れてしまっていた。時計はいつも起きる時間になっていた。かれはベルボーイに食事を運んできてくれと電話した。

食事が届けられたころ、かれは服を着おわり、家に帰りたくなっていた。立ったままでまずいコーヒーを二杯飲み、食べ物をあわただしくつめこむと、ホテルを出た。

自分のアパートにもどったかれは上衣と帽子をかけ、手袋をぬぐと、いつものようにまっすぐ浴室へ行った。注意深く左手の爪を洗い、ついで右のにかかろうとしたとき、自分が何をしているかに気づいた。

左手の爪は白くて清潔だった。右のは黒く汚れていた。落ち着こうとつとめながら、かれは背を伸ばして浴室の外へ出ると、タンスの上に置いた時計のところへ行き、それから寝室の中にある電気時計の時刻とをくらべあわせてみた。時刻は六時十分すぎ——いつも夕方帰宅してくる時刻だ。

自分の職業を思い出せなかったかもしれないが、職業のほうがかれを忘れていなかったことは確かだ。

2

ランダル&クレイグ探偵事務所は、夜間の電話が二間続きのアパートにかかってくるようにしていた。ランダルはクレイグとつきあいだしてまもなく結婚したので、そのほうが便利だったのだ。ジュニア・パートナーが夕食の皿を水につけ終り、ブック・オブ・ザ・マンスを続けて読もうかどうしようかと考えかけたときに電話のベルが鳴った。彼女は手を伸ばして電話を取ると、ぼんやりした口調で「はい？」と答えた。

　シニア・パートナーはやっていた仕事を中断した――かれは微妙な科学的研究をやっていたのだ。恐ろしい武器と弾道学と空気力学中の秘伝的な部分が組み合わさったもの、つまり、パン切り板にプレイボーイのピン・ナップ・ガールをとめたものを的にして、ダーツの上手投げの技術を完成させようとしていたのだ。一本は彼女の左の目に命中した。かれは右の目にもあてようとしていた。

「はい（イエス）」

　と、かれの妻はまた言った。

「いいえ（ノー）と言ったらどうなんだい」

　かれがそう口をはさむと、彼女は送話口を手で押さえた。

「黙って、鉛筆を取ってよ」

　彼女は朝食のテーブルに腕を長く伸ばして、速記者用のパッドを取った。

「はい、どうぞ」

　鉛筆を受け取ると彼女は、速記者が使うくねくね曲がった記号を何行か書き、最後に言った。

「いまごろランダルさんがおられることは、ほぼありませんわ。お客の皆さんには、昼間に会っていただくことにしていますから。クレイグさん？　クレイグさんはお役に立てません。ええ。それで？　ちょっとお待ちください、探してみますから」

ランダルはもう一度可愛い女の子を相手に試してみた。ダーツはラジオの脚に突き刺さった。

「なんだい？」

「電話に出ている人が、どうしても今夜あなたに会いたいんですって。名前はホーグ、ジョナサン・ホーグ。昼のあいだに会いにくるのは、物理的に不可能なんだって言ってるわ。自分の仕事のことは言いたがらないの。言おうとすると、わけがわからなくなってしまうのよ」

「紳士かい、それともいい加減なやつ？」

「紳士よ」

「金（かね）は？」

「ありそうね。そちらの心配はしてなさそうね。承知したほうが良いわよ、テディ。四月十五日はもうすぐですもの」

「オーケイ。代わろう」

彼女はかれを手で押さえて、また電話に話しかけた。「ランダルさんのおられるところがわかりました。すぐにお話しになれると思います。ちょっとお待ちください」

彼女はまだ電話を良人から離しておいて時計を眺め、用心深く三十秒待ってから言った。「ランダルさんが出られます。お話しください、ホーグさん」

彼女は電話を良人に渡した。

「エドワード・ランダルです。どういうことでしょう、ホーグさん？　実のところホーグさん、朝になってから来られたほうが良いと思うんですが。人間だれしも休みたいものですから……とにかく、ぼくはそうなんです……言っておきますが、ホーグさん、ぼくの料金は陽が沈むと高くなりますよ……そうですか、じゃあ……ぼくはいま家へ帰るところなんです。家内にそう言ったところなんで、待っているでしょう。女がどういうものか、あなたもご存知でしょう。でも、あなたが二十分後に家へ来てくだされば……ええと……八時十七分すぎですよ。そうすれば、しばらくはお話しできますが。結構です……鉛筆はお持ちですか？　住所を申し上げますよ……」

かれは電話をもとにもどした。

「こんどはわたし、何になるの？　妻、パートナー、それとも秘書？」

「何が良いと思う？　きみが出たんだからな」

「妻ね。神経質そうな人だったから」

「オーケイ」

「わたし、ディナー・ガウンに着替えるわ。あなたも玩具を片づけたほうが良くってよ」

「そうかい、風変わりに見えていいんじゃないか」

「スリッパにパイプ、それとも外国のシガレットにでもしたら？」

彼女は部屋の中を歩きまわり、天井の明かりを消し、テーブルとフロア・スタンドの位置を変えて、客が坐ることになる椅子のところが明るく照らされるようにした。

返事をせずに、かれはダーツとパン切り板を集め、指先をなめてラジオの汚れたところをこすり、それから集めたものをみな台所に置いてドアを閉めた。ダイニング・キッチンが見えなくなると、落ち着いた光の中で、部屋は清らかで豊かな雰囲気になった。


「初めまして、ホーグさん。こちら家内です」

「今晩は、奥さん」

ランダルは客がコートをぬぐのを手伝い、それでホーグ氏が武器を持っていないことを確かめた——もし持っているとしたら、拳銃を隠しているのは肩と腰以外のところだとわかったのだ。ランダルは猜疑心が強い性格ではないが、商売がら悲観的な見方をするほうだった。

「お掛けください、ホーグさん。タバコは？」

「いえ、けっこうです」

ランダルはなんとも答えなかった。かれは腰をおろして見つめた。無作法にではなく穏やかにだが、それでも何ひとつ見落とさないようにだ。背広はイギリス製か、ブルックス・ブラザーズというところだろう。明らかに、ハートやシャフナー&マルクスといったものではない。それだけの品質のネクタイはクラバットと気取った名で売られるものだろうが、尼僧のように上品なものだ。かれは心の中で料金を値上げした。目の前にいる小さな男はおどおどしている――椅子に坐っても落ち着けないのだ、たぶん女が前にいるからだろう。よろしい――ゆっくり煮つめ、それから冷やしてやるのだ。

「家内がいても気にされることはありませんよ……ぼくの聞くことは、家内もうかがっていいんです」

ホーグ氏は立ち上がらなかったが、腰のところから深く頭を下げた。

「え……もちろんです。奥さんにもいていただいて、わたしも嬉しいのです」

だがかれはまだ用事は何かを言いだそうとしなかった。

ランダルはやがて言った。

「さてと、ホーグさん。あなたはぼくに何か相談されたかった、そうですね？」

「ええ、そうです」

「では、お話しになったほうが良いと思いますが」

「ええ、そのとおりです。それは……つまりですね……ランダルさん、それがなんとも馬鹿げたことでして」

「たいていがそんなものですよ。でも、おっしゃってください。女のことで困っておられるとか……それともだれかが脅迫状でも送ってきたのですか？」

「いえ、違います！　そんなに簡単なことではないのです。わたしは恐ろしいんです」

「何がですか？」

ホーグはちょっと息を吸いこみ、急いで答えた。

「わからないのです……それをあなたに見つけて欲しいんです」

「ちょっと待って、ホーグさん。いささか混乱しているようですな。あなたは、あなたが恐ろしがっていると言われ、それで、あなたが何に対して恐ろしがっているのかをぼくに発見しろと言われる。ですが、ぼくは精神分析医ではありません。ぼくは探偵ですよ。そのことで、探偵にやれることが何かあるのですか？」

ホーグは情けなさそうな表情になり、それからせきこむように言った。

「わたしが昼のあいだに何をしているのかを、あなたに見つけ出してほしいんです」

ランダルはかれを眺め、それからゆっくりと尋ねた。

「あなたが昼のあいだに何をしているのかを、ぼくに見つけ出せとおっしゃるのですか？」

「そう、そのとおりです」

「ふーん。何をされているのかをぼくに話されたほうが、簡単なんじゃあありませんか？」

「お話しできればしたいところですよ！」

「なぜだめなんです？」

「わたしも知らないからです」

ランダルはちょっといらいらしてきた。

「ホーグさん、ぼくは謎解きごっことなると料金を倍にすることにしているんです。もしあなたがぼくに、昼間やっていることを話されないとなると、ぼくを信用しておられないということになりますからね、あなたのお役に立つのは非常に難しくなるってわけです。さて、正直に言ってください……あなたが昼のあいだにやっておられることは何です。そして、それが事件とどんな関係にあるんです？　事件はいったい何ですか？」

ホーグ氏は立ち上がった。

「わたしもご説明できないということを心得ておくべきでした」

かれはランダルに対するよりも、むしろ自分自身に向かって情けなさそうに言った。

「お邪魔してすみませんでした。わたしは……」

シンシア・クレイグ・ランダルは初めて口をきいた。

「ちょっとお待ちください、ホーグさん……どうもおたがいに誤解があるような気がしますの。つまりあなたは、本当に文字どおり、昼のあいだに何をなさっているのか知らないとおっしゃるのですか？」

かれは感謝するように答えた。

「ええ。そのとおりなんです」

「そしてあなたは、わたしたちにそれを発見してほしいとおっしゃる？　あなたをつけ、あなたがどこに行くかを見つけ、あなたが何をなさるのかをお教えするってわけですのね？」

ホーグは大きくうなずいた。

「それがわたしの言おうとしていたことなんです」

ランダルはホーグから妻へ、それからまたホーグへと視線を移し、ゆっくりと言いだした。

「はっきりさせておきましょう。あなたは本当に、昼のあいだに何をしているのか知らず、それをぼくに見つけ出してほしいと思っておられるんですな。いつごろからそうなっているんです？」

「わたしは……わかりません」

「そう……あなたにわかっているのは、どういうことです?」

ホーグはうながされることなく、話しだした。かれに思い出せるのは五年ほど前にさかのぼる、アイオワ州デュブクのセント・ジョージ・レスト・ホームだった。不治の健忘症──かれはもうそのことでは心配しておらず、自分は完全に社会復帰できたと思っていた。かれら──病院の先生がた──は、かれが退院するときに仕事を見つけてくれた。

「どんな仕事です?」

かれにはそれがわからなかった。たぶんそれは、かれがいまやっているのと同じ仕事、いまの職業だったのだろう。かれは退院するときに強く忠告された。決して仕事のことを心配してはいけない、絶対に家へ仕事を持って帰ってはいけない、考えることもだと。

ホーグは説明した。

「つまり、健忘症というものが、働きすぎや心配からひきおこされるという理論に基づいているんです。ドクター・ルノーに強く言われたことを思い出します。絶対に勤め先の話をしてはいけない、絶対に昼間の仕事のことを考えてはいけないって。夜家へ帰ったときは、そんなことを忘れ、楽しいことだけを考えるべきだと。それで、わたしはそうしようと努めてきました」

「ふーん。確かに成功されたようですね、その信念は成功しすぎたようです。それで……

かれらは治療のときに催眠暗示（ヒプノシス）を使いましたか？」

「え、覚えていません」

「きっと使ったのでしょう。どうだい、シン？　それなら合うかい？」

かれの妻はうなずいた。

「合うわ。後催眠ね。五年もたってから、どんなに努めてみても勤め先のことを思い出せない……でも、ひどく変わった治療法だと思うけど」

ランダルは満足した。彼女は心理学的に解釈した。その解答を割合きちんとやっている勉強から得たのか、それともただの勘から出したのか、かれにはどちらともわからなかったし、どちらだっていいことだった。それが効いたようなのだから。かれは言った。

「あなたは五年のあいだ、どこで何をして働いていたのかご存知ないまま過ごしてこられたんですな。それがなぜ、いまとつぜん知りたくなられたんです？」

ホーグは、夕食パーティでの会話、爪についていた奇妙なもの、協力してくれない医者のことを二人に話し、情けなさそうに言った。

「わたしは恐ろしくなったのです。血だと思いましたから。そしていまは、何か……もっと悪いことだと思っているんです」

ランダルはかれを見た。

「なぜです？」

ホーグは唇をなめた。

「つまり……」

かれは口ごもり、頼りなげな表情になった。

「助けてくださいますね？」

ランダルはきっぱりと言った。

「これはぼくの仕事じゃあないですな。あなたが助けを必要としておられるのはわかりますが、それは精神病医のやることとです。健忘症はぼくの仕事じゃありません。ぼくは探偵なんですよ」

「でもわたしは探偵を求めているんです。わたしはあなたに、わたしを監視し、わたしのやっていることを見つけてほしいのです」

ランダルが断わろうとすると、かれの妻は口をはさんだ。

「きっとわたしたちでお役に立てると思いますわ、ホーグさん。でも精神科のお医者さまに相談してみられるべきだとも……」

「いや、だめです！」

「……でも、尾行してほしいとおっしゃるのでしたら、それはできますわ」

ランダルは言った。

「気が進まないよ。ぼくらを必要とすることじゃあないんだぜ」

ホーグは手袋をサイド・テーブルに置くと、胸のポケットに手を伸ばした。そして、紙幣を出すと心配そうに言った。

「五百ドルだけ持ってきました。それで足りるでしょうか？」

「けっこうです」

と、彼女が代わって答えた。

「内金(うちきん)としてですが」

ランダルはそうつけ加えると、金を受け取り、ポケットに入れながら丁寧に尋ねた。

「ところで……昼のあいだにしておられることがわからず、病院以外に記憶がないとすると、お金はどこから手に入れられるんです？」

「ああ、毎日曜日ごとに給料を受け取るのです。紙幣で二百ドルずつ」

かれが帰ってゆくとランダルは紙幣を妻に渡した。彼女は紙幣を伸ばしてきれいに畳み直しながら言った。

「いつお目にかかっても良いものね……テディ、なぜ邪魔しようとしたの？」

「ぼくが？　そんなことをするもんか……ただ値段を吊り上げようとしただけさ。昔ながらの、行っちまえもっとこちらへ、さ」

「わたしもそうだろうと思ったわ。でも、演技過剰だったわね」

「とんでもない。きみに任せておいて間違いないとわかっていたのさ。きみは、あの男の財布を空にしなければ帰さなかったはずだからな」

　彼女は嬉しそうに微笑した。

「あなたって素敵な男性ね、テディ。それにわたしたち共通の点がとっても多いわ。わたしたちどちらもお金が好きだし。かれの話、あなたどこまで信じたの？」

「全然さ」

「わたしもよ。かれ、ちょっと薄気味悪い人ね……なんのつもりなのかしら」

「わからないね。でも、見つけ出してやるさ」

「あなた自分でかれを尾行するつもりじゃないでしょうね？」

「なぜいけないんだ？　どこかの巡査上がりに一日十ドル支払って失敗するつもりはないよ」

「テディ、なんだか厭な感じがするわ。なぜあの人、こんなにたくさん支払う気になったんでしょう」――彼女は紙幣を振ってみせた。「あなたを引っぱりまわすだけのことに？」

「それを見つけるさ」

「気をつけてよ。赤毛連盟のこと知ってるでしょ」

「赤毛……ああ、またシャーロック・ホームズか。大人になれよ、シン」

「わたしはそうよ。あなたもそうなっていることね。あの小さな人、悪魔みたいな感じだわ」

彼女は居間から出てゆき、金をしまった。それからもとのところに戻ってみると、かれはホーグが坐った椅子のそばに膝をついて、指紋を検出しようとしていた。彼女が入ってくるとかれは振り向いた。

「シン」

「なあに」

「きみはこの椅子にさわらなかったね？」

「もちろんさわったわよ。いつものとおり、かれが来る前に、肘掛けを拭いたわ」

「そのことじゃあないんだ。ぼくの言っているのは、かれが帰ってからさ。かれは手袋をぬいだかい？」

「ちょっと待って。ええ、間違いなくぬいだわ。爪がどうのこうのと言ったとき、あの人の手を見たもの」

「ぼくも見たんだが、ぼくの頭が変になったのかどうか確かめようと思ってね。ちょっとこの表面を見てごらんよ」

彼女は拭いた椅子の肘掛けを調べてみた。いまは灰色の粉末で薄く覆われている。その表面の粉末に切れ目はなかった——指紋がついていないのだ。

「かれはきっとこれにさわらなかったんだろう……いや、かれはさわった。ぼくは見たからね。かれが、恐ろしくなったんですと言ったとき、両方の肘掛けをしっかり握ったんだ。両方の拳が白くなったのを覚えているよ」

「軟膏(コロディオン)でも塗っていたのかしら？」

「馬鹿なことを。汚れもしていないんだぞ。きみはあの男と握手した。手に軟膏を塗っていたかい？」

「そうは思わないわ。それなら気がついたはずですもの。指紋のない男ね。あの人は幽霊だったということにして、もう忘れましょうよ」

「幽霊が現金を支払ったりするものか」

「ええ、そうね。そんなこと聞いたことないわ」

かれは立ち上がり台所に入ってゆくと、電話をつかみ、長距離のダイアルをまわした。

「デュブクの医師会を。え……」

かれは送話口を押さえて妻に呼びかけた。

「おい、シン、デュブクはどこの州だった？」

四十五分後、何度か電話したあと、かれは荒々しく電話を置いて言った。

「ひどいもんだな……デュブクにはセント・ジョージ・レスト・ホームなんてないんだ。これまでにもなかったし、たぶんこれからもないだろうってね。それにドクター・ルノーもさ」

3

「あそこにいるわ！」

シンシア・クレイグ・ランダルは良人をつついた。

かれはまだトリビューン紙を拡げて読んでいるふりを続けながら、静かに答えた。

「ぼくにも見えているよ。落ち着くんだ。初めて人を尾行するんじゃあるまいし」

「テディ、気をつけて」

「そうするとも」

かれは新聞の上からのぞき、ジョナサン・ホーグがこぎれいなゴサム・アパートの階段を下りてくる姿を見つめた。ホーグは日除け（キャノピィ）から離れると左へ曲がった。時刻は午前九時七分前だった。

ランダルは立ち上がると丁寧に新聞をたたみ、それまで坐っていたバス停留所のベンチに置いた。それから背後のドラッグストアの入口にあるガム自動販売機に十セント玉を入れた。その機械についている鏡に、ゆっくりと通りの向こう側を進んでゆくホーグの姿が映っていた。同じようにゆっくりとかれは、通りを渡らずにそのあとを追った。

シンシアはランダルが半ブロックほど進むまでベンチで待ってから立ち上がり、かれのあとをつけた。

ホーグは次の角でバスに乗った。バスが信号機でとまっているあいだにランダルは通りを横断し、発車間際のバスに乗りこんだ。ホーグは二階に上がってゆき、ランダルは下の座席に坐っていた。

シンシアはそのバスに乗り遅れたが、番号を見ることはできた。彼女は最初に流してきたタクシーをとめ、運転手にバスの番号を告げて、そのあとを追った。バスが見えてくるまでに十二ブロックが過ぎてゆき、三ブロックあと、赤信号でとまったバスの横にタクシーはすべりこんだ。その中に良人がいるのがわかった。彼女が知りたいのはそれだけだった。彼女はそれからあとの時間を、メーターに出ている正確な料金に二十五セント加えた額を出すことで過ごした。

二人がバスを下りるのを見ると、彼女は運転手にとめてくれと言った。タクシーはバスの数ヤード先にとまった。不幸なことに二人は彼女の方向に進んでいた。彼女はすぐに出たくなかった。彼女は運転手に正確な料金を払いながら、片方の目を――彼女の後頭部についているほうの目だ――二人の男に向けていた。運転手は不思議そうに彼女を眺めた。

「あなた、女を追っかけたりする？」

と、彼女はとつぜん尋ねた。

「いいや、奥さん。家族がありますんでね」

「うちの亭主はするのよ……はいどうぞ」

彼女は苦々しげに嘘を言い、二十五セント貨を渡した。

いまやホーグとランダルは数ヤード前を歩いていた。彼女は車を下りると、通りの真向かいにあった店の前へ行って待った。驚いたことに彼女は、ホーグが振り向いて良人に話しかけるのを見た。だが遠すぎて話している言葉は聞こえなかった。

彼女は二人のところへ行くのをためらった。どうも変だ、心配だ——だが良人は平気な顔でいる。かれは静かにホーグの言っていることを聞き、それから二人は前のオフィス・ビルに入っていった。

彼女はすぐに接近した。そのビルのロビーは、朝のそんな時間ならば当然と思われる混雑ぶりだった。六台のエレベーターが忙しく動いていた。ナンバー2がドアを閉めたところで、ナンバー3は人を乗せはじめたところだった。二人はナンバー3に乗っていなかった。彼女はタバコの売店のそばに立って、急いであたりを眺めた。

二人はロビーにいなかった。急いで確かめてみたが、ロビーに入口がある散髪屋の中にもいなかった。かれらはたぶんナンバー2のエレベーターに最後に乗りこんだのだろう。彼女はそのエレベーターの指示器をずっと見ていたが、役に立つことは得られなかった。ほとんどどの階にも停まったからだ。

ナンバー2は下りだしていた。彼女はそれに乗りこむ人々の中に入った。最初でも最後でもなく、その群衆のひとりとしてだ。彼女は階を言わず、ほかの連中がみな下りてしまうまで待った。

エレベーター・ボーイは眉を上げて尋ねた。

「何階ですか？」

彼女は一ドル紙幣を見せた。

「尋ねたいことがあるの」

そいつはドアを閉めて二人だけになると、エレベーターを呼んでいる信号板のほうをちらりと見て言った。

「短く願いますよ」

彼女は急いできびきびと尋ねた。

「この前のとき男が二人一緒に乗ったわ。何階で下りたか知りたいの」

かれは首を振った。

「わからないですね。ラッシュ・アワーですから」

彼女はもう一枚出した。

「考えて。たぶん最後に乗った二人なの。ほかの人が出るとき一度外に出なければいけなかったはずよ。背の低いほうが何階か言ったと思うわ」

かれはまた首を振った。

「五ドルにされても言えませんね。ラッシュのときにはゴダイヴァ夫人が馬に乗って入ってきても、わからないぐらいなんです。さて……出られますか、それとも下りられますか？」

「下りるわ。とにかく、ありがとう」

彼女は紙幣の一枚を渡した。

かれはそれを見て肩をすくめ、ポケットにしまった。


ロビーで立っているほかなかった。彼女は腹を立てて待ちつづけた。尾行をまくのにいちばん古い方法でやられてしまったのだ。探偵がビルのエレベーターでまかれてしまうなんて！　二人はいまごろたぶんビルから出てしまっており、テディは彼女がどこにいるかと心配し、ひょっとすると彼女の助けを必要としているかもしれないのだ。

こんなことなら編物でもしていたほうがましだった！　なんてことなの！

彼女はタバコの売店でペプシ・コーラを買って、ゆっくりと立ち飲みをした。変に思われないように、もう一本飲んだほうがいいかしらと思いかけたとき、ランダルが現われた。

全身を襲った安堵の思いに、彼女は自分がどれほど心配していたのかに気づいた。それでも彼女は自分の役割を忘れてしまいはしなかった。良人がこちらに気づき頸筋を見ただけで自分だとわかるはずだと思いながら、顔を背けた。

かれは近づいてきて話しかけたりしなかった。そこで彼女はまたかれに注意を向けた。ホーグはどこにも見当たらなかった。見逃しでもしたのだろうか？

ランダルは街角まで歩き、ちょっと考えこんだようにタクシー乗り場を眺めたが、ちょうどそのとき停留所へとまったバスに乗りこんだ。彼女はそのあとにつづき、何人かの乗客を先に乗せた。バスは発車した。ホーグが乗りこまなかったのは明らかだったので、彼女は申し合わせを破っても良いと考えた。

彼女が隣りに腰を下ろすと、かれは顔を上げた。

「シン！　きみをまいてしまったのかと思っていたよ」

彼女はうなずいた。

「危うくそうなるところだったわ。教えて……どんな具合だったの？」

「事務所へ着くまで待ってくれ」

彼女は待ちたくなかったが黙りこんだ。かれらが乗ったバスは、ほんの六ブロックほど離れた二人の事務所にまっすぐ着いた。かれは小さな続き部屋のドアをあけるとすぐ電話のところへ行った。電話帳にのせているかれらの事務所の電話は、秘書サービスの交換台につながれているのだ。

「どこからか電話は？」

かれは尋ね、しばらく聞いていた。

「オーケイ。請求書を送ってくれ。急がなくていいよ」

かれは電話を置いて妻のほうに向いた。

「さてと、あれはぼくらが稼いだうちで、いちばん楽な五百ドルだったよ」

「かれが何をやっていたのか見つけたの？」

「もちろんさ」

「何をやっていたの？」

「あててみろよ」

彼女はかれをにらんだ。

「その鼻をひっぱたかれたいの？」

「落ち着けよ。わからないだろうな、簡単なんだが。かれは宝石屋に勤めているんだ……宝石の研磨さ。きみも覚えているだろう、かれが爪のあいだについていたもののことで、ひどく心配していたことを？」

「ええ？」

「ぜんぜん関係なし。宝石研磨用の鉄丹(ルージュ)なんだ。病的な想像にかられて、かれはそれが乾いた血だという結論に飛びついた。それでぼくらは五百ドル儲けたってわけさ」

「そう……そんなところらしいわね。かれが勤めているところって、アクメ・ビルの中のどこかなの」

「ルーム1310。というより、スイート1310だ。どうして尾行してこなかったんだい？」

彼女は答えるのをちょっとためらった。自分がどれほど不器用だったのかを認めたくはなかったのだ。だが、おたがいに完全に正直であろうとする習慣を破ることはできなかった。

「ホーグがアクメ・ビルの表であなたに話しかけたとき、わたしまごついてしまったの。それでエレベーターのところで見失ってしまったのよ」

「そうか。じゃあ、ぼくは……おい！　何を言った？　ホーグがぼくに話しかけたって？」

「ええ、間違いないわ」

「でもあいつはぼくに話しかけたりしなかったぜ。ぼくのほうを見もしなかったよ。いったい何を言ってるんだ？」

「わたしが何を言ってるですって？　いったい何を言ってるのよ！　あなたと二人でアクメ・ビルの中へ入ってゆく直前に、ホーグは立ちどまり、振り向いて、あなたに話しかけたわ。二人が立ち話を始めたので、わたしまごついてしまったのよ。それからあなたは、かれと手を組まんばかりにして、ロビーへ入っていったじゃない」

かれは何も言わずに、長いあいだ彼女を見つめて坐っていた。やがて彼女は言った。

「馬鹿みたいにわたしを見つめていないでよ！　嘘なんかついてないわ」

かれは話しだした。

「シン、ぼくの話を聞いてくれ。ぼくはかれのあとからバスを下り、ロビーまでついていった。すぐ後ろにぴったりついてエレベーターに入ると、かれがドアのほうに向くとき、背後へまわりこんだ。かれがエレベーターから出ると、ぼくは半分出かけてまごまごしながらエレベーター・ボーイにつまらない質問をし、かれがだいぶ離れるまで時間をかせいだ。ぼくが廊下の角をまわったとき、かれはちょうど1310に姿を消すところだった。かれは一度もぼくに話しかけたりしなかった。ぼくの顔を見たこともない。間違いないよ」

「続けて……」

彼女は青ざめており、やっとそう言っただけだった。

「そこへ行くと右側に長いガラスの間仕切りが続いており、それに向かって作業台が並んでいた。そのガラスをとおして宝石師、宝石研磨工、どう呼ぶのか知らんが、その連中の働いているのが見える。賢明だな……うまい商売の仕方だよ。ぼくがその廊下を通っていったとき、ホーグはもうそこにいた。上着をぬいで作業衣を着て、拡大レンズを片目にはめていた。ぼくは、かれのそばを通って受付に行き、支配人に会いたいと言った……ホーグは顔を上げもしなかった。すぐに貧相な小男が出てきたんで、ぼくはその男にジョナサン・ホーグという男が雇われているかと尋ねた。かれはいると言い、ホーグに会いたいのかと尋ねた。ぼくはいいえと答え、保険会社の調査員なんだと言った。そいつは何かまずいことでもあるのかと尋ね、ぼくはただの調査なんだと答えた。かれが生命保険に申し込んだ件についてで、勤めてからどれぐらいになるんだってね。五年だと、そいつは答えた。ホーグは勤めている連中の中で最も信頼できる熟練工だと言ったよ。ぼくは、それは結構ですね、ところでホーグさんは一万ドルの保険を申し込めると思うか、と尋ねた。かれは、もちろんですよ、社員が生命保険に入ることはいつだって大歓迎だと答えた。それが支配人に会ったとき、ぼくが話した口実だったんだ……ぼくは出てゆくとき、ホーグの作業台の前に立ちどまってガラスごしにかれを見た。やがてかれは顔を上げてぼくを見つめたが、また下を見た。ぼくがわかったのなら、ぼくにもそうだとわかったはずだ。あれは完全なスキーゾ、シーゾ……なんと言ったっけ？」

「精神分裂症（スキゾーフレニア）。完全に人格が分裂することね。でも、テディ……」

「え？」

「あなたはかれと話をしたのよ。わたし、見たもの」

「ちょっと落ち着けよ、シン。きみは見たと思ったかもしれん、でも実際に見たのは別の二人なんだ。どれぐらい離れていたんだい？」

「そんなに離れていなかったわ。わたしはビーチャム靴店の前に立っていたの。その隣りがシェ・ルイ、それからアクメ・ビルの入口よ。あなたは背中を角の新聞スタンドのほうに向け、わたしのほうに顔を向けていたのよ。ホーグはわたしのほうに背を向けていたけど、見間違うはずなどないわ。二人が向きを変えて一緒にビルの中へ入ってゆくとき、かれの横顔をはっきりと見たもの」

ランダルは困ったような顔になった。

「ぼくはかれと話したりしなかった。そして、かれと一緒に入っていったりもしなかった。ぼくはかれのあとをつけていったんだ」

「エドワード・ランダル、どういうつもりなの！　わたしは二人の尾行に失敗したことを認めているのよ。それなのにわたしを馬鹿にして、そんなあてこすりを言ったりすることないじゃないの」

ランダルは長いあいだ楽しい結婚生活を送ってきていたので、危険信号を無視しなかった。かれは立ち上がり、彼女のそばへ行って片手をまわし、真面目に優しく話しかけた。

「なあ、シン。きみに意地悪などしていないよ。どこかでこんがらがっているが、ぼくは覚えているとおり、正直に言っているんだぜ」

彼女は良人の目を見つめ、それからとつぜん接吻して、身体を離した。

「わかったわ。わたしたちどちらも正しいのね、でもそれは不可能なことよ。行きましょう」

「行くって、どこへ？」

「犯罪現場へよ。これをはっきりさせないと、わたしこれから眠れなくなるわ」

アクメ・ビルはかれらが出ていったところに立っていた。靴屋ももとどおりで、シェ・ルイも同じ、新聞スタンドもそうだった。かれは彼女が立っていたところに立ち、泥酔でもしていなければ見間違うはずはないと同意した。だがかれのほうも、自分がやったことを確信していた。

「きみは途中で酒を飲んだりしなかったろうな？」

と、かれは望みを持ったように言いだした。

「当り前よ」

「これからどうするんだ？」

「わからないわ。いいえ、わかったわ！　わたしたち、ホーグの事件はもう片づけたのよ。違って？　あなたはかれをつきとめたわ、それよ」

「ああ……それで？」

「かれが働いているところへ連れていって。かれの昼間の人格（デイタイム・パーソナリティ）に会って、バスを下りてからあなたと話したかどうか尋ねたいのよ」

かれは肩をすくめた。

「オーケイ、シン。仰せのままさ」

二人は中に入り、最初のエレベーターに乗りこんだ。スターターがカスタネットを鳴らし、エレベーター・ボーイはドアを閉めて尋ねた。

「ご用の階をお知らせ願います」

六、三、九。ランダルはほかの連中が言いおわるまで待って、言った。

「十三」

エレベーター・ボーイは振り向いた。

「え？」

「十二階か十四階ならありますが、どちらにしましょう？」

「十三階はありません。あったとしても、だれも借りないでしょう」

「何か間違っているんじゃないか。ぼくは今朝、その階にいたんだぜ」

エレベーター・ボーイはむっとした視線を向けた。

「その目で見られるんですね」

かれはエレベーターを動かして、とめた。

「十二階です」

そいつはゆっくりとエレベーターを上げた。12という数字が消え、すぐに別の数字に変わった。

「十四階です。どうですか？」

ランダルはうなずいた。

「ごめんよ……馬鹿な勘違いだった。本当にぼくは今朝ここへ来てね、何階か覚えていたつもりだったんだ」

エレベーター・ボーイは言った。

「十八階だったのかもしれませんよ。8は3に見えることがよくありますからね。どこを探しておられるんです？」

「デサリッジ&カンパニイ。宝石を加工している店だよ」

エレベーター・ボーイは首を振った。

「このビルにはありませんね。宝石屋なし、デサリッジなしです」

「本当かい？」

答えるかわりに、そいつはエレベーターを十階にもどした。

「1001へどうぞ。このビルの管理事務所ですから」

そのとおり、デサリッジ社はなかった。宝石屋も加工屋もなかった。お探しの店は、アクメではなくアペックス・ビルじゃないでしょうか？　ランダルはそこの連中に礼を言い、身体が慄えてくる思いでその部屋を出た。

そのやりとりのあいだシンシアは、完全に沈黙を守っていた。そのあとで彼女は言いだした。

「あなた……」

「え、なんだい？」

「最上階まで行って、下りなおしてみたらどうかしら」

「なぜそんな面倒を？　もしここにあるのなら、管理事務所は知っているはずだよ」

「そうでしょうけど、教えなかったのかもしれないわよ。こんどのことにはどこか変なところがあるわ。考えてみて、ドアを壁に見せかけたら、事務所ひとつを隠してしまうことだってできるのよ」

「いや、そんなのは馬鹿げている。ぼくは頭が変になりかけているんだ。それだけさ。ぼくを医者へ連れていったほうがいいよ」

「馬鹿げていないわ、それにあなたの頭が変になりかかっているんでもないわ。エレベーターで高さを勘定するのはどうやって？　何階かでよ。その階の床を見なかったら、別の一階があいだに入れられていても気づくはずがないわ。わたしたち、何か大きなことをつかみかけているのかもしれないのよ」

彼女は自分の言っていることを本当に信じているわけではなかったが、かれには何か行動することが必要なのだとわかっていたのだ。

　かれは賛成しかけたが、別のことを言いだした。

「階段はどうだい？　階段から階(フロア)はわかるぜ」

「階段にも怪しいところがあるかもしれないわね。もしそうなら、それを見つけるのよ。行きましょう」

　だが、それもなかった。十二階と十四階のあいだにある段の数も、ほかのところとまったく同じ十八段だった。二人は最上階から下り、曇りガラスのドアに書いてある文字を調べていった。分かれて階(フロア)の半分ずつ調べることにしようとランダルが言ったのをシンシアは承知しなかったので、これにだいぶ長い時間がかかった。彼女は良人が見えるところにいてほしかったのだ。

　十三階はなく、宝石加工をしている店は、デサリッジ&カンパニイもほかの名前のところもなかった。そしてドアに書いてある会社の名前を見てゆく以上の時間はなかった。あれこれと口実を作って、どの会社にも入ってみたのでは、一日以上かかってしまうだろうからだ。

　ランダルは〈プライド・グリーンウェイ・ハミルトン・スタインボルト・カーター&グリーンウェイ、弁護士事務所〉と書かれたドアをじっと見つめて呟いた。

「いままでに、ドアの文字を書き変えているかもしれないな」

彼女は指さして言った。

「その文字ではだめね……それに、もしそんなことだったとしたら、店の格好から変えてしまわなくちゃあ。あなたに見分けられなくするほど変えなきゃあ」

そうは言ったが、彼女はなんの変哲もない文字をじっと見つめた。オフィス・ビルはひどく外の世界から離れた秘密の場所だった。防音の壁、ベネチアン・ブラインド——それに、意味のわからない会社の名前。こんな場所には、どんなものがあるかわからない。だれにもわからず、だれも気にかけず、だれも注意を払わない。警官もまわってこないし、隣人たちは月世界にいるのと同じで遠く離れているし、事務所を借りている連中が欲しなければ清掃サービスもない。家賃がきちんきちんと支払われている限り、管理事務所は借りている連中をそっとしておく。どんな犯罪も思うままだし、戸棚に屍体を入れておくことだってできるのだ。

彼女はぶるっと慄えた。

「さあ、テディ。急ぎましょう」

二人はできるだけ急いで残りの階を調べ、やっとロビーに下りてきた。消え失せた会社を発見できなかったが、シンシアは人々の姿と太陽の光を見てほっとした。ランダルは階段の途中に立ちどまって、あたりを見まわすと、不思議そうに言った。

「違うビルに入ったんだとは思わないか？」

「とんでもないわ。あのタバコの売店を見て。わたしよく覚えているわ。カウンターの傷まで知っているのよ」

「じゃあ、答えは？」

「昼食（ランチ）が答えね。行きましょう」

「オーケイ。だがぼくは飲むぜ」

ウイスキー・サワーを三杯飲んだあと、やっと彼女は良人にコンビーフのハッシュを食べさせた。それとコーヒー二杯でかれはすっかり落ち着いたが、情けなさそうだった。

「シン……」

「なあに、テディ」

「ぼくはどうしたんだろう？」

彼女はゆっくりと答えた。

「驚くほかないような催眠術にかけられたんだと思うわ」

「ぼくもそう思うよ……さてと、それか、ぼくがいかれてしまったかだな。じゃあ催眠術ということにしよう。なぜかということを知りたいな」

彼女はフォークでいたずら書きをした。

「わたしのほうは、そう知りたくもないわ。わたしがどうしたいと思っているかわかる、テディ？」

「ホーグさんの五百ドルを送り返したいのよ。お役に立てないからお金を返しますって手紙をつけて」

「どう？」

かれは妻を見つめた。

「金を送り返すって？　馬鹿な！」

かれの顔はなんというつまらぬことを言いだしたんだというような表情を浮かべていたが、彼女は頑固に言葉をつづけた。

「ええ、わかってるわ。でも、わたしはそうしたいのよ。わたしたち、離婚沙汰や家出人調査で充分食べていけるわ。こんなことで引っぱりまわされる必要はないのよ」

「きみはまるで五百ドルを、給仕にやるチップみたいな言い方をしてるぜ」

「いいえ、そんなつもりはないわ。でも、あなたの命を……正気さを賭けるほどの大金じゃあないと思ってるだけよ。ねえ、テディ、だれかがわたしたちをひどい目にあわせようとしているんじゃなくって？　これ以上深入りする前に、わたしその理由を知りたいわ」

「ぼくもそうだ。だからこそ、ぼくは断わってしまいたくないんだよ。クソっ、馬鹿にされてたまるか」

「ホーグさんにはなんと言うつもりなの？」

かれは髪を手でかきむしるようにした。すでに乱れていたので別に変わりもしなかったが。

「わからないよ。きみが言ってくれないか。なんとかごまかすんだ」

「良い考えね、素晴らしい考えだわ。わたしあの人に、あなたは足を折ったけれど、明日には治っているとでも言うわ」

「そんなことやめてくれ、シン。きみなら、あいつを扱えるよ」

「いいわ。でもこれは約束しなくちゃだめよ、テディ」

「何を約束するんだ？」

「この事件にかかっているあいだ、あらゆることをわたしたち一緒にするのよ」

「いつもそうしてるじゃないか？」

「本当に一緒にって意味よ。どんなときでも、わたしから見えないところへは行ってほしくないの」

「でもなあ、シン、そいつは不便だぜ」

「約束して」

「オーケイ、オーケイ、約束するよ」

彼女はほっとし、幸せそうな表情になった。

「それでいいわ……事務所へもどったほうが良くない？」

「クソくらえだ。ひとつ三本立ての映画でも見にいこうじゃないか」

「オーケイ、テディ」

彼女は手袋とハンドバッグを取り上げた。

その映画はどれも面白くなかった。ウエスタンの三本立てを選んだのだし、料金もひどく気に入ったのだが、ヒーローは現場監督と同じような悪漢で、覆面をして馬に乗っている謎の連中も、まったく悪いやつに見えた。そしてかれがずっと見ていたのは、アクメ・ビルの十三階、長いガラスの間仕切りの向こうで働いている職人たち、それにデサリッジ&カンパニィの小さな干からびた支配人だった。クソっ――これほど詳しく物事を見たと信じこむほど、人間は催眠術にかかるものだろうか？

シンシアもほとんど映画を見ていなかった。彼女はまわりにいる人々に心を奪われていた。明るくなるたびにかれらの顔をこっそりと見ていたのだ。面白がっているときにこんな顔をしているのなら、不幸なときにはどんな表情をするのかしら？　稀ではあるが、よく言って鈍感な、文句はありませんといった顔もあるにはあった。不満、むっつりと肉体的な苦痛のしるし、ひとりぼっちでいる不幸、不満、愚かな下賤さ、そういった顔はたくさん見かけたが、幸せそうな顔はほとんどなかった。いつも快活に陽気にしているのが主な長所のテディでさえもむっつりしていた――それには理由があるのだ、と彼女にはわかっていた。ほかの連中が不幸そうな表情をしているのはどんな理由からだろう、と彼女は不思議に思った。

彼女は〝地下鉄〟と題された絵を見たことがあるのを思い出した。その絵は、地下鉄のドアから群衆が出てこようとしているとき、別の群衆が無理やりなだれこもうとしているところを描いていた。入るほうも出るほうも急いでいるのははっきりしているが、そのことになんの楽しみも得ていないのだ。その絵自体に美しさというものは存在していなかった。その画家が目的としたところはただひとつ、生きてゆくということの重苦しい批判だったことは明らかだった。

映画が終って二人がわりにすいた街頭に出られたとき彼女はほっとした。ランダルはタクシーに手を振り、帰途についた。

「テディ……」

「え？」

「映画館にいたみんなの顔に気づいた？」

「いや、別に。どうして？」

「どのひとりも、人生を楽しんでいるようには見えなかったわ」

「たぶん楽しんでいないんだろうな」

「でもなぜなの？　ねえ……わたしたち楽しんでいるわね、違って？」

「きみの言うとおりさ」

「わたしたちいつも楽しいことがあるわ。お金がなくて、仕事をなんとか手に入れようとしていたときだって楽しかったわ。わたしたち、笑いながら寝たし、目が覚めたときも幸福だった。いまでもそうね。どうしてなのかしら？」

かれは、あの十三階を探したときから初めて微笑を浮かべ、彼女をつねった。

「きみと暮らすのは楽しいからさ、シン」

「ありがと。あなたにも同じことばを返すわ。あなた知ってる、わたし小さかったころ、面白い考えを持っていたの」

「教えてくれよ」

「わたし幸せだったわ。でも大きくなるにつれて、母はそうじゃないってわかるようになったの。それに、父もそうじゃなかったわ。先生たちもそう……わたしのまわりにいた大人のほとんどが幸せじゃなかったのよ。わたしこんなことを考えついたわ、大きくなると二度と幸せになれないような何事かを発見するんだって。あなた、子供がどんなふうに扱われるものか知ってるでしょ……まだ小さいからわからないのよ、おまえ……それに……大きくなるまで待つのよ、そうすればおまえもわかるようになるから……わたしいつも不思議に思っていたわ。みんなどんな秘密をわたしに隠しているのかしらって。それでわたし、ドアの蔭に隠れて、それを見つけ出せないものかと頑張ってみたものだわ」

「生まれながらの探偵だったんだな！」

「いやねえ。でもわたしわかったわ。それが何だとしても、大人を楽しくさせないもので、それで大人はみな不幸なんだって。それからわたし、いつも絶対に見つけ出さないようにって祈ったものよ……どうも、わからずじまいだったらしいわね」

彼女はちょっと肩をすくめてみせた。

かれは笑った。

「ぼくだってそうさ。プロフェッショナル・ピーター・パン、それがぼくなんだな。良いセンスの持主で幸福ってところさ」

彼女は手袋をはめた小さな手をかれの腕に置いた。

「笑わないで、テディ。こんどのホーグ事件で気味が悪いのは、それなのよ。このまま進めていったら、わたしたち本当に、大人が知っていることが何なのかを見つけ出してしまうんじゃないかと心配なのよ。そうなったら、わたしたち二度と笑えなくなるんじゃないかって」

かれは笑いだしかけたが、彼女をじっと見つめた。

「え、きみは本気でそんなことを言っているのかい？」

かれは妻の顎の下をなでた。

「きみは大人なんだぜ、シン。きみに必要なものは夕食さ……それに酒だな」

4

夕食のあとでシンシアが、ホーグさんに電話してなんと告げたらいいものだろうと考えかけたとき、建物の入口からのベルが鳴った。彼女は入口に行って屋内電話を取り上げた。

「はい？」

ほとんどすぐ彼女は良人のほうに向いて、声を出さずに口を動かしてみせた。

〝ホーグさんよ〟

かれは眉を上げると、警告するように唇に指をあて、大げさに爪先で寝室のほうへ向かった。

彼女はうなずいた。

「ちょっとお待ちください……ああ結構ですわ。線がどうかなっていたようですわね。それで、どなたですの？　ああ……ホーグさん。どうぞお入りください、ホーグさん」

彼女は表の玄関の電気錠をはずすボタンを押した。

かれは神経質そうに頭を下げながら入ってきた。

「いきなり押しかけてきたりしてすみません。でもわたしはあまり心配なので、報告してくださるまで待てなくなったのです」

彼女は椅子をすすめなかったが、愛想よく答えた。

「すみませんわね、がっかりなさるでしょうが、ランダルはまだ帰ってきておりませんのよ」

「おお」

かれは哀れなほど落胆した表情になったので、彼女はとつぜん同情を覚えた。だがすぐに彼女は、良人が今朝ほどどんな目にあってきたのかを思いだして、また凍りついたようになった。

ホーグは言葉をつづけた。

「いつごろお帰りになるかご存知でしょうか?」

「それはお答えできませんわ。ホーグさん、探偵の妻はだれでも、待たないってことを学ぶものですのよ」

「ええ、そうだと思います。では、これ以上あなたにご迷惑をおかけしてはいけませんね。でもわたしは本当にご主人とお話ししたくてたまらないんです」

「そう伝えますわ。何か特にお話しになりたかったことがございますの? 新しいデータか何かを?」

かれは、ゆっくりと答えた。

「いいえ……いいえ、つまり……どうもみな、ひどく馬鹿げたことのように思えるんです！」

「何がですの、ホーグさん？」

ホーグは彼女の顔を見つめた。

「どうも……ミセス・ランダル、あなたはとりつかれる（ポゼション）ってことを信じられますか？」

「とりつかれる（ポゼション）？」

「人間の魂がとりつかれること……悪魔にです」

「あまりそういうことを考えたことがありませんわ」

と、用心深く答えながら彼女は、テディが聞いているだろうか、悲鳴をあげたらすぐに出てきてくれるだろうかと考えた。

ホーグはシャツの前をまさぐるという変な真似をした。かれはボタンをはずした。酸っぱいようなむっとする匂いがしてきた。かれは糸でとおしてシャツの下の頸にかけていたものを取り出した。

彼女はやっとの思いでそれを眺め、何なのかわかって本当にほっとした――大蒜（にんにく）の新鮮な珠芽（たまめ）をつないでネックレスのようにしたものだったのだ。彼女は尋ねた。

「なぜそんなものをかけておられますの？」

かれはうなずいた。

「馬鹿げたことと思われるでしょう？　こんな迷信にとらわれるなど……でも、こうすると気分が落ち着くんです。わたしは本当に恐ろしい気分なんです、監視されているという……」

「当然ですわ。わたしたちずっと……ランダルがあなたをずっと監視しているんですもの、あなたのお望みでですけれど」

「それじゃあないのです。鏡の中にいる男が……」

かれはためらった。

「鏡の中の男ですって？」

「鏡の中に映っている姿はこちらを見ます。でもそれは当然のことだから、心配はしません。これは少し違うことなんです。だれかがわたしに飛びつこうと、機会をねらっているようなんです。あなたは、わたしの頭が狂っているんだと思われますか？」

と、かれはとつぜん結論を口にした。

彼女の注意力はその半分しかホーグの言葉に向けられていなかった。というのは、かれが大蒜をつき出したとき彼女はあることに気づき、それに注意をひきつけられたからだ。かれの指先はほかの人々と同じように渦巻や輪や弧が刻みこまれており、今夜それが軟膏の類で覆われていないことは明らかだったのだ。彼女はテディのために指紋を取ろうと決心し、なぐさめるように言った。

「いいえ、あなたの頭が狂っているなんて思いませんわ……でも、あなたはあまり心配しすぎだって思います。のんびりされるべきですわ。何かお飲みになりませんこと？」

「水を一杯いただけるとありがたいですが」


水にしろ酒にしろ、彼女に関心があったのはコップのほうだった。彼女は台所へ行くと、まわりがなめらかで飾りがついていない背の高いコップを選んだ。それを注意してみがき、まわりを濡らさないように気をつけながら氷と水を入れると、彼女はその底のほうを持って運んでいった。

意識してか、それとも意識せずにか、かれはその上手（うわて）をいった。かれはドアのそばにある鏡の前に立って、大蒜をその隠し場所にもどしたあとネクタイを直し身なりを整えていた。彼女が近づいてゆくと、ふり向いたかれは手袋をはめていた。

彼女はその手袋をはずしてもらおうと思って、椅子をすすめてみた。だがかれは言った。

「本当に長いあいだお邪魔してしまいました」

かれはコップの水を半分飲むと、礼を言い、黙って去っていった。

ランダルが部屋に入ってきた。

「かれ、帰ったの？」

彼女は振り向いた。

「ええ、帰ったわ。テディ、あなたに汚ない仕事をしてもらいたかったわ。あの人、気持が悪くて……あなた、出てきてって悲鳴を上げるところだったのよ」

「落ち着けよ、シン」

「大丈夫よ、あなた。でもわたしたち、あの人に会ったりしなければよかったと思うわ」

彼女は窓ぎわに行き、大きくあけた。

「いまさらしりごみできないさ……それで、かれの指紋は取れたのかい？」

と、かれはコップを見つめた。

「そうはいかなかったの。かれ、わたしの心を読んだみたいよ」

「まずいな」

「テディ、かれのこと、これからどうするつもり？」

「ひとつ考えがあるんだ。でもまず、かれがきみに言っていたわけのわからないことは何なんだ？　鏡の中から悪魔とひとりの男が、かれを見つめているとかというのは？」

「かれが言ったのは、そうじゃないわ」

「鏡の中の男ってぼくかもしれないぜ。今朝、鏡でかれを見たからな」

「そうかしら……かれ、ただ比喩(ひゆ)的にそう言ってるだけよ。びくびくしているのね」

彼女はとつぜん振り向いた。何かが肩ごしに動いていったのを見たと思ったのだ。しかし、家具と壁のほかには何もなかった。ガラスに何かが反射しただけなのだろうと考えて、彼女はそのことを口にせず、別のことを言った。

「わたしも、びくついているわ。悪魔は、かれひとりでたくさんよ。わたしのしたいこと、わかる？」

「何だい？」

「強いお酒をたくさん飲んで、早く寝ることよ」

「いい考えだ」かれは台所へ行って、注文どおりのものを作りはじめた。「サンドウィッチもいるかい？」


ランダルは、自分がパジャマ姿で二人のアパートの居間に立っており、入口のドアの近くにある鏡を見ていることに気がついた。

鏡に映っているかれの姿は——いや、かれの反射ではない。そいつは、ちゃんとしたビジネスマンらしい保守的な服をきちんと着ていた——その姿は話しかけた。

「エドワード・ランダル」

「え？」

「エドワード・ランダル、きみは呼ばれているんだ。さあ……ぼくの手を取って。椅子を引っぱってきたら、楽に入ってこられるよ」

そうするのがまったく当然なことのように思えた。かれは鏡の下に椅子を置くと、のばされた手を取って、その中へもぐりこんだ。鏡の向こう側には洗面台があり、それに足をかけることができた。かれとその男は、事務所などで見られる白タイルばりの小さな洗面所の中に立っていた。

そいつは話しかけた。

「急いで……ほかのかたはみな揃っているんだから」

「きみはだれなんだ？」

そいつは、わずかに頭を下げて言った。

「名前はピップスですよ……さあ、こちらへ」

そいつは洗面所のドアをあけ、ランダルを軽く押した。かれが入った部屋が会議室であることは明らかであり――現在、会議がおこなわれており、長いテーブルを十二人ほどの男がかこんでいた。その全員がかれのほうを見た。

「さあ乗って、ミスタ・ランダル」

もう一度、わりあい乱暴に押されたかれは、磨きぬかれたテーブルのまん中に坐っていた。木綿のパジャマをとおして、テーブルの面が冷たく感じられた。

かれはパジャマの上衣を引きよせてぶるっと震えた。

「やめろ……ここから下ろしてくれ。服も着ていないんだぞ」

かれは身体をおこそうとしたが、その簡単なことができそうになかった。

だれか後ろで笑い声をあげた。

「あまり太っていないようだね」

だれかがそれに答えた。

「そんなことはどうでもいいんだ、この仕事には」

かれは、どんな事態なのかわかりはじめた――この前はミシガン通りでズボンをはいていないときだった。一度ならずかれは、学校時代を思い出した。服を着ていないだけでなく、下調べをしておらず、約束に遅れたんだ。そう、それからどうやって逃げるかはわかっている――目をつぶり、毛布をかぶり、そして安全にベッドの中で目を覚ますのだ。

かれは両眼を閉じた。

「隠れようとしてもだめだよ、ミスタ・ランダル。わしらにきみは見える。きみは時間を無駄にしているだけだ」

かれは目を開いて、荒々しく言った。

「いったいなんのつもりだ？　ここはどこなんだ？　なぜぼくをここへ連れてきた？　何をしているんだ？」

テーブルのいちばん奥からかれを見ているのは大きな男だった。立ち上がれば少なくとも六フィート二インチはあるに違いなく、肩幅が広く、その身体にふさわしく骨太だった。

脂肪がその巨体にたっぷりついている。だがその両手はほっそりと形良く、爪はみな美しくマニキュアがしてある。その顔は、咽喉の肉がたれ二重顎になっていて、小さく見える。目も小さく、陽気だ。そいつの口もとは大きく笑い、かたく閉じた両の唇を押しあけるようにして、愉快そうに答えた。まるでランダルだけに通じる冗談でも言っているようにだ。

「一度に一つずつだよ、ミスタ・ランダル。きみがどこにいるかという点だが、ここはアクメ・ビルディングの十三階さ……覚えているだろうに。何をしているのかという点はだな、デサリッジ&カンパニイの重役会を開いているところだよ。わしは」——そいつは坐ったまま、大きくふくれ上がっている腹の上へ頭を下げようとした——「R・ジェファースン・ストールズ、社長をしている」

「しかし……」

「どうか、ミスタ・ランダル……紹介が先だ。わしの右は、ミスタ・タウンゼンド」

「初めまして、ミスタ・ランダル」

ランダルは機械的に答えた。

「初めまして……ちょっと、これではあまり……」

「それからミスタ・グレイブズビイ、ミスタ・ウェルズ、ミスタ・ヨーカム、ミスタ・プリンテンプス、ミスタ・ジョーンズ。ミスタ・ピップスはもう会っているね。かれは秘書だよ。その向こうに坐っているのがミスタ・ライフスナイダーとミスタ・スナイダー……

別に親類というわけじゃない。それから最後にミスタ・パーカーとミスタ・クリュウズ。残念ながらミスタ・ポティファァーは出席できないそうだが、評決のための人数は揃っている」

ランダルはもう一度立ち上がろうとしてみたが、テーブルの表面は信じられないほどすべった。かれは腹を立てて言った。

「どうだっていいんだ、きみらの人数が揃っていようが殺し合いをやろうが。ぼくをここから出してくれ」

「ちっ、ちっ、ミスタ・ランダル。きみは質問に答えてほしくないのかね？」

「どうしてもというわけじゃないんだ。くそっ、ぼくを……」

「だが、本当のところその質問に答えなくちゃあいけないんでね。われわれはいま問題となる点について会議を開いているところであり、そして当面の問題はきみなんだ」

「ぼくが？」

「そう、きみだ。きみはまあ議題のうちでは小さなことなんだが、どうしてもはっきりさせておかなければいけない点でね。われわれはきみの活動が気に入らないんだよ、ミスタ・ランダル。どうしてもやめてもらわなきゃあいかん」

ランダルが口をきこうとする前に、ストールズはかれのほうへ掌を向けてみせた。

「あわてないで、ミスタ・ランダル。説明させてもらおう。きみの活動すべてではないいんだ。きみが離婚の訴訟でホテルに何人美人を配置しようが、どれほど電話の盗聴をやり手紙を開封しようが、そんなことはかまわない。われわれに関心があるきみの活動は一つだけなんだよ。ミスタ・ホーグのことさ」

　かれは最後のところを、舌打ちするような発音で言った。

　ランダルは、部屋じゅうに落ち着かない空気が走るのを感じた。

「ミスタ・ホーグがどうしたんです？」

　かれがそう反問すると、またざわめいた。ストールズの顔はもはや微笑するふりなどしていなかった。

「かれのことは今後、きみの依頼人と呼ぶことにしよう。こうなんだ、ミスタ・ランダル。われわれはミスタ……きみの依頼人に対して別の計画を持っている。きみはかれをひとりにしておかなくてはいかん。かれのことは忘れるんだ、二度とかれに会ってはいかん」

　ランダルはおじけづいたりせずに、にらみ返した。

「ぼくはまだ依頼人に対する責任をすっぽかしたことなど、一度もないんだ。地獄ででも会おうぜ」

　ストールズはうなずいて、唇のあいだから言葉を押し出した。

「そういう可能性もあることは認めるがね。そいつは大げさな比喩として以外、わしにしてもきみにしてもあまり考えたくないことだね。理性的になろうじゃないか。きみが理性的な男だということはわかっているし、わしの同僚もわしも、理性的な生物だ。きみを強制したり騙そうとしたりする代わりに、わしはきみに話したい、なぜかってことをきみにわかってもらえるためにな」

「ぼくは話など聞く気はないよ。ぼくはもう帰るんだから」

「本当に？　駄目だと思うがね。きみはどうしても聞くんだ！」

かれはランダルに指を向けた。ランダルは答えようとしたが、それが不可能なことを知った。かれは考えた。

「こんなひどい夢は初めてだ。寝る前に食べなければ良かった……そんなことは知っていたのに」

ストールズは言った。

「元始（はじめ）に、鳥（ザ・バード）ありき」

かれはとつぜん顔を両手で覆った。テーブルのまわりにいた全員が同じことをした。

鳥（ザ・バード）——ランダルはとつぜん、この感じの悪い太った男が口にしたとたん、簡単なその言葉が意味するものの姿を感じた。柔らかな綿毛に包まれた小鳥ではなく、たくましい翼をひろげた貪欲な肉食性の猛禽だ——その乳白色の目は、まばたきもせず、じっと見つめ——赤い肉垂で——だが特に目立っているのは、その両足だった。黄色の鱗に覆われ、肉はついておらず、爪が生え、汚れた鳥の足だ。汚ならしくぞっとする——

ストールズは顔を覆っていた両手を離した。

「孤独なる鳥の偉大なる翼は、見るものとてなき宇宙の虚ろなる深淵にはばたきたまえり。されど虚しき黒暗淵（やみわだ）のただ中に力あり、その力こそ命なりき。鳥は、北なきときに北を眺めたまえり。鳥は、南なきときに南を眺めたまえり。鳥は、東と西を、上と下を眺めたまえり。しかるのち、無の中より鳥はその御心（みこころ）によりて、巣を作りたまいぬ。

その巣は広く、深く、強く、そが中に鳥は卵百個を生みたまえり。鳥は巣に留まりたまい、卵をかかえたまいて、千万年のあいだその思いを思いつづけたまいぬ。時至れりと見たまうや鳥は巣を離れたまい、雛が見えるごとく光明をかかげ、見つめ待ちたまいたり。

百個の卵そのそれぞれより百羽の鳥の御子（みこ）がかえりたまいぬ……一万の強き御子これなり。されど巣は広く深く、御子それぞれに王国を与え、それぞれを王となす余地ありたり……もぐり・はい・泳ぎ・飛び・四つ肢にて行くものたち、巣のひだより光にぬくもり鳥の待ちたまうあいだに生まれたるすべての生物（いきもの）の王なり。

智慧（かしこ）くして慈悲なきものは鳥なり。しこうして智慧（かしこ）く慈悲なきものは鳥の御子なり。千万年を倍するあいだ、かれらは戦い統治し、鳥は喜びたまいぬ。やがて恐れ多きことながら畏（かしこ）き鳥と同じく智慧（かしこ）くして強しと思い定めたるもの少しく現われたり。かれらは巣を作れる物よりかれらと似たる生物（いきもの）を作り、その鼻に息（いき）吹き入れ、それらが子を生み、鳥の御子たちに奉仕え戦わしめんとされたまいぬ。されど御子たちの子らは智慧くあらず強くあらず無慈悲にあらず、かえって弱く穏和にして愚鈍なるものとなりぬ。鳥は喜びたまわざりき。

　その御子たちを下界に捨て、かれらをその穏和にして愚鈍なるものの鎖につながしめよ……そわそわするんじゃないよ、ミスタ・ランダル！　これがきみの小さな心にとって難しいことだというのはわかるが、たとえ一度なりときみは、きみの鼻より長くきみの口より幅広いもののことを本当に考えてみなければいけないのだぞ！

　愚鈍にして弱きものたちは鳥の御子たちを留保ることかなわざりき。ここにおいて鳥はかれらのあいだに、ここかしこと、より力強く、より無慈悲にして、より狡猾なるものを置きたまいぬ。その術策と無慈悲さと欺きにより、解き放たれんとする御子たちの試みを抑えんがためなり。しかるのち、鳥はもとに帰り、満ち足りたる思いにて坐りたまい、その競技が演ぜられるを待ちたまいぬ。

　その競技は演じられているのだ。だからこそわれわれは、きみがきみの依頼人を干渉することも、どんな方法であろうとかれを援助することも、許すわけにはいかないというわけだ。わかったかね？」

　とつぜん話せるようになったランダルは叫んだ。

「わからないね。つまらんことを！　おまえたちみなくたばっちまえ！　冗談にしてはひどすぎるぞ」

　ストールズは溜息をついた。

「愚かで弱く馬鹿げているな。見せてやるんだ、ミスタ・ピップス」

　ピップスは立ち上がると、テーブルの上に書類カバンを置き、それをあけると中から何かを取り出して、ランダルの目の前につきつけた――鏡だ。かれは丁寧に言った。

「どうかこれを見てください、ミスタ・ランダル」

　ランダルは鏡に映っている自分の姿を眺めた。

「いま何を考えています、ミスタ・ランダル？」

　映像は薄らいでゆき、かれはいつか、わずかに高いところから自分自身の寝室を見つめていることに気づいた。部屋は暗かったが、枕に頭をのせて寝ている妻の頭がはっきりと見えた。かれ自身の枕には、だれもいなかった。

　ストールズは話しかけた。

「わかったかね、ミスタ・ランダル？　きみは彼女に何もおこってほしくないだろう。どうだい？」

「この、汚ない、卑怯者……」

「落ち着いて、ミスタ・ランダル、落ち着いて。それに、もうそんな言葉は結構だ。考えるんだよ、きみの利害関係を……それから彼女のをな」

ストールズはかれから顔をそむけた。

「かれを連れていくんだ、ミスタ・ピップス」

「おいでなさい、ミスタ・ランダル」

かれはまた背後から腹立たしく押されるのを感じ、まわりのものはくるくるまわりながら空中を飛んでいた。

そしてかれは自分のベッドではっきり目を覚ましており、上向きになり冷汗に全身を覆われていた。

シンシアは身体をおこして眠たげに尋ねた。

「どうしたの、テディ？　あなたが叫び声をあげたのを聞いたけど」

「なんでもないよ。悪い夢でも見たんだな。起こしてしまってごめんよ」

「いいわよ。胃が変なの？」

「ちょっとね、たぶん」

「重曹を少し飲んでみたら」

「そうするよ」

かれは起きて台所へ行き、小さな錠剤を飲んだ。口の中がすこし酸っぱくなり、いまははっきり目が覚めているのだとわかった。重曹で解決できたのだ。

もとにもどってみると、シンシアはもう眠っていた。かれはそっとベッドにすべりこんだ。彼女は目を覚まさないままかれに抱きつき、その身体でかれを暖めた。すぐにかれも眠りに落ちた。


「悩みごとなんか、クソくらえ！」

かれはとつぜん歌うのをやめ、ふつうに話ができるほどにシャワーを小さくして言った。

「おはよう、ビューティフル！」

シンシアは浴室のドアのそばに立ち、片目をこすりながらもう一方の目でかれを眠たそうに見ていた。

「朝食の前に歌をうたう人は……おはよう」

「なぜ歌っちゃいけないんだい？　いい天気だし、ぐっすり眠ったんだからな。新しいシャワー・ソングができたんだ。聞いてくれ」

「結構よ」

かれは平気な顔で続けた。

「これは、虫くいの園に出ていこうという意志を表明した青年に捧げる歌なんだ」

「テディ、あなた変よ」

「いや、変じゃないさ。聞いてくれ……効果を出すためにはお湯をもっと出さなくちゃあだめだな……一節目だよ……」

かれはシャワーの勢いをもっと強くした。

〽あの庭に入っていこうとは思わない
虫けらどもをこちらへ来させるだけだ！
もしぼくが惨めになるはずとしても
同じほど楽しくもなるだろう

かれは効果を上げるために、ちょっと休み、「コーラス」と言った。

〽悩みごとなんか、クソくらえ！
虫などヴィタミンBでくっちまえ！
この規則どおりにさえすれば
百と三つになってもきみはまだ
虫をもりもりくっているんだよ

かれは歌をやめていった。
「二節目は……といっても、二節目はまだ考え出していないんだ。一節目をもう一度歌おうか？」

「いいえ、結構よ。とにかくシャワーから出て、わたしにも使わせて」

　かれは文句を言った。

「気に入らなかったんだな？」

「そんなこと言わないわ」

「芸術というものは、なかなか認められないものなんだなあ」

　うめくようにそう言ったが、かれはシャワーから出てきた。

　彼女が台所に現われたとき、かれはコーヒーとオレンジ・ジュースを用意して待ってい
た。かれはジュースのコップを妻に渡した。

「テディ、あなたって優しいのね。こんな大サービスの代わりに何がお望みなの？」

「きみさ。でも、いまじゃないよ。ぼくは優しいだけでなく、頭が良いんでね」

「それで？」

「うん、つまりだな……われらが友、ホーグをどうすればいいか考えだしたんだ」

「ホーグ……あなた！」

「おっと、こぼすぜ」かれは彼女の手からコップを取ってテーブルに置いた。「あわてる
なよ、シン。どうしたというんだい？」

「わからないわ、テディ。ただわたしたち、キケロみたいな大物を豆鉄砲で片づけようと

から」

「朝飯の前に仕事の話などするんじゃなかったな。コーヒーを飲めよ……気分が良くなる

「ええ。トーストはいらないわ、テディ。あなたの素晴らしい考えってどんなこと?」

かれはトーストを食べながら説明した。

「こうだよ……昨日ぼくらは、かれを驚かして夜の人格にもどしてしまわないようにしよ

うと、かれに見られないでいようとした。そうだったね?」

「え、ええ」

「さて、今日はそんなことをしなくていいんだ。ぼくらはどちらも、ひるのようにかれに

まつわりついていいんだ。手をつないでもいい。もしそれでかれの昼間の人格に干渉する

ことになってもかまわない。ぼくらでかれをアクメ・ビルへ連れていけるんだからね。あ

そこへ行きさえすれば、習慣でかれはいつも行っているところへ行くだろう。違うか

い?」

「わたしわからないわ、テディ。たぶんね。健忘症の人って変なものなのよ。かれ、混乱

した状態に落ちこんでしまうだけかもしれないわ」

「うまくいかないと思うのかい?」

「うまくいくかもしれないし、いかないかもしれないわ。でもあなたが、わたしたち一緒

にくっついていられるようにしてくださるつもりなら、わたし喜んでやってみるわ……あなたがこの仕事をあきらめてしまうつもりはないというのなら」

かれは彼女が言いだした条件など知らないふりをした。

「ああ。あいつに電話して、アパートでぼくらを待っていてくれと伝えるよ」

かれは朝食テーブルの上から手を伸ばして電話を取ると、ダイアルをまわしてホーグと話した。かれは電話を置いて言った。

「まったくかれは妙な男だな……最初、ぼくがだれかさっぱりわからないんだ。そのうちとつぜん、ぱっと気がついてまともになったよ。もう行けるかい、シン？」

「ちょっと待って」

「オーケイ」

かれは立ち上がり、低く口笛を吹きながら居間へ歩いていった。

口笛がとぎれ、かれは急いで台所にもどってきた。

「シン……」

「どうしたの、テディ？」

「居間へ来てくれ……頼む！」

彼女は良人の表情にとつぜん心配を覚え、急いでそのとおりにした。かれは入口のドアに近いところにある鏡の真下へ引き寄せられた四角い椅子を指さした。

「シン……どうしてあそこにあるんだろう？」

「あの椅子のこと？　どうしてって、寝る前にわたし、鏡をまっすぐにしようと思って置いたのよ。そのまま忘れてしまったのね」

「ふーん……そうなんだろうな。でもおかしいぞ、ぼくが明かりを消すとき気づかなかったというのは」

「どうしてそんなこと心配になるの？　だれかが昨夜アパートに忍びこんだとでも思うの？」

「うん。そうなんだ……そのことを考えていたんだ」

と言ったものの、かれの眉はまだ寄せられていた。

シンシアはかれを見つめ、それから寝室へ入っていった。彼女はハンドバッグを取り上げて、すぐその中を調べ、それからドレッシング・テーブルの中にある小さな秘密の引出しをあけた。

「だれかが入ってきたにしても、そうたいしては取られていないわよ。あなたの紙入れはあるの？　中身は大丈夫？　時計は？」

かれは急いで調べて答えた。

「どちらも大丈夫だ。きみが椅子を置き忘れたのに、ぼくが気がつかなかっただけだろう。

もう出られるかい？」

「すぐ行くわ」

かれはそのことについて、もう何も言わず、そっと考えていた。無意識下の記憶がいくつかあり、それに寝る直前にクラブ・サンドウィッチを食べたことが組み合わさると、ひどく変なことになるものだな、と。明かりを消す直前にあの椅子をきっと見たのだろう——それで椅子があの悪夢に現われたんだ。かれはそのことを忘れることにした。

5

ホーグは二人を待っていた。

「どうぞ、どうぞ。マダム、こんなところによく来てくださいました。お坐りになりませんか？　お茶を飲む時間はあるでしょうか？」かれは詫びるようにつけ加えた。「すみません、コーヒーはないんですが」

ランダルはうなずいた。

「時間はあると思います……昨日、あなたは八時五十三分に家を出られましたが、いまはまだ八時三十五分です。同じ時間に出るほうが良いと思いますからね」

「良かった……」

ホーグは急いで離れると、すぐに茶の用意をしてきて、その盆をシンシアの前にあったテーブルに置いた。

「注いでくださいますか、ミセス・ランダル？　支那茶です……これが好きでして」

「ええ、喜んで」

今朝のかれに変なところはまったくないと、認めるほかなかった。目もとに心配そうな皺をよせ、実に趣味の良いアパートに住んでいる気難しい独身の小男というだけだ。飾ってある絵も良い。どれほど良いものかは、それについての訓練ができていないから彼女には言えないが、どれもオリジナルのように思える。その数がそう多くないことも良いことだ。美術好きの独身者連中というものはたいてい、オールド・ミスより趣味が悪くて部屋じゅうを飾り立てすぎるものだ。

ミスタ・ホーグのアパートは違う。そこには、いわばブラームスのワルツのように楽しい洗練された完璧さというものが漂っていた。彼女はホーグに、カーテンをどこで買ったのかを尋ねたかった。

かれはシンシアから茶碗を受け取ると、その手にかこみ、飲む前にその香気を吸いこんだ。それからかれはランダルのほうに向いた。

「今日も、雲をつかむような仕事になりそうですね、ランダルさん」

「たぶんね。どうしてそう思われるんです？」

「それはつまり、これからどうすれば良いのか、本当にとまどっているからなんです。あなたから電話がかかってきたとき、わたしはいつものとおり朝のお茶を用意していました……召使はおいていませんので……どうも朝早くには茶色の霧の中にいるようなんです……つまり、起きてからやることをぼんやりと、放心した状態でやっているんです。あなたが電話をくださったとき、わたしはまったくぼんやりしていて、あなたがだれか、どんな用があるのかを思い出すのに、しばらくかかりました。話しているうちに頭がはっきりしたようで、どういうことなのかわかってきましたが、どうもいまは……」かれは途方にくれたように肩をすくめた。「いまは、これからわたしのするべきことが何なのか、少しもわからないんです」

ランダルはうなずいた。

「お電話したとき、そんなこともあるかと考えていました。ぼくは自分が心理学者だとは言いませんが、あなたの夜の自我から昼間の自我に変化されるのは、アパートを出たときに起こり、その日常の決まったことを少しでも邪魔するとあなたが途方にくれる状態に陥ることになりそうだと思ったのです」

「では、なぜ……」

「そうなってもかまわないからです。ご存知でしょうが、われわれは昨日あなたを尾行しましたからね。あなたがどこに行かれるか、わかっているんです」

「わかりました？　教えてください、ランダルさん！　教えてください」

「そう急がないで。最後の瞬間になって、われわれはあなたの足跡を見失いました。ぼくが考えていることはこうなんです……われわれはあなたを同じ道筋をたどって案内できます。昨日あなたを見失った同じ地点までです。その地点からあなたは習慣になっているとおりに進んでゆかれると思うんです……そして、われわれはあなたのすぐあとについて行くというわけです」

「われわれと言われるのは……ミセス・ランダルがあなたに協力されるのですか？」

ランダルは、小さなことだがごまかしていたのを見破られたかと、どぎまぎした。そのときシンシアが口をはさみ、そのあとを続けた。

「普通にはやらないことですのよ、ホーグさん。でもこれは変わった事件のようですから、あなたの個人的な事件を雇い人の探偵にのぞかれるのはお厭だろうと思いましたの。それで主人は、必要なときにはわたしが応援することにして、自分ひとりであなたの事件を担当させていただくことにしましたのよ」

「おう、それはまたなんとご親切なことを！」

「どういたしまして」

「でも、それはそうですが……でも、その場合は……わたしのお支払いした額で足りるでしょうか。所長さんにやっていただくとなると、少し高くなるのではありませんか？」

ホーグはシンシアを見ていた。ランダルは彼女に〝イエス〟と言うように合図したが、彼女はそれを無視した。

「すでに支払われただけで充分だと思いますわ、ホーグさん。あとで追加分が出てくるようでしたら、そのときにご相談することにいたしましょう」

「そうですね……わたしの事件をあなたがた二人だけの秘密にしてくださったことは本当にありがたく思います。わたしとしてはどうしても……」かれはとつぜんランダルのほうに向いた。「教えてください……もし、わたしの昼間の人生がスキャンダラスなものだったとしたら……あなたがたの取られる態度はどういうことになります？」

その言葉をホーグは苦しそうに言った。

「ぼくは依頼主のスキャンダルを洩らしたりしませんよ」

「もしそれよりずっと悪いことでしたら。たとえばそれが……犯罪的なこと、汚らわしいことだったとしたら？」

ランダルはちょっと黙って言葉を選択した。

「ぼくはイリノイ州から免許証を受けています。その免許によりぼくは自分自身を、限られた意味でですが、特殊な警察官であると見なさなければいけません。もちろんぼくは重大な犯罪を隠しておくことはできません。ですが、ありふれた軽い罪で依頼主を裏切るようなことをしては商売になりません。依頼主を警察に渡すというようなことは、ぼくにとって実に深刻な問題となるのだと断言できますよ」

「でも、そんなことはしないとわたしに約束はできないのですね？」

かれは単調に答えた。

「できません」

ホーグは溜息をつき、右手を上げるとその爪を見つめた。

「あなたの判断を信頼するほかないというわけですね……いや、わたしにはそんな危険は冒せません。ランダルさん、もしあなたが何か見過ごせないことを発見されたとします……そのときわたしに電話をくださって、事件から手を引くと言っていただくわけには？」

「だめです」

かれは両眼を覆い、すぐには答えなかった。口を開いたとき、その声は聞こえにくいほど低かった。

「あなたはまだ……何も発見されていないでしょうね？」

ランダルはうなずいた。

「では、いまやめておくほうが賢明かもしれませんね。知らないほうが良いようなこともあるものですから」

はっきり現われたかれの落胆ぶりと無力感と、かれのアパートの好ましい印象とが組み合わさって、シンシアは前夜なら考えられもしなかったはずの同情を覚えた。彼女はかれのほうにかがみこんだ。

「なぜそんなにがっかりされますの、ホーグさん？　あなたには別に、何か恐ろしいことをしたと考えられる理由はないのでしょう……ありますの？」

「いいえ。本当にありません。ただ、ひどく心配になるだけです」

「でも、なぜですの？」

「奥さん、あなたはこれまでに背後で物音がするのを耳にされ、振り向いて見るのが恐ろしいといったような経験はおありですか？　夜中に眠りから覚めても目をしっかりと閉じつづけ、何が恐ろしいのか見つけようとなどするどころではないとか？　悪魔の中には、はっきりそれを認め顔を合わせたときだけ、その魔力をふるうものがいます……わたしには、この邪悪なものに顔を合わせる勇気がないのです……わたしにはあると思っていたのですが、間違っていました」

彼女は優しく言った。

「勇気を出して……事実というものは、決して恐れているほど悪くないものですわ……」

「なぜそうおっしゃるのです？　もっと悪い場合もあるはずでしょう？」

「なぜって、それは、そういうものだからですわ……」

彼女は口ごもった。彼女の楽天的な言い方にはなんの真実もないこと、それは大人が子供をなだめるときに使う種類のことだと、とつぜん気づいたのだ。彼女は自分の母親のことを思い出した。盲腸の手術を怖がりながら病院へ行き——友達と家族の者はひそかにそれを憂鬱症だと信じこみ——そして癌で死んだときのことを。

そう、事実というものは、われわれが最高に怯え怖がっていることよりも悪いことが、よくあるのだ。

それでも彼女はホーグに同意できなかった。

「では仮に最悪の状態だとして考えてみましょう……あなたが記憶を失っておられるあいだに、何か犯罪的なことをしているのだとします。法廷はあなたがその行動に対して法的な責任があるとは見ませんのよ」

ホーグは彼女に荒々しい視線を向けた。

「ええ、ええ。たぶんそうでしょう。でも、あなたはかれらがどんなことをするかご存知ですか？　どうなんです？　精神異常者の犯罪に対してはどんな手が打たれるか、ご存知なのですか？」

彼女ははっきり答えた。

「もちろん知っていますわ……ほかの精神病者と同じ治療を受けます。差別待遇を受けるわけではありませんのよ。州立病院でわたし実習をしたので知っていますの」

「知っておられるとしても……あなたはそれを外側から見られたんです。内側からはどんな感じがするものかおわかりですか？　全身を湿布で包まれたことがありますか？　看視人にベッドへ寝かせられたことがありますか？　食べることを強制されたことは？　何かしようとするたびに鍵がまわされるとはどんな気持のものか、わかりますか？　どれほど求めたところで、プライバシーがまったく得られないことを？」

かれは立ち上がって歩きまわりはじめた。

「でもそんなのが最悪の部分じゃあないんですよ。問題は他の患者なんです。ひとりの人間の心が変だというだけで、その人間は他人の狂気がわからないものだと思いますか？　ある者はよだれを垂らし、ある者は口に言えないほど醜い癖がある。その連中は喋り、喋り、喋りつづける。横になっている隣りで、正気を失ったやつがいつまでも繰り返している……小さな鳥が飛び上がり、それから飛び去っていった。小さな鳥が飛び上がり、それから飛び去っていった。小さな鳥が飛び上がり、それから飛び去っていった……」

ランダルは立ち上がり、かれの腕をつかんだ。

「ホーグさん！　ホーグさん！　しっかりして！　そんな真似はやめるんです」

ホーグは話すのをやめ、とまどったような表情になった。かれは二人の顔を眺め、恥ずかしいという表情が現われてきた。

「すみません……すみませんでした、ミセス・ランダル。自分がわからなくなっていました。今日のわたしは変です。この心配事のせいか……」

「大丈夫ですわ、ホーグさん」

と、彼女は堅い口調でそう言った。だが、以前に覚えた嫌悪感がもどってきていた。

ランダルは彼女の言葉を修正した。

「大丈夫どころではないですよ……ぼくの考えでは、多くのことをはっきりさせておくべき時だと思いますね。ぼくに理解できないことがこれまで起こりすぎています。それでぼくは、そのいくつかをはっきり答えてもらうのはあなたの責任だと思うんですがね、ホーグさん」

小男は心の底からとまどっているようだった。

「お答えしますとも、ランダルさん。わたしに答えられることでしたら。わたしがあなたに正直でなかったとお感じなのでしょうか？」

「そのとおりです。まず……あなたが精神異常の犯罪で病院に入っておられたのは、いつごろのことなんです？」

「え、そんなことはありません。少なくとも、そんなことはなかったと思います。そんな記憶はありません」

「では、過去五分間あなたが喋りまくっていたヒステリックなたわごとは、なぜなんです？　ただの作り話ですか？」

「いいえ、違います！　それは……それは……セント・ジョージ・レスト・ホームのことなんです。なんの関係もないことです……そういう病院とは」

「セント・ジョージ・レスト・ホームね？　そのことはあとで話すことにしましょう。ホーグさん、昨日おこったことを話してもらいましょうか」

「昨日？　昼間にですか？　でもランダルさん、昼間におこったことをお話しできないのは、あなたもご存知じゃありませんか」

「あなたにはできることだと思いますね。どうも腹立たしい詐欺みたいなことがおこっており、あなたがその中心にいたんですよ。アクメ・ビルの前であなたがぼくを呼びとめたとき……あなたはぼくになんと言いました？」

「アクメ・ビル？　アクメ・ビルなど知りませんが……わたしはそこにいたのですか？」

「あなたがそこにいたことはまったく間違いないし、ぼくに何か変な悪戯を仕掛けた。薬を飲ましたか麻薬を嗅がしたか何かだ。なぜです？」

　ホーグは、堅い表情を浮かべたランダルの顔からランダルの妻にと視線を移した。だが彼女の顔は無表情だった。感情というものを表わしていなかったのだ。かれは絶望したように、またランダルの顔を見た。

「ランダルさん、わたしを信じてください……あなたの言われることですが、わたしにはわからないんです。わたしはアクメ・ビルに行っていたかもしれません。もしそこにおり、あなたに何かしたとしても、わたしはそのことをまったく知らないのです」

かれの言葉はひどく真面目であり、その言いかたも厳かなまでに誠実だったので、ランダルも自分の確信がふらついてきた。それでも——畜生、だれかがかれを袋小路に連れこんだのだ。かれはやり方（アプローチ）を変えた。

「ホーグさん、もしあなたがおっしゃるとおり、ぼくに隠しごとをしておられないなら、ぼくがこれからすることも別に気にされないでしょうな」

かれは上衣の内ポケットから銀のシガレット・ケースを取り出し、それを開くと、ハンカチで鏡のようなその内側をふいた。

「さて、ホーグさん、どうぞ」

「どうしろとおっしゃるのです？」

「あなたの指紋をいただきたいんです」

ホーグは驚いた表情になり、二度ばかり唾を飲みこんでから低い声で言った。

「なぜわたしの指紋を？」

「なぜいけません？　もしあなたが何もしていないのなら、別にひどい目に遭うわけでもないでしょう？」

「あなたはわたしを警察に渡すつもりなんですね？」

「そんなことをする理由は何もありませんよ。あなたになんの恨みもありませんしね。さあ指紋を取らせてもらいましょう」

「いやです！」

ランダルは立ち上がり、ホーグのそばへ近づいてかれを見おろすと、冷やかに言った。

「その両腕を折られたいのか？」

ホーグはかれを見てすくみあがったが、両手を伸ばして指紋を取らせようとはしなかった。身体を丸くして顔をそむけ、両手をしっかりと胸に押しつけているのだ。

ランダルは腕をつかまれるのを覚えた。

「もう充分よ、テディ。ここから出ましょう」

ホーグは顔を上げ、かすれた声で言った。

「ええ、出ていきなさい。もうもどってこないで」

「行きましょう、テディ」

「もうちょっと——まだすんだわけじゃないんだぞ、ホーグさん！」

ホーグは大変な努力をしている様子で、かれと顔を合わせた。

「ホーグさん、あなたは二度もセント・ジョージ・レスト・ホームを母校（アルマ・メイター）のように言ったろう。良く覚えておいてほしいね、そんな場所はないんだってことを！」

またもホーグは本当に驚いてしまったように見えた。

「でもあるんです。そこにいなかったとしたら……少なくとも、そういう名前だと言われたんだ……」

ランダルはドアのほうに向いた。

「ふん！　行こう、シンシア」

エレベーターの中で二人だけになると、彼女はかれのほうに向いた。

「どうしてまた、あんな態度に出たの、テディ？」

かれは面白くなさそうに答えた。

「反対されるのはかまわないんだが、依頼主に裏切られると腹が立つからさ。あいつはぼくらに嘘ばかりつき、邪魔をし、あのアクメ・ビルの中ではぼくに何か変な真似をしやがった。客にあんな真似をされるのは気に入らないね……そうまでして金は欲しくないよ」

彼女は溜息をついた。

「ええ……わたしもそうだわ。喜んであの人に返すわ。すんでしまってせいせいした気持よ」

「どういうつもりだ、あいつに返すって？　ぼくはあいつに返したりしないよ。ちゃんと稼ぎ取ってみせるんだ」

エレベーターはもう一階に着いていたが、彼女は出ていこうとしなかった。

「テディ……どういうつもりなの？」

「あいつは自分が何をやっているのかを見つけ出すために、ぼくを雇ったんだ。くそっ、ぼくは見つけ出してやるぞ……あいつの協力があろうとなかろうとだ」

　かれは妻が答えるのを待ったが、彼女は答えなかった。かれはかばうように言った。

「でも、きみは別に何もしなくてもいいんだよ」

「あなたがこの仕事をつづける限り、わたしもやるのよ。覚えているんでしょうね、わたしと約束したことを？」

　かれはまったく知らないふりをして尋ねた。

「ぼくが何を約束したって？」

「知ってるくせに」

「でも考えてみろよ、シン……ぼくがやろうとしていることは、かれが出てくるまで待ちつづけ、それから尾行するんだ。一日じゅうかかるかもしれないんだぜ。かれは出てこないと決心するかもしれないしさ」

「いいわよ。わたしあなたと一緒に待つわ」

「だれかが事務所で番をしていなくちゃあ」

「あなたが事務所にいて、わたしがホーグを見張るわ」

「馬鹿なことを。きみは……」

　エレベーターは上へ動きかけた。

「おっと！　だれか使おうとしているぞ」

かれは〝停止〟のボタンを押し、それから一階へもどす別のボタンを押した。こんどは中で待たず、かれはすぐドアをあけて外に出た。

アパートメント・ハウスの入口の隣りに、小さなラウンジか待合室のようなところがあった。ランダルは彼女をそこへ連れていって言いだした。

「まずはっきりさせておこう」

「もう決まったわ」

「オーケイ、きみの勝ちだ。では、居場所を見つけなきゃあ」

「ここはどうなの？　坐っていられるし、わたしたちに見られずにかれがこの建物から出てゆくことは、まずできないでしょう」

「オーケイ」

二人が出たあとエレベーターはすぐ上がっていった。やがてそれが一階へもどってくる音が響いてきた。

「気をつけろよ、シン」

彼女はうなずき、ラウンジの陰になっているところに下がった。かれは、ラウンジにかけられていた装飾用の鏡に映るエレベーターのドアが見られる位置についた。

「ホーグなの？」

と、彼女はささやいた。

かれは低い声で答えた。

「いや、もっと大きい男だ。どうも……」

かれはとつぜん口を閉じて、彼女の手首を握った。

ラウンジの開いたドアの前を急いで通りすぎてゆくジョナサン・ホーグの姿を彼女は見た。その姿はかれら二人のほうへ視線を向けず、まっすぐ外のドアを通って出ていった。ドアが閉まると、ランダルは彼女の手首を握っていた力をゆるめた。

「もうちょっとのところで失敗するところだったよ」

「どうしたの？」

「わからないよ。鏡のガラスがいいかげんなんだろう。本物と違って見えたんだ。それ、追おう」

二人がドアを出たとき、相手は舗道に出て、昨日と同じように左へ曲がったところだった。

ランダルは不安そうに言った。

「かれに見られる可能性があっても良いと思うんだ。見失いたくないからね」

「タクシーに乗っていても、同じようにうまく尾行できるんじゃなくて？　かれが昨日と同じところでバスに乗るとしたら、一緒に乗りこむよりうまくいくでしょう」

彼女は、ホーグから離れていたがっていることに、自分でも気づいていなかった。

「いや、バスに乗らないかもしれないよ。行こう」

かれを尾行するのは難しくなかった。かれは通りをさっさと歩いていったが、難しいほどの速さではなかった。昨日かれが乗りこんだバス停留所へ来ると、かれは新聞を買ってベンチに腰を下ろした。ランダルとシンシアはかれの背後を通って、店の入口に隠れた。

バスが来るとホーグは前と同じように二階へ上がっていった。二人は乗りこみ、下の階に残った。

ランダルは話しかけた。

「どうもあいつは、昨日行ったのと同じところへ行くらしいな……今日はあいつをつかまえるぞ」

彼女は答えなかった。

バスがアクメ・ビルのそばの停留所に近づくと、二人は用意し待っていた——だが、ホーグが階段を下りてくる様子はなかった。バスはまた動き出し、二人は腰を下ろした。ランダルは、いらいらと言った。

「あいつはどこへ行くつもりなんだろう？　ぼくらを見たと思うかい？」

「わたしたちの裏をかくつもりじゃないかしら？」

と、シンシアは答えた。

「どうやって？　バスの上から飛び下りてかい？」

「そうじゃないわ、でもそれに近いことね。赤信号で別のバスが隣りに並んだら、かれは手すりを越して乗り移れるわ。わたし前に、男の人がそうしたのを見たことがあるの。後部に向かってやると、うまくやれるらしいわよ」

かれはそのことを考えた。

「まだ一台も別のバスは並んでとまらなかったよ。それでも、トラックの上へは乗り移れたわけだな……階段へ行って、ちょっとのぞいてみることにするよ」

「そして、下りてくるかれと顔を合わせるつもり？　子供じゃあるまいし」

かれは黙りこみ、バスは数ブロックのあいだ進んでいった。

「ぼくらのところへ来たぜ」

ランダルの言葉に彼女はうなずいた。かれと同じぐらい早く、かれらの事務所があるビル近くの角へバスが近づいていることに気づいていた。彼女はコンパクトを出して鼻をパフで叩いた。バスに乗りこんでから八回目だ。その小さな鏡は、バスの後ろから下りてゆく乗客を見張る格好の潜望鏡になっていたのだ。

「あそこにいるわ、テディ！」

ランダルはすぐに席を立ち、車掌に手を振りながら通路を急いで歩いた。車掌は厭な顔をしたが、発車しないようにと運転手に合図してから言った。

「どうして気をつけていなかったんです？」

「ごめんよ。このへんは初めてなんでね。さあ、シン」

かれらの尾行している男は、ちょうど二人の事務所がある建物に入ってゆくところだった。ランダルは立ちどまった。

「どうもこれは変だぞ」

「どうしましょう？」

かれは決心した。

「つけよう」

二人は急いだ。かれはロビーにいなかった。ミッドウェイ・コプトン・ビルは大きくもなく、モダンな建物でもなかった——そうであれば、かれらには借りられなかっただろう。エレベーターも二台しかなく、その一つは下りていてだれも乗っておらず、もう一台は、いま上がっていったところだった。

ランダルはあいているエレベーターへ近づいていったが、中へは入らなかった。

「ジミー、隣りのエレベーターには何人乗った？」

エレベーター・ボーイは答えた。

「二人」

「確かかい？」

「ええ。バートがドアを閉めるときまで話していましたからね。ハリスンさんと、もうひとりの男。なぜです？」

ランダルはかれに二十五セント貨を一枚わたし、ゆっくりと動いてゆく指示器を見ながら答えた。

「ハリスンさんは何階だい？」

「七階です」

指示器の矢はそのとき七階でとまった。

「そうか」

矢はまた動きだし、ゆっくりと八階、九階を通過し、十階でとまった。ランダルはシンシアをエレベーターの中へ引っぱり入れて、鋭い声を出した。

「ぼくらの階だ、ジミー。急いでくれ！」

四階から〝上へ〟の信号が光った。ジミーがとめようとすると、ランダルはその腕をつかんだ。

「通過してくれ、ジム」

エレベーター・ボーイは肩をすくめ、頼まれたとおりにした。

十階のエレベーターに面した廊下には、だれもいなかった。ランダルはそれをすぐに見て、シンシアに言った。

「急いで向こう側の廊下を見てくれ、シン」

そしてかれは右側へ、かれらの事務所があるほうへ向かった。

シンシアは、別に心配することなくそのとおりにした。ここまで来たからにはホーグはかれらの事務所に行ったに違いないと、彼女は信じていた。だが彼女は、二人で仕事をするときにはテディの指示どおりにする習慣だった。かれが向こうの廊下を見てくれというなら、もちろんそれに従うのだ。

建物の平面図は大文字のHの形をしており、エレベーターは二本の縦棒を結ぶ横棒のまん中に位置していた。彼女は左へ曲がりそちらの廊下に出ると、左をのぞいた——だれもいない。彼女は振り向いて反対側を見た——そちらにも人影はない。ホーグが非常階段から出ていったということもあり得るかもしれないと、彼女は思った。実のところその非常階段は彼女が最初にのぞいた方向、つまり建物の後方にあったのだ——ところが習慣というものが、彼女を錯覚させた。彼女が行くところはいつも二人の事務所がある反対側の棟だった。だから当然、いまいる棟ではすべてのものが右左反対になっているのだ。

通りに面した廊下の突き当りに向かって三、四歩進んだとき彼女は間違いに気がついた——開いている窓の向こうに非常階段がないのははっきりしていた。自分の愚かさにちょっと苛立ちの声を洩らして、彼女は振り向いた。

ホーグは彼女のすぐ後ろに立っていた。

彼女は最も非職業（アンプロフェッショナル）的なあえぎ声を上げた。

ホーグは口もとに笑いを浮かべた。

「ああ、ミセス・ランダル！」

彼女は何も言わなかった――口にすることを何ひとつ考えられなかったのだ。ハンドバッグには三二口径のピストルが入れてあり、彼女はそれを取り出して撃ちたいという狂おしい欲望を覚えた。彼女は麻薬課の囮（おとり）として働いていたとき二度、危険な状態にあっての冷静な勇気ということで公式に賞賛を受けたことがある――だがいま、そんな冷静さはなかった。

ホーグは彼女のほうへ一歩近づいた。

「あんたはわたしに会いたいんだったね、違うのかい？」

彼女は一歩後ろへ退がり、息もつまりそうな声で答えた。

「いいえ、いいえ！」

「ほう、だがあんたはそうだった。あんたの事務所でわたしを見つけるつもりだった。しかしわたしは決めたんだ……ここであんたに会おうとね！」

その廊下に他の人影はなかった。まわりのどの事務所からも、タイプを打っている音も話し声も聞こえてこなかった。曇りガラスはこちらを見つめているが視力はない。二人の短い言葉のほかに聞こえる音はというと、十階下から遠く頼りなげにこもって響いてくる街頭の騒音だけだ。

かれはもっと近づいてきた。

「あんたはわたしの指紋を取りたかった、違うのかい？　あんたはそれを調べて……わたしのことをいろいろと知りたかった。あんたと、おせっかい焼きの亭主とがね」

「わたしに近寄らないで！」

かれは笑顔を続けた。

「さあ、さあ。あんたはわたしの指紋が欲しかった……やるとも」

かれは両手を上げて指をひろげ、彼女のほうへ伸ばしてきた。彼女はその、つかみかかってくる両手から逃れて後ろへ退がった。ホーグはもはや小男に見えなかった。ずっと背が高く肩幅が広く――テディよりも大きいのだ。かれの両眼は彼女を見おろしていた。

彼女の踵が何かにぶつかった。彼女は自分が廊下のいちばん端まで追いつめられたことを知った――突き当り（デッド・エンド）へ。

かれの両手は近づいてきた。

「テディ、おう、テディ！」

彼女は悲鳴を上げた。

テディは彼女の上にかがみこんで、その顔を叩いていた。

「やめて……痛いわ！」

彼女が怒ってそう言うと、かれはほっと安堵の吐息を洩らして、優しく答えた。

「ハニー、まったくびっくりさせられたよ。きみは何分も気絶していたんだからな」

「まあ！」

「ぼくがどこできみを見つけたか知っているかい？　そこだよ！」

かれは開いている窓のすぐ下を指さした。

「うまく倒れていなければ、いまごろはハンバーガーになっていたところなんだぜ。どうしたんだ？　窓の外を見て、目まいでもしたのかい？」

「かれをつかまえなかったの？」

かれは妻を賞賛するような目つきで眺めた。

「常に職業的（プロフェッショナル）なんだね！　いや。でも、もう少しでつかまえるところだった。廊下の端であいつを見つけたよ。何をしようとしているのか知ろうと、ちょっと見ていた。きみが悲鳴を上げていなかったら、つかまえていたところだよ」

「もしわたしが悲鳴を上げていなければですって？」

「そうだよ。あいつはぼくらの事務所のドアの前にいて、錠をはずそうとしていたんだ。そのとき……」

「だれがですって？」

かれは驚いて彼女を眺めた。

「え、もちろん、ホーグだよ……ベイビイ！　しっかりしてくれ！　きみ、また気絶するんじゃないだろうな？」

彼女は深く息をつくと、落ち着いた声で答えた。

「もう大丈夫よ……あなたがいてくださる限りはね。事務所へ連れていって」

「抱いていこうか？」

「いいわよ、でも手を貸して」

ランダルは彼女を引っぱりおこして、ドレスのほこりを払った。

「そんなことといいわよ」

と彼女は言ったが、立ちどまり、どうにもならないのに、ついさっきまで新品だったストッキングについた長い伝線に唾をつけてとめようとした。

かれは事務所に入ると優しくシンシアを椅子に坐らせ、それから濡らしたタオルを取ってきて彼女の顔をふいた。

「気分は良くなったかい？」

「大丈夫よ……身体（からだ）のほうは。でもわたし、ひとつだけはっきりさせておきたいことがあるの。あなた、ホーグがこの事務所に入ろうとしているところを見たって言ったわね？」

「ああ。特製の錠にしておいて良かったよ」

「それは、わたしが悲鳴を上げたときのことなのね？」

「うん、そのとおりさ」

彼女は椅子の肘を叩きつけた。

「どうしたんだ、シン？」

「何も。なんでもないのよ……ただ、わたしが悲鳴を上げた理由は、ホーグがわたしの頸を絞めようとしたからなの！」

「なんだって？」

そう言うだけでも、かれにはちょっと時間がかかった。

彼女は答えた。

「ええ、わかってるわ、あなた。そのとおりだったし、そこがわけのわからないところなのよ。どうやってだか知らないけど、かれ、またわたしたちにあれをやったのよ。でもわたし誓うわ、かれがわたしの頸をしめつけようとしたこと。あるいは、そうだとわたしが思ったことは」

彼女は自分が経験したことを詳しく話した。

「どういうことなのかしら？」

かれは顔をなでながら言った。

「ぼくも知りたいね……アクメ・ビルでのあの出来事がなければ、きみは気分が悪くなって気絶し、気がついたときもまだちょっと頭が変だった、と言いたいところだよ。でもいまは、ぼくらのうちのどちらが変なのかわからないな。ぼくがあいつを見たことも間違いないと思うんだ」

「わたしたちどちらも気が狂ってるんじゃあないかしら。二人で良い精神分析医にかかるほうが良いかもしれないわよ」

「ぼくら二人ともだって？　二人の人間が同じように狂人になれるもんか。どちらかじゃないのかい？」

「そうとも限らないわ。滅多にないことでしょうけど、あり得るわ。フォリー・ア・ドゥ」

「フォリー・ア・ドゥー？」

「伝染性の狂気よ。二人の弱点が重なりあって、おたがいがより気が変になるの」

彼女は勉強した症例を考え、普通一方が主役でもう一方が傍役であることを思い出したが、それは口にしないことにした。つまり、彼女としては二人のうちのどちらが主役であるかについて意見が決まっていたのだが、それは心の中にしまっておいたほうが賢明だからだった。

ランダルは考えこんだように言った。

「ぼくらに必要なものは、素敵な長い休暇かもしれないな。メキシコ湾のどこか、日光を浴びて寝ころんでいられるところへでもね」

「それは、いずれにしても良い考えね。よりにもよってシカゴみたいな陰気で汚ならしい場所に住むなんて、うんざりよ」

「金はどれぐらいあるんだ？」

「八百ドルほどね、請求書と税金を払った残りは。それにホーグからの五百ドルもあるわよ。それも入れるつもりなら」

かれはきっぱりと言った。

「それも、ぼくらで稼いだ金だと思うよ……おい、あの金はあるのかい？　それも嘘じゃあないだろうな」

「ホーグさんなんて人はいなかった、そしてもうすぐ看護婦さんが夕食をわたしたちに運んできてくれるのかもしれない……そういう意味なの？」

「う、うん……まあそういうことだな。あるかい？」

「あると思うわ。ちょっと待って」

彼女はハンドバッグをあけ、ジッパーをかけたポケットを開いて調べてみた。

「ええ、ここにあるわ。きれいな緑色の紙幣よ。休暇を取りましょう、テディ。とにかく、なぜシカゴにいなければいけないのか、わたしにはわからないわ」

かれは現実的なことを言った。

「そりゃあ仕事がここにあるからさ……猫と鼠さ。それで思いだしたよ、頭が変になったかどうか知らないが、どんな電話が入っているか調べておいたほうが良さそうだな」

かれはシンシアの机にある電話のそばへ行った。そしてかれはタイプライターにはさんである紙を見た。かれはしばらく黙っており、それから緊張した声で言った。

「ちょっと来てくれ、シン。これを見てほしいんだ」

彼女はすぐに立ち上がり、かれの肩ごしに見た。彼女が見たものは、タイプライターにはさんであるかれらの便箋の上に、一行タイプされてある文字だった。

好奇心が猫を殺した

彼女は何も言わず、胃のあたりがおかしくなってくるのを押さえようとした。

「シン、きみがタイプしたのかい？」

「いいえ」

「間違いないのか？」

「ええ」

彼女は手をのばしてその紙を機械から出そうとした。かれはその手を押さえた。

「さわるなよ、指紋だ」

「ええ……でも、これからは指紋など取れないような気がするわ」

「そうかもしれないな」

それでも彼は自分の机の引出しから道具を出して、その紙とタイプライターに粉をふりまいてみた。そのどちらも結果はゼロだった。面くらったことには、シンシアの指紋までなかった。彼女は事務所の中をビジネス・スクール風にきちんとしておく習慣があり、毎日の終りにはタイプライターを掃除してふいておくことにしていたのだ。

かれが仕事をしているのを見つめながら、彼女は言った。

「どうもあなたは、あの人が入るところじゃなくて出てくるところを見たらしいわね」

「え？　どうやって？」

「錠をあけてでしょう」

「あの錠じゃあだめさ。忘れているようだが、あの錠はミスタ・イエールご自慢の代物なんだぜ。そりゃあ壊すことはできるかもしれないが、あけることはできないはずだよ」

彼女は返事をしなかった——何も考えられなかったのだ。かれは眺めているとどういうことがおこったのか教えてくれるかもしれないというように、ぼんやりとタイプライターを見つめていた。それから背を伸ばし、道具を集めると、もとの引出しにしまった。

「何もかも変だな」

かれはそう言い、部屋の中を歩きまわりはじめた。

シンシアは自分の机から布(きれ)を出して、機械についた指紋採取用の粉をふきとり、それから坐りこんでかれを見つめた。かれがこの問題にいらいらしているあいだ、彼女は黙っていた。彼女の表情は心配そうだったが、自分がどうなったのかと心配しているのではなく——母性愛的なものからというものでもなかった。それよりむしろ、二人のこととして心配していたのだ。

かれはとつぜん言った。

「シン……これはやめなければいけないことだ！」

彼女はうなずいた。

「いいわ……やめましょう」

「どうやって？」

「休暇を取ることでよ」

かれは首を振った。

「これから逃げ出したりはできないね。ぼくはどうしてもつきとめるよ」

彼女は溜息をついた。

「わたし、知りたくもない気持よ。わたしたちが戦う相手としては大きすぎるものから逃げて、どうして悪いの？」

かれは立ちどまって、彼女を眺めた。

「いったいどうしたんだ、シン？　きみはこれまで臆病風に吹かれたことなどなかったぜ」

彼女はゆっくりと答えた。

「ええ……そんなこと一度もなかったわ。でも、そうなる理由もなかったのよ。ねえ、テディ……わたしがなよなよした女じゃないこと、あなたは知ってるわね。レストランで与太者がわたしに手を出そうとしても、あなたに喧嘩してもらおうとは思わないわ。わたし、血を見ても悲鳴を上げたりしないし、わたしの淑女らしい耳に合うようにあなたの言葉遣いを直してもらおうとも思わないわ。仕事のことで、わたし一度でもあなたに事件をあきらめさせたことがあって？　臆病なせいでって意味よ。そんなこと、したことがあって？」

「いや、ないね。そんなことがあったなんて言っちゃいないよ」

「でも、これは違う事件なのよ。数分前、わたしハンドバッグに拳銃を入れていたのに、それを使えなかったわ。なぜだかはわからないわ。使えなかっただけなのよ」

かれは、大げさにだが心から罵りの声を上げた。

「あのときぼくがあいつを見ていたらなあ。ぼくが撃っていたのに！」

「そうしてくれた、テディ？」

かれの表情を見るなり、彼女は飛び上がって、とつぜんかれの鼻の先に接吻した。

「あなたも慄え上がったとは思わないわ。わたしがそんなつもりで言っているとも思わないでしょう。あなたは勇気があるし、あなたは強いし、あなたは頭が良いとも思うわ。でもねえ、あなた……昨日かれはあなたを引っぱりまわして、ありもしないものを見たように信じさせたわ。なぜそのとき、あなたは自分の拳銃を使わなかったの？」

「使うような時がなかったからさ」

「わたしが言っているのは、そこんところなのよ。あなたは、見るように仕向けられたものを見ていたのよ。自分自身の目が信じられないとき、どうやれば戦えるの？」

「でも、くそっ、そんなことをあいつがやれるはずはないさ……」

「やれない？　かれがやれることはこのとおりよ」彼女は指をパシッと鳴らした。「かれは、同時に二つの場所にいられるわ。かれは同じ時に、あなたには一つのことを見せ、わたしには別のものを見せられるわ……覚えているでしょ、アクメ・ビルの外でのこと？　かれは、存在してもいない階の存在していない事務所へあなたが行ったと信じさせられるのよ。かれは鍵がかかっているドアを通り抜けてタイプライターを使えるんだわ。それにかれは指紋も残さないのよ。これをみな合わせると、どういうことになるの？」

かれはいらいらと手を振った。

「無意味（ナンセンス）さ。それとも魔法かだな。そしてぼくは魔法というものを信じていないんでね」

「わたしも同じよ」

「じゃあ、ぼくらは二人とも頭がいかれてしまったんだ」

かれは笑いだした。だがそれは幸せそうな笑いではなかった。

「そうかもしれないわね。でももし魔法なら、わたしたち、神父さまにでも会うべきね……」

「言ったろう、ぼくは魔法など信じていないんだって」

「やめてよ。もしもう一つのほうなら、わたしたちホーグさんを尾行しようとしても、なんにもならないってことよ。妄想にとりつかれている人間が、そこに見えていると思っている蛇をつかまえて動物園へ持っていこうとしているようなものだわ。その人に必要なのは医者よ……わたしたちもそれと同じかもしれないわ」

ランダルはとつぜんびくりとした。

「おい！」

「なんなの？」

「きみはいま、ぼくが忘れていたことを思い出させてくれたぜ……ホーグの医者さ。ぼくらはまだ一度もそいつを調べていないんだぞ」

「いいえ、あなた調べたわ。覚えていないの？　そんな医者などいなかったってこと」

「ドクター・ルノーのことを言ってるんじゃあないんだ。ぼくが言っているのはドクター

・ポットベリイさ……あいつが爪のあいだについているものを調べてもらいにいったやつだよ」
「あなた、かれが本当にそうしたと思っているの？　わたしそのことも、あの人がついた多くの嘘の一部だと思っていたわ」

「ぼくもさ。だが、それを調べてみるべきだな」

「そんな医者はいないってこと、わたし賭けてもいいわよ」

「きみの言うとおりかもしれないが、調べてみるべきさ。電話帳を取ってくれ」

彼女がそれを渡すと、かれはＰのところを探してめくりはじめた。

「ポットベリイ……ポットベリイと。一行の半分がそうだが、医者はないな……黄色のを取ってくれないか。医者は自宅のアドレスをのせないことがあるからな」

彼女はそれを取り、かれはそれを開いた。

「医学文化研究所と……内科医と外科医と。なんて多いんだ！　酒場の数より医者のほうが多いぞ……シカゴに住んでいる連中の半分は、たいてい病気をしているって寸法だな。ああ、あったぞ……ポットベリイ・Ｐ・Ｔ、医者だ」

彼女はうなずいた。

「それかもしれないわね」

「何をぼんやりしているんだ？　さあ、調べにいこう」

「テディ！」

「厭なのかい？　ポットベリイはホーグじゃないんだぞ……」

「そうかしら」

「え？　どういうつもりだ？　ポットベリイも、この変なことに一枚嚙んでるってのかい？」

「わからないわ、わたし。ただわたし、ホーグさんのことは何もかも忘れてしまいたいだけよ」

「だがこれは別に恐ろしいことじゃないぜ、シン。ただ車でそこまで行って、その医者にちょっと要領良く質問をしてから、昼飯に間に合うようにきみのところへ戻ってくるだけさ」

「車はバルブの研磨に出してあるのよ、知ってるでしょ」

「オーケイ。電車で行くよ。いずれにしても、そのほうが速いからな」

「どうしても行くんなら、二人で乗ることにしましょう。わたしたち一緒にいるのよ、テディ」

かれは口をとがらせた。

「そのほうが良いかもしれないな。どこにホーグがいるかわからないんだから。どうしてもと言うんなら……」

「そのとおりよ。少し前、わたしあなたとほんの三分ほど離れただけよ、それであんなことになったんですもの」

「ああ、きみに変なことはおこってほしくないからな」

彼女は首を振った。

「わたしにじゃあないわ。わたしたちによ。わたしたちに何かおこるとしたら、わたし、同じことであってほしいの」

かれは真面目な顔で答えた。

「わかった……これからは、ずっと一緒にいることにしよう。そのほうが良ければ、ぼくと手錠でつないでいてもいいぜ」

「その必要はないわ。わたし、くっついているから」

6

ポットベリイ医師のところは、大学の向こう側を南へ行ったところにあった。高架鉄道の線路は何マイルもアパートが続いているあいだを走っていた。いつもなら脳になんの印象も与えられることなく見過ごす景色だが、今日の彼女は憂鬱な気持で眺めていた。

四階建てから五階建ての歩いて上がるアパートがその背面を線路に向けている。一つの建物に少なくとも十家族が、多くは二十家族以上が入っており、それらの建物がほとんど壁と壁を押しつけるようにして立っている。表側は煉瓦張りだが、木造の勝手口（バック・ポーチ）がこのごみごみした場所に火がつけばどうしようもないことを表わしており、そこに洗濯物が乾してあり、塵芥を入れた罐が並べられている。背後から見ると、下品で醜く不潔な景色が何マイルものあいだ続いているのだ。

そして、あらゆるものの上に、彼女のそばにある窓枠の埃（ほこり）と同じく、昔からの黒い煤（すす）がこびりついている。

彼女は、澄んだ空気と澄んだ日光の中で送る休暇のことを考えた。なぜシカゴに留まっているの？　この町のどこに存在価値があるっていうのかしら？　きれいな大通りが一つ、北に上品な住宅地が一つあるが、値段は金持向き、大学が二つに、湖が一つ。あとは、果しなく続くぞっとするような汚ならしい街路。この町は大きな豚小屋みたいなところだわ。

アパート群は消え、高架鉄道の操車場となり、電車は左に曲がって東に向かった。数分後二人はストーニイ・アイランド駅で下りた。彼女は、あまりにもあからさまに日常生活の裏面を見せつけている景色が見えなくなって嬉しかった。たとえその代わりにやかましく不快なコマーシャルに満ちた六十三丁目になってもだ。

ポットベリイの診療所は通りに面しており、高架鉄道と電車がよく眺められるところだった。そこは開業医が忙しく働けると同時に、金持や名声といったものに悩まされることなど決してないような場所だった。風通しの悪い小さな待合室は混んでいたが、診察は速いので、二人は長いあいだ待たなくてすんだ。

ポットベリイは入ってきた二人を見上げた。

「どちらが病気なんです？」

と尋ねたかれの口調は、ちょっと怒りっぽかった。

二人が計画していたのは、シンシアが気絶したことを診察の口実にして、ホーグの話に引きずりこもうということだった。しかし、ポットベリイが次に言ったことでその計画もだめになってしまったと彼女は思った。

「どちらにしろ、もう一人のかたは外で待ってもらいましょうか。無駄話は好みませんのでね」

「ぼくの家内……」

と言い出したランダルの腕を彼女はつかんだ。かれはうまくあとを続けた。

「ぼくの家内とぼくは、あなたにちょっと質問したいことがありましてね、ドクター」

「ほう？　話してもらいましょうか」

「こちらの患者さんに……ホーグという人がおられましたね」

ポットベリイはあわてて立ち上がると、待合室のドアのそばへ行き、ぴっちりと締まっているかどうかを確かめた。それから背中をただ一つの出口へ向けて立ったまま二人のほうを見て、不吉なことでも聞いたように尋ねた。

「どういうことです……ホーグ？」

ランダルは身分証明書を出した。

「ぼくがちゃんとした探偵であることはおわかりいただけるでしょう。家内も同じ許可を受けています」

「あなたがたにどういう関係があるんです……いま言われた人と？」

「われわれはその人のために調査をおこなっています。あなた自身プロフェッショナルでおられるから、わたしが正直にお話しすることを喜んでいただけると思うんです……」

「かれのために働いているんですか？」

「イエスでもあり、ノーでもあります。特にわれわれは、かれについてある事を見つけ出そうとしているんです。かれはぼくらがそうしていることを知っていますよ。でも、かれを裏切るつもりはありません。なんでしたら、かれに電話されて確かめてくださっても結構ですよ」

ランダルはそうすることが必要に思われたので言ってみたのだが、ポットベリイがその提案を無視してくれればいいと思っていた。

ポットベリイの反応は望みどおりだったが、そう嬉しくなるような態度ではなかった。

「かれと話をするって？　厭なことですな！　いったいあの人について、どういうことを知りたいと言われるんです？」

　ランダルは慎重に言いだした。

「数日前、ホーグはあなたのところへある物質を分析してもらいに持ってきました。それが何だったのか、ぼくは知りたいのです」

「ふーん！　いましがた、あなたはわれわれがどちらもプロフェッショナルであることを思い出させてくださった。それなのにそんな要求をされるとは驚きましたよ」

「おっしゃることはよくわかりますよ、先生。それにぼくは、患者についての医師の知識は秘密にしておくべきであることも知っています。ですが、この場合には……」

「知らなかったほうが良かった、と言われることになりますよ！」

　ランダルはその言葉を考えてみた。

「ぼくは人世の暗い面をずいぶん見てきましたよ、先生。ですからもうこれ以上驚かされるようなことはないと思いますね。家内の前ではおっしゃりたくないと言われるのですか？」

　ポットベリイは変な目付きでかれを眺め、次いでランダルの妻に視線を移した。

「あなたがたはまともな人たちのように見える……ショックを覚えるようなことはないと考えておられることもわかりました。しかし、あなたがたにひとつ忠告させてもらいましょう。あなたがたがある程度までこの男と関係を持っておられることは明らかだ。あの男から離れていることです！　あの男とつきあわないことですよ。それに、あの男の爪に何がついていたのかは尋ねないでください」

シンシアは驚きを抑えつけた。彼女は二人の話に口をはさまないようにしていたが、気をつけて聞いていた。彼女の記憶している限り、テディは爪のことなど何も言っていなかったのだ。

ランダルはねばり強く続けた。

「なぜです、先生？」

ポットベリイはいらいらしはじめた。

「あなたはどうも頑固なかただな。こう言いましょうか……この男についていま知っておられるらしいこと以上に知ったりしなければ、この世界に存在し得る恐ろしい深淵を知らないでいられるということです。それでこそ幸福でいられる。知らないほうがずっとずっと良いのですよ」

ランダルは議論が自分に向けられだしたことに気づいてためらいを覚えたが、言葉を続けた。

「あなたのおっしゃるとおりだとしますと、先生……もしあの男がそれほど恐ろしいものなら、あなたがホーグのことを警察に知らせなかったのはどうしてなんです?」

「わたしがそうしなかったと、どうしておわかりなんです? でも、その質問には答えましょう。ええ、わたしは警察に知らせていません。そんなことをしても何にもならないという簡単な理由からです。奇妙な悪(イーブル)が介在している可能性を考えられるほどの知恵や想像力など当局にはありませんよ。かれに触れられる法律などないです……今日(こんにち)、この時代では」

「どういう意味です……今日、この時代では……とは?」

「何も。忘れてください。この問題はもう終りです。あなたは入ってこられたとき、奥さんがどうとか言われた。奥さんは何かわたしに相談されたかったのですかな?」

シンシアは急いで言った。

「なんでもありませんわ。大切なことじゃありませんの」

かれは面白そうに微笑した。

「ただの口実ですか? 何だったのです?」

「別に……今朝がた気を失いましたの。でも、もう大丈夫ですわ」

「ふーん。もう心配はないのですな? あなたの目はそうじゃあなさそうだが。でもお元気そうですよ。たぶん、ちょっとした貧血でしょう。きれいな空気に日光は別に悪くありませんよ」

かれは二人から離れ、壁の白いキャビネットを開いた。それからしばらく瓶をごとごとやっていたが、やがて褐色の液体を満たした薬用のグラスを持って戻ってきた。

「さあ……これをお飲みなさい」

「何ですの？」

「強壮剤です。牧師をも踊らせる代物(ホワット・メイド・ザ・プリーチャー・ダンス)で、あなたも楽しくなりますよ」

それでも彼女はためらって、良人のほうを見た。ポットベリイはそれに気づいて言った。

「ひとりでは飲みたくありませんか？　では、われわれが飲んでも別に悪くありませんかららな」

かれはキャビネットのところへ戻り、グラスをもう二つ持ってきて、その一つをランダルに渡した。

「不愉快なすべてのことを忘れるために……飲んで！」

かれは自分のグラスを上げ、ひと口に飲みほした。

ランダルは飲み、シンシアもそれに続いた。悪い代物ではなかった。少し甘味が入っているが、ウイスキーだった。こういう強壮剤の一瓶は別にそう良くないにしても、気分は良くさせてくれるものだ。

ポットベリイは二人を出口へとうながした。

「また気を失うようなことがあれば来てください、ミセス・ランダル。詳しく調べてみますから。それまでは、どうしようもないことになど気を使わないことですな」

二人は帰りの電車の最後尾に乗り、気兼ねなく話せるようにほかの乗客から離れた席に坐った。

「どう思う?」

と、かれはすぐに尋ね、彼女は眉をよせた。

「わけがわからないわ、まったく。かれは確かにホーグさんを嫌っているけれど、一度も理由を言わなかったわね」

「うん……」

「あなたはどう思うの、テディ?」

「第一に、ポットベリイはホーグを知っている。第二に、ポットベリイは、ぼくがホーグについて何を知らないのかひどく心配していた。第三に、ポットベリイはホーグを憎んでいる……そして、かれを恐れているね!」

「え? どうしてそう思うの?」

かれは変な笑いを浮かべた。

「脳細胞を使うんだよ、シン。ぼくはポットベリイの気持がわかるような気がするんだ……もし、ホーグが何をやっているのか知るとぼくが恐ろしがるとでも考えているのだとしたら、あいつにはそれだけの考えがあるということなんだ！」

　賢明にも彼女はいまそのことを良人と議論しないことに決めた——結婚してからだいぶたっているのだから。

　彼女の願いで二人は事務所へ戻らず家へ向かった。

「その気になれないのよ、テディ。かれがわたしのタイプライターで遊びたいのなら、そうさせておきましょうよ！」

「まだあのことで気分が悪いのかい？」

　と、かれは心配そうに尋ねた。

「そうらしいわ」

　彼女は午後じゅううつらうつらとして過ごした。ポットベリイ医師がくれた強壮剤はなんの役にも立ってくれなかったようだった——役に立ったとすれば、口の中が少しねばついて、眠たくなったことだ。

　ランダルは彼女を眠るままにさせておいた。かれは数分のあいだアパートの中を歩きまわり、ダーツの盤をかけて下手投げをちょっと練習したが、シンシアを起こしてしまうかもわからないと気がついたのでやめることにした。かれは妻の具合をうかがい、彼女が安らかに眠っているのを知った。かれはシンシアが目を覚ましたときビールを飲みたがるかもしれないと考えた——それは外に出る良い口実だった。かれ自身、ビールを飲みたかったのだ。ひどくはないがちょっと頭痛がしている。あの医者のところを出てからどうも気分がすぐれない。ビールを二罐ほど飲めばなおるだろう。


近くの食料品店のそばに酒場があった。ランダルは帰る前に一杯生ビールを引っかけていこうと思った。しばらくするとかれはバーテン相手に、いくら改革運動をしてみたところで市の機構をひっくりかえすことはできないだろうなどと言っていることに気づいた。

そこを出るとき、かれは最初の目的を思い出した。ビールとコールド・ミートをいっぱいかかえてアパートへ戻ってくると、シンシアは起きており、台所で物音をさせていた。

「やあ、シン！」

「テディ！」

かれは荷物を下ろす前に彼女に接吻した。

「目を覚ましたとき、ぼくがいなくてこわくなかったかい？」

「そうでもなかったわ。でも、どこへ行くのか書いておいてくれたほうが良かったわね。何を買ってきたの？」

「ビールとコールド・ミート。どう？」

「素敵ね。夕食に出る気がしないから、何ができるか探していたところなの。でも、肉が全然なかったわ」

彼女は袋をかれから受け取った。

「どこからか電話は？」

「ううん。起きたとき交換台に尋ねてみたわ。興味のあることは何もなし。でも、鏡が来たわ」

「鏡？」

「知らないようなふりしないでよ。素敵よ、テディ。寝室がどんなにきれいになったか見て」

「はっきりさせておきたいね。鏡のことなどぼくは何も知らないよ」

彼女は面くらった。

「わたし、あなたがわたしを驚かせようとしたんだとばかり思っていたわ。前払いで届けられてきたのよ」

「だれ宛てだったんだい。きみかぼくか？」

「別に気をつけなかったわ。まだ半分眠っていたの。わたし何かにサインしたら、ほどいて、掛けてくれたのよ」

それは斜めになった実に美しい鏡で、枠はなく相当大きなものだった。ランダルはシンシアの化粧テーブルに格好のものだなと思った。

「そんな鏡が欲しいなら買ってあげるよ。でもこれはぼくらのじゃあないんだ。その連中に電話して持って帰らせたほうが良さそうだな。送り状はどこなんだい？」

「渡されなかったわ。とにかくもう六時を過ぎているのよ」

かれは妻に優しく微笑みかけた。

「気に入ったというわけだね？　まあ、今夜はきみのものらしいよ……明日になったら、別のを買うことにしよう」

それは見事な鏡だった。銀鍍金（ぎんめつき）は完全で、ガラスは空気のように透明だった。彼女はその中に手を突き通せそうに感じた。

二人が寝床につくと、ランダルのほうは彼女より先に眠りこんだ――間違いなく、昼寝をしたせいだ。彼女は片肘をつき、かれの寝息が規則正しくなったあと長いあいだその顔を眺めていた。

優しいテディ！　良い人だわ……とにかくわたしには良い人。明日になったら鏡など買わなくていいと言おう……そんな必要はないんだもの。本当に必要なのはかれのそばにいること。一緒にいることだけが本当に必要なことなんだもの。

彼女は鏡を見た。本当に美しい。あまり透きとおっていて――開いた窓のよう。彼女はまるで自分が鏡の国のアリスのように、その中を通っていけそうに感じた。


かれは名前を呼ばれて目を覚ました。

た。

「起きるんだ、ランダル！　遅いぞ！」

シンシアの声ではない。それは確かだった。かれは目をこすり、焦点を合わせようとした。

「どうしたって？」

斜めの鏡から身体をのりだしたピップスが話しかけた。

「さあ起きろ！　われわれを待たすんじゃないよ」

本能的にかれはもう一つの枕を眺めた。シンシアはいなくなっていた。いない！　かれはすっかり目が覚め、すぐにベッドから出て、狂ったように方々を探しはじめた。浴室にはいない。

「シン！」

居間にもいないし台所にもいない。かれは押入れをみなあけていった。

「シン！　シンシア！　どこにいるんだ？　シン！」

かれは次にどこを探していいかわからず、寝室にもどってきた。くしゃくしゃになったパジャマ、乱れた髪、裸足という情けない格好だ。

ピップスは片手を鏡の下端にかけて、楽々と部屋の中へ入ってきた。そして上衣を整えネクタイを直しながら、きびきびと言った。

「この部屋には等身大の鏡を置くべきだな。どの部屋にも必要なものなんだ。いまも必要なところだ……手配しておこう」

ランダルは初めて会った男であるかのようにかれを見つめて尋ねた。

「彼女はどこだ？　彼女をどうしたんだ？」

ランダルはピップスを脅かすように近づいた。

「おまえの知ったことじゃあない」ピップスはそう答えると、顔を鏡のほうに向けた。

「あの中に入るんだ」

「彼女はどこなんだ？」

かれは叫び、ピップスの咽喉をつかもうとした。

そのあとどうなったのかランダルにはどうもわからないことだった。ピップスは片手を上げ――そしてランダルは自分がベッドの端からころがり落ちたことに気づいた。かれはもう一度やってみようとした。効果がない。かれの努力はむなしく、悪夢を見ているようなものだった。ピップスは呼びかけた。

「ミスタ・クリュウズ！　ミスタ・ライフスナイダー……手を貸してくれ」

なんとなく見覚えのある顔がもう二つ、鏡の中に現われた。

「こちらに来てくださらんか、ミスタ・クリュウズ」

ピップスが指示すると、ミスタ・クリュウズは鏡を通ってこちらへ出てきた。

「けっこう！　この男を足から入れよう」

ランダルにはどうしようもないことだった。かれは抵抗しようとしたが、どの筋肉もふにゃふにゃだった。かすかにぴくぴくと動くのがやっとだった。目の前に来た手首に嚙みつこうとすると堅い拳骨を顔に受けた――撲られたというより、お仕置きを受けたというようなところだった。

「あとでやり直すからな」

と、ピップスは叱りつけた。

かれらはランダルを鏡の中へ入れ、テーブルの上へ落とした――あのテーブルだった。前に来た同じ部屋、デサリッジ&カンパニイの会議室だ。テーブルのまわりには前と同じく、朗かな顔や冷やかな顔が並んでおり、正面には前回と同じように楽天家らしく小さな目の大きな男が坐っていた。一つの小さな違いがあった。長い壁に大きな鏡がかかっており、それはこの部屋の様子を反射しておらず、かれとシンシアの寝室を映し出しており、鏡に映るそれのようにすべてのものが左右反対になっていた。

だがかれはそんな小さいことに関心を持たなかった。かれは起き上がろうとしたが、それが不可能なことを知ると、顔だけを上げて、大きな男に詰問した。

「彼女をどこへやったんだ？」

ストールズは同情するように微笑みかけた。

「ああ、ミスタ・ランダル！　またわれわれに会いにきたんだね。きみは歩きまわったらしいな？　実にまったくやりすぎたね」

「何を……彼女をどうしたと言ってるんだ！」

　ストールズは面白そうに言葉を続けた。

「穏和（やわらか）にして弱く愚鈍（おろか）なるものか……わし自身の兄弟のことを考えると、きみもそれ以上のものとは考えられないな。そう、きみはその報いを受けなければならん。鳥（ザ・バード）は残酷なのだ！」

　そうきっぱり言いおえるとストールズはちょっと顔を覆った。ほかの連中はその動作にならった。だれかが手を伸ばしてランダルの目を乱暴に覆い、それからその手を離した。

　ストールズはまた話しだした。ランダルはその話を遮ろうとした――またもストールズはかれを指さしてきびしい声を出した。

「やめろ！」

　ランダルは口がきけなくなったことに気づいた。口をきこうとするたびに咽喉がつまり気分が悪くなるのだ。

　ストールズはうやうやしく言いだした。

「おまえたち下等なものといえども、与えられた警告は理解し、それを守るべきものなのだ」

ストールズはちょっと黙り、唇をとがらし、また堅く結んだ。

「わしはときどき考えるのだが……わし自身の唯一の弱さは、人間の弱さと愚かさの本当の深さを認識していないことにあるとな。わし自身が合理的な生き物だから、わしとは異なる他のものに対しても合理的であるべきだと期待する不幸な傾向がわしにはあるようだ」

かれは話をやめるとランダルに向けていた視線を同僚の一人に向け、優しく微笑みながら話しかけた。

「つまらぬ望みなど持たぬことですぞ、ミスタ・パーカー。わしはきみを低く評価などしていませんよ。だからもしきみが、いまわしの坐っている場所へ坐る権利をどうしても欲しいということなら、それもいいでしょう……もっと先のことだが。しかし」かれは考えこんだようにつけ加えた。「きみの血はどんな味がするでしょうな」

ミスタ・パーカーも同じように礼儀正しい口調で答えた。

「あなたのと同じだろうと思いますよ、議長（ミスタ・チェアマン）。面白い考えですが、わたしは現在の状態で満足しておりますよ」

「それは残念なお言葉ですな。わしはきみが好きでしてね、ミスタ・パーカー。きみは大望をお持ちだと思っていたのだが」

「わたしは辛抱強いのです……われわれの先祖のように」

「そうですか？　ではと……仕事に戻りましょう。ミスタ・ランダル、わしはこの前きみに、きみの依頼主と関係を持たないようにすることの必要性について強調した。依頼主といえばだれのことかわかるね。鳥（ザ・バード）の御子たちの計画することが干渉されるようなことがあってはならんという事実を、どう言えばきみにわからせることができるんだね？　さあ……わしに話すのだ」

ランダルは話されていたことをほとんど聞いていなかったし、少しも理解できないことだった。かれの心のすべては、ただひとつの恐ろしい思いにとらわれていたのだ。口がきけるようになったとたん、それはほとばしり出た。

「彼女はどこだ？　彼女をどうしたんだ？」

かれが荒々しくささやくような声でそう言うと、ストールズはいらいらとし、怒りっぽい声をあげた。

「まったく、こういう連中に意思を通じさせようとするのは不可能に近いものだな……まるで心というものがないのだから。ミスタ・ピップス！」

「イエス・サー」

「もうひとりを連れてきてくれないかね？」

「はい、ミスタ・ストールズ」

ピップスは助手を目で呼び部屋から出ていった。そしてすぐ運んできた荷物をランダルのそばにそっと置いた。それはシンシアだった。

　耐えられないほどの安心感が押し寄せてきた。その思いがかれの全身を突き抜け、息をつまらせ、耳を聞こえなくくし、涙で目が見えなくなり、現在の状態の危険さをまったく感じさせなくしてしまった。だがゆっくりとその興奮が冷めてゆき、どこか変だということに気づいた。彼女は静かだった。二人に運びこまれるとき彼女が眠っていたとしても、手荒く扱われたら目が覚めるべきなのだ。

　かれの驚きは、さきほどの喜びと同じほど大きなものだった。

「彼女に何をしたんだ？　彼女は……」

　ストールズは軽蔑した口調で答えた。

「死んではいないよ。落ち着くんだ、ミスタ・ランダル」

　かれは手を振って同僚たちに指示した。

「その女を起こせ」

　連中の一人は人さし指で彼女の肋骨を突ついて言った。

「包んでおかなくてもいいのに……ぼくがあとで食べちまうんだから」

　ストールズは微笑した。

「なかなか面白いことを言うんだね、ミスタ・プリンテンプス……だがわしは、女を起こせと言ったんだ。わしを待たせないでくれ」

「はい、議長（ミスタ・チェアマン）」

かれはシンシアの顔をひっぱたいた。ランダルは自分が撲られたように感じた――どうしようもないいま、かれは正気を失うような思いをさせられた。

「鳥（ザ・バード）の御名（みな）において……目を覚ませ！」

彼女の胸が絹のナイトガウンの下で起伏するのが見えた。彼女は目をまばたき、ひとことだけ口にした。

「テディ？」

「シン！　ここだ、ダーリン、ここだ！」

彼女は顔をランダルのほうに向けて叫んだ。

「テディ！」それから続いて言った。「わたし、恐ろしい夢を見たわ……おお！」

彼女はじろじろと見つめている連中の姿に気がついた。それから目を大きく見開き、真剣な顔でゆっくりとあたりを見まわし、最後にランダルの顔に戻った。

「テディ……これ、まだ夢の中なの？」

「違うようだな、残念ながら（アイム・アフレイド）。しっかりするんだよ」

彼女はもう一度まわりを眺めてから、かれを見て、しっかりした声で答えた。

「わたし、こわくないわ（アイム・ノット・アフレイド）……あなたの思いどおりやって、テディ。わたしもう気絶したりしないから」

そのあと彼女はランダルの顔だけ見ていた。

ランダルは太った議長のほうをそっと眺めた。そいつは二人を見つめているが、明らかに楽しんでいるようで、いまのところ口をはさもうとする様子はなかった。ランダルは緊張した声でささやきかけた。

「シン……やつらに何かされてぼくは動けない。身体（からだ）がしびれているんだ。だから、ぼくにはあまり頼るな。すきを見て脱出する機会があれば、やるんだぞ！」

彼女はランダルの苦しそうな表情を見て、ささやき返した。

「わたしも動けないのよ。待つほかないわ……元気を出してとあなた言ったわね。でも、あなたまで手がとどけばいいんだけど」

彼女の右手の指がかすかに震え、つるつるのテーブルの表面にあるわずかな摩擦をとらえ、二人のあいだを隔てている数インチの距離をゆっくりと苦痛をこらえて動きはじめた。ランダルは自分も指をわずかに動かせると気づき、彼女のほうへ左手を動かしはじめた。一度に半インチずつ、腕は実に重かった。やっと二人の手は触れあい、彼女の手はかれの手に忍びこみ、かすかに押さえた。彼女は微笑を浮かべた。

ストールズはテーブルを叩いて大きな音を立て、同情した口調で言った。

「なかなか胸を打たれる光景だな……しかし、片づけるべき仕事があるんだ。われわれは、かれらをどうすれば最も良いかを決定しなければならん」

シンシアの肋骨のあたりを突ついた男が口を出した。

「かれらを完全に消してしまうほうが良いのではないでしょうか？」

ストールズは答えた。

「それも楽しいことだな。だがわれわれが覚えておくべきことは、この二人はわれわれの計画に偶然入ってきたものにすぎないことだ……ミスタ・ランダルの依頼主のおかげでな。かれこそは破壊されるべきものなのだ！」

「どうもわかりませんが……」

「もちろんきみにはわかるまい。それこそ、わしが議長である理由なのだな。われわれのいま必要とする目的は、あの男に疑惑を持たせることなく、この二人を動けなくすることでなければいけない。問題は単に、方法をどうするか、相手をだれにするかなんだ」

ミスタ・パーカーが提案した。

「この二人は、いまの状態でそのまま戻してやるのが非常に面白いですな。かれらはゆっくりと飢え死にしていくでしょう、ドアを叩かれても答えることができず、電話に出ることもできず、どうしようもなくです」

ストールズはうなずいた。

「そういうことになるだろうな……きみから聞けそうな提案はそれぐらいのところだと思っていたよ。かりにあの男が二人に会おうとし、そういう状態であることを知る。それで、あの男はなぜこの二人がそうなっているかわからないと思うかね？　だめだよ、この二人の口をなんとか封じることでなければいかんよ。わしはこの二人のどちらかを、死んだような状態で返してやればどうかと思うんだ！」

おこなわれていることは余りにも馬鹿げており、まったく考えられないようなことなので、ランダルは本当のことじゃあないんだと、自分の心に言いつづけてきた。悪夢にとりつかれているんだ。なんとかして目を覚ますことさえできれば、すべてはまともになるのだ。動けないということ——それは以前にも夢の中で経験したことがある。目が覚めてみると、シーツが身体に巻きついていたり、両手を頭の下に置いて眠っていたのだ。かれは舌を嚙み、その痛さで目が覚めるかどうか試してみたが、なんにもならなかった。

ストールズが最後に言った言葉で、かれはまわりに起こっていることに鋭く注意を向けるようになった。その意味がわかったからではなく——恐怖を伴ってはいたが、かれにはほとんど意味のないことだったのだ——テーブルのまわりで同意と賞讃のざわめきが起こったからだった。

シンシアの手の圧力がかすかに増し、ささやきかけた。

「あの人たち、何をするつもりなの、テディ？」

「わからないよ、ダーリン」

「男のほうですね、もちろん」

と、パーカーが意見を言った。

ストールズはかれのほうを見た。ランダルはパーカーが口を出すまで、ストールズが考えているのは——どうなるにしろ、いよいよなのだ！——男、つまり自分のほうにされるのだと考えていた。しかしストールズは答えた。

「きみの忠告には常に感謝しているよ。そのおかげで、どうすべきかを判断するのが実に容易になるからね」ストールズはほかの連中のほうを向いた。「女のほうを用意するんだ」

〝いまだ……いまやるほかないんだ〟

ランダルはそう考え、意志の力のすべてをふるいおこしてテーブルから身体を起こそうとした——起きて戦うのだ！

だがそんな努力をしてもどうにもならなかった。

かれは疲れ果てて、頭を落とし、惨めな気持で言った。

「だめだ、シン」

シンシアはかれを見た。彼女が恐怖を感じているとしても、それはかれへの心配で隠されていた。

「元気を出すのよ、あなた」

彼女はかれの手を押さえている圧力を増して、そう答えた。

プリンテンプスは立ち上がって彼女の上へかがみこんだ。

「これはどうもポティファーの仕事ですよ」

ストールズは答えた。

「かれは調合ずみの瓶を残していった。きみが持っているね、ミスタ・ピップス？」

ピップスはブリーフ・ケースに手を伸ばしてそれを取り出した。ストールズがうなずくと、かれはそれを渡し、プリンテンプスはそれを受け取って尋ねた。

「ワックスは？」

「ここにありますよ」

ピップスはまたブリーフ・ケースに手を入れた。

「ありがとう。さて、どなたかそいつをどけてくださると……用意はよろしいですか」

ランダルのほうを指さしながらかれがそう言うと、六本ほどの腕が荒々しくランダルをテーブルの端へ引きずった。プリンテンプスは手に瓶を持ってシンシアの上にかがみこんだ。

ストールズは口をはさんだ。

「ちょっと待て……わしはかれら二人に、これがなぜなのかをわからせておきたい。ミセス・ランダル」かれは丁寧に頭を下げて言葉を続けた。「さきほどの短いインタビュウでわしはきみに、鳥の御子がきみたち二人ごときものに邪魔されるのは我慢できないことだということを、わかってもらえたと信じている。きみはそのことがわかっているのだね？」

「わかっていますわ」

と、彼女は答えたが、その目は挑戦的だった。

「よろしい。きみの良人がこれ以上、あのものと関係を持たないことこそわれわれの望みであることを承知しておいてほしい。その結果を確実なものとするために、われわれはこれからきみを二つの部分に分ける。きみを動かし、楽しく自分を思いどおりにできる部分を、われわれはこの瓶の中に絞りこんで保管する。残りの部分は、鳥の御子がきみを抵当に取っている残りとして、きみの良人と一緒にいてよろしい。わしの言っていることはわかるかね？」

彼女はその質問を無視した。ランダルは答えようとしたが、咽喉がまた自由にならないことに気づいた。

「わしの言葉を聞くのだ、ミセス・ランダル。きみがまた良人と生きて会うつもりなら、かれはわれわれに従わなければいけない。かれは依頼主に二度と会ってはならん。そういうことをすれば、きみの死という苦痛を味わうことになる。同様の罰則により、かれはわれわれについて知ったことのすべてを、だれにも洩らしてはならん。もしそれを守らなければ……われわれはきみの死を非常に面白いものとしよう、約束しておくぞ」

ランダルは彼女を助けるためならなんだって約束すると叫ぼうとしたが、かれの声はまだふさがれていた――明らかにストールズは、まずシンシアから聞こうとしているのだ。

彼女は首を振った。

「かれは、そうするほうが賢明だと思うとおりにするわ」

ストールズは微笑した。

「結構……それがわしの聞きたかった答えだよ。きみ、ミスタ・ランダル……きみは約束するか？」

かれは同意したかったし、同意しようとした――だがシンシアはその目で「ノー！」と言っていた。彼女の表情からかれは、いまシンシアは口をきけなくされているのだと知った。頭の中で、彼女が、口をきいているように、はっきりとその言葉が聞こえていた。

〝ごまかしよ、あなた。約束しないで！〟

かれは黙っていた。

ピップスはかれの目を親指で押しつけた。

「話しかけられたときは、答えるんだ！」

シンシアを見るためには痛めつけられた目を細めなければいけなかったが、ランダルは彼女の表情が変わっていないことを知った。かれは口を閉じたままにしていた。

やがてストールズは言った。

「もういい。かかってくれ、諸君」

プリンテンプスはシンシアの鼻の下に瓶を伸ばし、左の鼻の孔に押しつけた。「さあ！」と、かれは指示した。もう一人が彼女の脇腹を強く押しつけたので、彼女はとつぜん息を吐き出して、うめき声を上げた。

「テディ、引き裂かれてしまいそう……ああ！」

その作業は瓶をもう一方の鼻孔に押しあててくりかえされた。ランダルはかれの手をつかんでいた柔らかく温かい手からとつぜん力が抜けるのを感じた。プリンテンプスは瓶の蓋を親指で押さえてさし上げ、ぶっきらぼうに言った。

「ワックスを」

蓋を密封（シール）すると、かれはそれをピップスに渡した。

ストールズは親指を大きな鏡のほうに向けて命令した。

「二人を戻せ」

ピップスは鏡を通してシンシアを移すのを監督したあと、ストールズのほうに向いて尋ねた。

「この男に、われわれのことを記憶させておくよう、何か手を打っておくのはどうでしょう？」

ストールズは立ち上がりながら冷やかに答えた。

「好きなようにするんだね。だが、いつまでも残るような跡はつけないようにしてほしいね」

「ごもっとも！　慎重にやりますよ！」

ピップスは微笑し、手の甲でランダルの歯がぐらぐらするほどひっぱたいた。

かれはその相当な部分を目が覚めている状態で過ごした。もちろん、かれには全体のうちでどれほどの部分になるか判断のしようはなかったのだが。一度二度は気を失ったが、ひどい苦痛に刺激を受けてまた意識を取り戻すだけだった。かれがとうとう最後の気絶をしてしまうまで傷をつけられずにすんだ。ピップスの手際は見事なものだった。

かれは小部屋にいた、どちらを向いても鏡だった――四つの壁、床、天井と。際限なくかれはあらゆる方向に向けられ、どの像もかれ自身だった――大勢のかれがかれを憎悪しており、そこから逃げる方法はなかった。「もう一度撲ってやれ！」かれらは叫んだ――かれが叫ぶのだ――そしてかれは拳を握りしめてかれ自身の口を撲りつけた。かれら――かれ――は騒ぎたてた。

かれらは押し寄せ、かれは、速く走れなかった。どれほど頑張ってみても、筋肉がいうことを聞いてくれない。手錠をはめられていたからだ――かれらに乗せられた踏み車に手錠でつながれているのだ。かれは目隠しもされており、手錠をかけられているので、それをはずすこともできなかった。だが、かれは歩きつづけなければいけなかった――シンシアが登りつめたところにいる。彼女のところまで達しなければいけない。

ただ、もちろん、踏み車に乗っているときには頂上というものがないのだ。

かれはひどく疲れていた。しかしほんの少しでも足をゆるめるたびに、かれらはまたかれを撲った。そしてかれは一足ごとに勘定することまで要求された。そうしなければ、踏んでいると見なされないのだ――一万九十一、一万九十二、一万九十三、上がっては下がり、上がっては下がり――ただ、自分がどこへ向かっているのかわかりさえすれば。

かれはつまずいた。かれらは背後から突き飛ばし、かれは前方に倒れて顔からぶつかっていった。

目を覚ましたとき、かれの顔は何か固くてごつごつした冷たい物に押しつけられていた。かれは身じろぎし、全身が硬くなっていることに気づいた。両足が思うように動かない――窓からの薄明かりで調べてみると、ベッドのシーツを半分まで引きずり出し、それを両の足首に巻きつかせていた。

固くて冷たい物はスチーム・ラジエーターだった。かれは丸くなってそれにしがみついていたのだ。自分がどこにいるかわかりはじめた。自分の懐しい寝室にいる。眠りながら歩いたに違いない――子供のころから夢遊病になったことなどないのに！　眠りながら歩き、つまずき、頭をラジエーターにぶつけた。馬鹿みたいにのびてしまったんだ――死んでしまわなかったのがまったく幸運だったと思わなければいけない。

かれはやっと力をとりもどし、よろよろと立ち上がったとき、部屋の中に見慣れないものがあるのに気づいた——新しい大きな鏡だ。それが、悪夢の残りを奔流のように思い出させた。かれは飛び上がってベッドのほうに向いた。

「シンシア！」

だが彼女はいつものところに、安全に傷もなく横たわっていた。かれの叫び声にも目を覚まさなかったのが嬉しかった。かれはシンシアを驚かしたくなかったのだ。かれはそっとベッドから離れて静かに浴室へ入ってゆき、ドアを閉めてから明かりをつけた。

たいしたご面相だな！　と、かれは考えた。鼻血が出ていたが、だいぶ前にとまったらしく、血がかたまっていた。パジャマの上衣の前面は血だらけだ。それにどうもかれは顔の右半面でぶつかったらしい——顔を洗うときに気づいたのだが、ひどい有様に乾いており、実際よりもひどい傷を受けているように見せていた。

本当のところ怪我はたいしたものではなさそうだった。ただ——右半身がこわばり、ずきずきと痛むだけだ——たぶん倒れたときにぶつかり、ねじり、それから冷えたのだろう。どれぐらい気絶していたのかな、とかれは考えた。

かれはパジャマをぬぎ、それを洗うのは大変だろうと思い、丸めて便器の後ろにつっこんだ。どんなことだったのか説明しなければならなくなるまでは、シンにそれを見せたくなかった。

「まあ、テディ、いったいどうしたの？」「なんでもないさ、本当に……ただ、ラジエーターにぶつかっただけなんだ！」

どうも、ドアにぶつかったという昔ながらの言い訳よりまずそうだ。

かれはまだふらふらしていた、自分で考えていたよりずっとふらふらしていた――パジャマの上衣を投げたとき、危く頭から突っこんでいきそうになり、水槽の上を押さえて身体を支えなければいけなかった。そして頭は、救世軍の太鼓のように鳴りひびいていた。

かれは救急箱の中をかきまわし、アスピリンを見つけて三錠飲んだあと、シンシアが数カ月前に買ったアミタールの薬箱をじっと見た。かれはぐっすり眠れるたちだ――だがいまは特別だ。二晩つづけて悪夢を見たし、いまは夢遊病で、馬鹿げたことに危く頸を折ってしまうところだったのだ。

かれはそれを一錠飲みながら、シンシアが休暇を取ろうといったのももっともだと考えた――もうだめだ。

新しいパジャマは、寝室の明かりをつけないかぎり見つけられなかった――かれはベッドにもぐりこみ、シンが身じろぎするかどうかとちょっと待ってから、目を閉じてのんびりしようとした。数分のうちに薬がききはじめ、頭の痛みも少なくなり、かれはすぐにぐっすりと眠りこんだ。

7

　顔に朝日がさしているので、かれは目を覚ました。片目でドレッシング・テーブルの時計を見ると九時を過ぎているので、かれは急いでベッドから出た。それはあまり賢明なことではなかった——身体の右半分がずきりとしたのだ。それからかれは、ラジエーターの下の褐色のしみを見つけ、怪我をしたことを思い出した。

　用心しながらかれは顔をまわし、妻のほうを見た。彼女は静かに眠っており、びくりとも動かなかった。そのほうが良い。彼女にオレンジ・ジュースを飲ませたあとで起こったことを話すほうが良いとかれは思った。彼女をこわがらせても仕方がないのだ。

　かれはスリッパをひっかけ、むきだしの両肩が冷たく筋肉が痛むので、バスローブを着た。歯をみがくと口の中が気持良くなり、朝食を取ろうという気になってきた。

　かれの心は前夜のことをぼんやり考えだした。はっきりとではなく、とりとめなく思い出していったのだ。オレンジを絞りながら、どうも良くない悪夢だったと思った。気違いじみてはいないにしても、まったく良くない。神経症的だ。あんな夢は見ないようにしなければ。夜じゅう蝶々を追っかけていたりしたのでは仕事にならない。たとえひっくり返って頸を折らないにしてもだ。人間はぐっすり眠らなければいけないんだ。

かれは自分のジュースを飲んでから、もう一つのコップを寝室へ運んでいった。

「さあ、シン……起床ラッパだよ！」

彼女がすぐ身じろぎしなかったので、かれは歌いはじめた。

「起きろよ、遅いぞ、さあ、起きろ！　お日さまもさしているぞ！」

それでもまだ彼女は動かなかった。かれはコップをそっとサイド・テーブルに置き、彼女の肩をつかんだ。

「起きろよ、シン！　もうすっかり明るいんだぞ……さあ仕事だ、仕事だ！」

彼女は動かなかった。その肩は冷たかった。

「シン！　シン！　シン！」

かれは叫び、激しく彼女をゆすぶった。彼女はぐったりとしていた。かれはまたゆすぶった。

「シン、ダーリン……おお、神さま！」

やがてショックそのものがかれを落ち着かせてくれた。かれは気が変になりかけたが、すぐにぞっとするほどの静けさで何が必要だろうと考えた。なぜだかわからず、はっきりそうとわかったわけではないが、彼女は死んでいるものと思った。だがかれは、知っている限りの方法で確かめてみようとした。彼女の脈はわからなかった——不器用なためか、脈が弱すぎるせいだと、かれは自分に言いきかせた。そのあいだもかれの心の奥底では大きく叫んでいた。

「彼女は死んだ……死んだ……死んだ……おまえが彼女を殺したんだ！」

かれは耳をシンシアの心臓のあたりに押しつけた。鼓動が聞こえるような気もするが、確信が持てない。自分の心臓が動悸を打っているだけかもしれないのだ。やがてかれはあきらめ、手鏡を探した。

求めている物はシンシアのハンドバッグに入っていた。小さな化粧鏡だ。かれは袖でそれを丁寧にふき、彼女の半ば開いた口の上にかざした。

それはかすかに曇った。

かれは希望を持つことなくぼんやりと手鏡を離し、もう一度ふいてから彼女の口にかざし直した。またも鏡は曇った。かすかだが、はっきりしている。

彼女は生きている――生きているんだ！

しばらくしてかれは、なぜ彼女をはっきり見られないのかと思い、顔が涙まみれになっていることに気づいた。かれは目をこすり、続いてやるべきことにかかった。まず、針で突くことがある――針があればだ。かれは彼女の化粧テーブルにあった針山を見つけた。かれはその一本を取ってベッドに戻り、彼女の腕の皮膚をつまんで「ごめんよ」とささやき、針を突き刺した。

血が一滴現われ、その穴はすぐに閉じた――生きている。体温計があればと思ったが、それはなかった——二人とも健康すぎたのだ。だがかれは何かで読んだことを思い出した。聴診器の代わりをするものを作ることだ。紙を丸めて——

かれは適当な大きさの紙を取ってそれを一インチほどの管に巻き、それを彼女の心臓の上に押しあて、そこに耳をあてて聞き入った。

ラバダップ……ラバダップ……ラバダップ……かすかだが、規則正しく、強い。こんどこそ間違いない。彼女は生きている。彼女の心臓は鼓動している。

かれはぐったりと腰を下ろした。

ランダルは次に何をやるべきかを考えた。医者を呼ぶことに決まっている。人が病気になったときは、だれだって医者を呼ぶ。いままでそのことを思いつかなかったのは、シンとかれは一度もそんなことをしたことがなく、必要もなかったからだ。結婚してこのかたどちらかがそんなことになった覚えはまったくないのだ。

警察に電話して救急車を呼んだら？　だめだ。こんな症状よりは交通事故とか銃による傷などのほうに慣れた警察医にかかることになる。かれは最上の医者が欲しかった。

でも、だれだ？　かかりつけの医者はない。スマイルズは——あの飲んだくれではだめだ。ではハートウィックは——あいつは上流階級の非常に秘密を要する手術専門だ。かれは電話帳を取り上げた。

ポットベリイだ！　あいつのことは何も知らないが、優秀そうだった。かれは番号を探し、三度ダイアルを間違ったあと、交換手に呼び出してもらった。

「はい、ポットベリイですが、御用は？　言ってください」

「こちらはランダルです。ランダル。R・A・N・D・A・ダブルL。家内と二人で昨日お会いしました。覚えておられると思いますが……」

「ええ、覚えています。どうしました？」

「家内が病気です」

「どんな具合なんです？　また気を失われたんですか？」

「いいえ……ええ。つまり、意識がないんです。朝起きてみると意識がないんです……一度も目を覚ましません。いまも無意識です。まるで死んでいるみたいです」

「死んでいる？」

「そうは思いません……でもひどく具合が悪いようなんです、先生。心配です。すぐに来ていただけませんか？」

ちょっと沈黙が続いたあと、ポットベリイはむっつりと答えた。

「行きましょう」

「ありがたい！　先生……こちらへこられるまでに、何かしておくべきことは？」

「何もしないことです。彼女にさわらないで。すぐに行きますから」

かれは電話を切った。

ランダルは受話器を置き、それから急いで寝室に戻った。シンシアの容態はまったく同じだった。かれはシンシアに触れようとしたが、医者の指示を思い出し、びくりとして背を伸ばした。

だがかれは聴診器の代わりにした紙に気づき、前に調べた結果をやり直してみる誘惑に抵抗できなかった。

紙の筒は嬉しくラバダップを響かせていた。かれはすぐにそれを離して下に置いた。

それから十分間、かれは彼女を見つめたまま心配で爪を噛みながらつっ立っているほかどうすることもできずにいた。かれは台所へ行って棚からライ・ウイスキーの瓶を取り、コップに指三本ほどまでたっぷりと注ぎ入れた。かれはしばらく琥珀色の液体を眺めていたが、やがてそれを流しに捨て、寝室に戻った。

彼女はまだそのままだった。

とつぜんかれはポットベリイに住所を教えなかったことに気がついた。かれは台所に飛びこんで電話をつかんだ。落ち着こうと努めながらかれはダイアルを正しくまわした。電話に女の声が答えた。

「いいえ、先生はおられません。何かご伝言は？」

「ぼくの名はランダルですが……」

「ああ……ミスタ・ランダル。先生は十五分前にお宅へ向かわれました。もうお着きになるころです」

「でも、ぼくの住所をご存知ないはずですが」

「なんですって？ いいえ、知っておられるはずです……もしそうなら、いままでにこちらへ電話されているはずですもの」

かれは受話器を置いた。どうも変だ……とにかくもう三分ほどポットベリイを待つことにしよう。それでも連絡がなければ別の医者にあたることだ。

屋内電話が鳴った。かれは酔っ払ったウエルター級選手のような格好で椅子から立ち上がった。

「はい？」

「ポットベリイです。あなたは、ランダルさん？」

「そうです……上がってきてください！」

かれはそう答えながら、表の玄関のドアをあけるボタンを押した。

ポットベリイがやってきたときランダルはドアをあけて待っていた。

「お入りください、先生！ どうぞ、どうぞ！」

ポットベリイはうなずいて、かれの前を通って入っていった。

「患者はどこです？」

「ここです」

ランダルは急いでかれを寝室に案内してベッドの反対側にかがみこみ、ポットベリイは意識を失っている彼女を見た。

「どうですか？　良くなるでしょうか？　教えてください、先生……」

ポットベリイは何か呟きながらちょっと背を伸ばして言った。

「すまんがベッドから離れて邪魔しないでくれませんか。何かわかるでしょう」

「ああ、すみません！」

ランダルはドアのそばへ戻った。ポットベリイはカバンから聴診器を出し、ランダルには見当のつかない謎のような表情を浮かべて耳を澄まし、聴診器を動かし、また聞き入った。やがてかれがそれをカバンに戻すと、ランダルは目を輝かして近づいた。

だがポットベリイはかれを無視した。医師は親指で彼女の瞼をめくり上げ、瞳孔を調べ、片手をベッドの端へ伸ばさせ、肘のあたりを軽く叩いた。それから背を伸ばすと、数分のあいだ彼女を眺めた。

ランダルは叫び声を上げたくなった。

ポットベリイはそのあと、医者がやる儀式のような奇妙なことをいくつか続けた。ランダルにわかるようなものもあり、まるでわからないこともあった。そして、やっとポットベリイは口を開いた。

「昨日、彼女は何をしたんです？　わたしのところを出られてから……」

ランダルが答えると、ポットベリイは重々しく答えた。

「そうだと思いました……これはみな、昨日の朝彼女が受けたショックが原因ですよ。言ってはなんですが、全部あなたの責任ですよ！」

「ぼくの責任ですって、先生！」

「あなたは警告されたはずだ。あんな男に彼女を近づけてはいけないと」

「でも……でも……あなたがぼくに警告されたのは、あいつに彼女がおどかされたあとなんですよ」

ポットベリイはその言葉にちょっとあわてたようだった。

「そうでした、そうでした。でも、わたしより前にだれかがあなたに忠告したと言われたように思ったのですよ。とにかく、ああいう連中のことは気をつけないと」

ランダルはその問題から離れた。

「でも、家内はどうなんです、先生？　良くなりますか？　良くなるんでしょうね？」

「非常に容態は悪いですよ、ミスタ・ランダル」

「ええ、そうだと思います……でも、どういうことなんでしょう？」

「心理的な傷によってひきおこされた重い昏睡(レサルジカ・グラヴィス)ですね」

「それは……危険なものですか？」

「相当な危険ですよ。でも正しく看護すれば、切り抜けられると思いますね」

「どんなことだってしますよ、先生。金など問題じゃありません。どうすればいいんです？　病院へ入れるのですか？」

ポットベリイは首を振った。

「そいつは彼女にとって最悪のことです。もし知らない環境で目を覚ましたら、また意識を失うかもしれません。ここに置いておくんです。あなたの仕事を整理して、そばについていられるようにできますか？」

「できますとも」

「ではそうすることですな。夜も昼も奥さんのそばについているんです。彼女が目を覚ましたときに最も好ましい状態は、同じベッドにあなたがいて目を覚ましていることですよ」

「看護婦をつけるべきじゃあ？」

「まず必要ないでしょう。暖かくしておくこと以外に、何も打つべき手はないですからな。足のほうを頭よりちょっと高くしておくんです。ベッドの脚の下に本を二冊ほど入れたらいいでしょう」

「すぐそうします」

「もしこの状態が一週間以上も続くようなら、ぶどう糖の注射か何かそういったものをしてみなければいけなくなりますな……容態が少しでも変わったら電話してください」

ポットベリイはかがみこみ、カバンを取り上げた。

「そうします。ぼくは……」

ランダルはとつぜん口ごもった。医師が最後に言ったことで、忘れていたことを思い出したのだ。

「先生……うちの場所をどうやってお知りになったんです？」

ポットベリイは驚いた表情になった。

「どういう意味です？　ここは別に見つけにくい場所じゃあないですよ」

「でもぼくは、住所をお知らせしなかったんですが」

「え？　そんな馬鹿な」

「でもそうなんです。ぼくは数分後にうっかりしていたことに気づいて、またお宅に電話したんです。でも、もうあなたが出られたあとでした」

ポットベリイはいらいらと答えた。

「今日教えられたとは言ってませんよ……昨日教えてくださったんです」

ランダルは考えてみた。昨日ポットベリイに身分証明書を見せはしたが、それには事務所の番地しかのっていない。確かに自宅の電話番号も電話番号簿にのっているが、それには夜間用の番号としてあるだけで、証明書にも番号簿にも住所は記載されていない。ひょっとすると、シンシアが……。

だがシンシアに尋ねることはできないし、彼女のことを考えただけで、そんなつまらないことは忘れてしまった。かれは心配そうに尋ねた。

「本当に、何もぼくにできることはないんですか、先生？」

「何も。ここにいて、気をつけていてください」

「そうします。でも、ぼくが双児（ふたご）であれば良かったと思いますね」

ポットベリイは手袋を取ってドアのほうへ向きながら尋ねた。

「なぜです？」

「あのジョナサン・ホーグって男ですよ。あいつとの片をつけなきゃいけませんからね。まあいいんです……自分であいつをやっつける機会ができるまで、だれかほかの者に尾行させておきますから」

ポットベリイは振り向いて、気味の悪い目付きで見た。

「そんなことはしないことです。あなたの場所はここなんですぞ」

「ええ、ええ……でもぼくは、あいつをいつでもやっつけられるようにしておきたいんです。そのうち、あいつをばらばらにしてやりますよ！」

ポットベリイはゆっくりと言った。

「お若いの……約束してほしいですな、そんなことは決してしない、なんの干渉もしない……いま言われた男を相手には、と」

ランダルはベッドのほうをちらりと見て、荒々しく言った。

「こんな目に遭わされて、ぼくがあいつを黙って見逃しておくと思うんですか？」

「……の御名のもと。ねえ、わたしはあなたより年を取っているし、愚かなことや馬鹿げたことはよくわかるつもりだ……物事によっては相手にすると危険すぎるものがあるということを、どうすればあなたに教えられるのかね？」かれはシンシアのほうを指さした。「彼女が回復することに責任は持てませんぞ、もしあなたが大変な結果をひきおこすかもしれないことをあくまでもやられると言うんであれば」

「でも……聞いてください、ポットベリイ先生、さっき言ったようにぼくは、家内についてのあなたの指示は守るつもりですよ。でも、あいつがやったことを忘れる気にはなれないんです。もし家内が死んだら……もし死ぬようなことがあったら、あいつをばらばらにたたき切ってやります！」

ポットベリイはすぐには答えなかった。やっと口を開いたとき、その言葉は短かった。

「それでもし、死なないとしたら？」

「それなら、ぼくが第一にやるべき仕事はここで、家内の面倒を見ることです。でも、ホーグのことを忘れるなんて約束をぼくがするとは思わないでください。そんなことはごめんです……この決心は変わりませんよ」

ポットベリイは帽子を叩きつけるようにかぶった。

「それなら仕方ないですな……彼女が死なないことは信用してください。でも、言っておきますが、お若いの、あなたは馬鹿ですよ」

かれは大股にアパートから出ていった。

ポットベリイと言いあったことによる気分の昂揚は、医者が帰っていってから数分のうちに消えてゆき、陰気な思いがのしかかってきた。することは何ひとつなかった。シンシアのことを胸が痛くなるほど心配するほかは何もないのだ。かれはポットベリイに言われたとおりベッドの脚を少し上げてみたが、そんなつまらぬ仕事にはほんの数分しかかからず、それがすむと、することはまったくなくなってしまった。

かれは椅子をベッドのそばに引き寄せ、彼女の手に触れられ、どんな変化がおころうとよく見ていられるようにした。じっとしていると、彼女の胸が起伏するのがやっとわかった。それでかれはほんの少し安心した。長いあいだ見ていると、吸いこむときはわからないほどゆっくり、吐く息はそれよりずっと速かった。

彼女の顔は恐ろしいほどまっ青で死人のようだったが、美しかった。あまりにも、もろそうだ――彼女は良人に頼りきっていたのだ――それなのにどうしてやることもできないのだ。彼女の言うことに耳を貸せば、言ったとおりにしさえすれば、こんなことはおこらなかったのだ。彼女はこわがっていたのに、かれがやってくれと言ったとおりにしたのだ。鳥の御子たちでさえも、彼女を脅迫することは不可能だったのだ……

かれはなんと言っていた？　しっかりするんだぞ、エド……そんなことは起こらなかったんだ、あんなのは悪夢の一部だったんだぞと。それでも、もしそんなことが起こったら、彼女が必ずやってくれることはこうだ——どれほど事態が悪かろうと、ぴったりそばにくっついてかれのやることを応援してくれるのだ。

かれは夢の中でも、彼女を信用できる、彼女の勇気とかれに対する献身を確信できるという考えに、憂鬱な満足を得ていた。勇気——ほとんどの男以上だ。前にはかれがミッドウェル事件でつかまえた異常者の手から、彼女は硫酸の瓶をたたき落としたことがあった。あのとき彼女が敏捷で勇敢でなかったら、いまごろかれは黒眼鏡をかけて盲導犬をつれている羽目になっていることだろう。

かれはカバーを少し上げて、その日に彼女の腕についた傷を見た。あのとき硫酸はまったくかれに触れなかったが、少しは彼女についたのだ——その傷はまだ残っている、いつまでも残っていることだろう。だが彼女は少しも気にしていないようなのだ。

「シンシア！　おう、シン。マイ・ダーリン！」

かれはもう同じ姿勢でいられなくなった。昨夜の事件のあと風邪を引いたのかけいれんを起こした両足はひどく痛く、かれはよろよろと立ち上がって必要な用事を片づけようとした。食べ物のことを考えるとむっとしてきたが、どうしても必要な病人の看護と監視を続けられる体力をつけるためには、どうしても何か食べておかなければいけないのだ。

　台所の棚と冷蔵庫をかきまわしてみると、残り物、朝食用の食べ物、罐詰が少し、パン、くたびれたレタスなどが出てきた。重い食べ物を口にするだけの食欲はなかったので、スープの罐詰が何より良さそうに思えた。かれはスコッチ・コンソメの罐をあけて鍋に入れ、水を加えた。数分でそれが熱くなると、火から下ろし、立ったまま鍋から食べた。味は、ボール紙のシチューみたいだった。

　かれは寝室に帰ってまた腰を下ろし、いつ終りになるかわからない監視にもどった。だがすぐに食べ物についての感情は論理よりも強いものであったことが、はっきりした。かれは浴室へ走りこみ、数分のあいだ激しい嘔吐を続けた。そのあと顔を洗い、口をゆすぐと、青い顔でぐったりと椅子に腰を下ろしたが、肉体的にはずっと調子が良くなっているように感じていた。

　外は暗くなりはじめていた。かれは化粧台のランプをつけ、彼女の目を直接照らさないようにシェードを加減してから、また坐り直した。彼女の容態は変わらなかった。

　電話が鳴った。

　その音にかれはまったくおかしいぐらいあわててしまった。かれは悲しみに打ちひしがれたまま長いあいだ坐りつづけ、彼女を見守っていたので、この世の中に彼女以外のことがあるなどとは思ってもいなかったのだ。だがかれは落ち着きを取りもどして、電話に出た。

「もしもし？　ええ、こちらはランダルですが」

「ミスタ・ランダル、わたしはあれからずっと考えて、あなたにお詫びしなければと思うようになりました……お詫びと説明です」

「ぼくに詫びる？　どなたです、あなたは？」

「え、わたしはジョナサン・ホーグですよ、ミスタ・ランダル。あなたが……」

「ホーグ！　ホーグと言ったのか？」

「はい、ミスタ・ランダル。昨日の朝のわたしがやった横柄な態度をお詫びし、あなたのお許しを得たいんです。ミセス・ランダルは気を悪くなさらなかったことと思いますが……」

このころになるとランダルはもう最初の驚きから回復して、言いたいことが言えるようになっていた。かれはそのとおりにした。私立探偵稼業で長年のあいだつきあうことになった連中の使う言葉や話しぶりで、たっぷりとまくしたてたのだ。かれが話しおわったとき、電話の向こう側で驚きの声が洩れ、沈黙が続いた。

かれはまだ満足できなかった。かれはホーグに口をきかせ、それを遮って激しい口調で話しつづけたかった。

「そこにいるのか、ホーグ？」

「ええ、はい」

「おれはこのことも言っておきたいんだ。もしかするとだな、おまえは、女がただひとりで廊下にいるところをつかまえて気絶するほどおどかすのを冗談だと思っているのかもしれん。だが、おれには冗談なんかじゃないんだぞ！　だがおれは、おまえを警察へつき出したりする気はない……そんなこと、するものか！　女房がよくなり次第、おれはひとりでおまえを探し出してやる、そのとき……どんなことになるか、よく考えておくんだな。おまえにはその必要があるんだ」

それからいやに長い沈黙が続いたので、ランダルは相手が電話を切ってしまったに違いないと思った。しかしそれはただ、ホーグが口にするべき言葉を探していただけだとわかった。

「ミスタ・ランダル、そんな恐ろしいことを……」

「そのとおりだとも！」

「わたしが奥さんに話しかけ、脅かしたと言われるのですか？」

「そっちのほうが、よく知ってるはずだぞ！」

「でも、わたしは知らないんです。本当に知らないんです」

かれは口ごもり、それから不安そうな声であとを続けた。

「こういうことをわたしはずっと恐れてきたんです、ミスタ・ランダル。記憶を失っているあいだに何か恐ろしいことをやってしまうのではないかと。でも、ミセス・ランダルに害を加えるなど……彼女はあれほどわたしに良くしてくださいました、あんなに親切でした。まったく恐ろしいことです」

「よくもぬけぬけと、そんなことを！」

ホーグは疲労の限度に達したような溜息を洩らした。

「ミスタ・ランダル？」

ランダルは答えなかった。

「ミスタ・ランダル……わたしが変になっているのは、どうしようもありません。打つべき手はひとつだけです。あなたにわたしを警察へつき出してもらわなければいけないんです」

「なんだと？」

「この前にお話ししてあったときから、そうなることとわたしにはわかっていたのです。昨日そのことをずっと考えていましたが、その勇気がありませんでした。わたしはもう終ったとばかり思っていたんです……もうひとりのわたしという存在が。ところが、今日またそれが起こりました。一日中が空白で、夕方、家へ帰ってくるときやっと自分を取りもどしたんです。それでわたしは、なんとかしなければいけないと思い、それで調査をつづけてもらおうとお電話したわけです。でもわたしは、ミセス・ランダルにそんなことをしたなどまったく思ってもいませんでした」かれはそのことを知って本当にひどいショックを受けているようだった。「それは……それは、いつのことだったのです、ミスタ・ランダル？」

　ランダルは心が最も混乱した状態になっていた。かれは、電話の中をもぐっていって、妻をいまの絶望的な状態に引き入れたことに責任のある男の首を締めつけたい思いと、彼女の面倒が見られる現在の場所に留まっていなければいけない必要の二つに、胸が引き裂かれる思いを味わっていた。それに加えてかれは、ホーグがならず者のような口をきくことを拒絶している事実にも面くらっていた。ホーグと話し、穏やかに心配そうに答える言葉を聞いていると、ホーグを切裂きジャック型の恐ろしい怪人と見なすことは難しくなってきた——とはいってもかれは、ならず者がよく穏やかな言動をするものであることを、はっきりと知っていた。

　そこでかれの返事は単に事実を述べたものとなった。

「朝の九時半、ほぼそのころだ」

「今朝の九時半に、わたしはどこにいたのでしょう？」

「今朝じゃない、昨日の朝だよ」

「昨日の朝ですって？　でもそれはあり得ないことです。覚えておられないのですか？　わたしは昨日の朝、家にいたのですから」

「もちろん覚えているとも、そしておまえが出てゆくのも見たんだ。そのこともたぶん知らないんだろうな」

かれはあまり論理的な状態ではなかった。この前の朝に起こった別の事件で、ホーグが二人につけられていることを知っていることには確信があった――だがかれの心は、論理的になり得る状態にはなかったのだ。

「でもあなたがわたしを見られたはずはありませんよ。昨日の朝は、いつもの水曜日を別にして、自分がどこにいるのかはっきり言える唯一の朝だったんです。わたしは家にいました。自分のアパートに。一時近くになってクラブへ出かけるまで、わたしは家から出ませんでしたよ」

「なんだって、そんな……」

「ちょっと待ってください、ミスタ・ランダル、お願いです！　このことについてはわたしもあなたと同じように混乱し驚いているんです。ですからどうかわたしの言うことを聞いてください。あなたはわたしの毎日の日課を破りました……おわかりですね？　それでも、わたしのもう一つの人格は現われてきませんでした。あなたが出ていかれたあと、わたしは本当の……わたしの本当の自分のままで留まっていました。それでわたしは、ついにやっと自由になれたという希望を持ったのです」

「そうかい、なぜそうなったと思ったんだ？」

ホーグは謙虚な口調で言った。

「わたし自身の証言ではなんの役にも立たないとわかっています……でも、わたしひとりではなかったのですよ。あなたが出られたあとすぐに掃除婦がやってきて、午前中ずっとここにいたのです」

「その女が上がってくるのをおれが見なかったのは、いやに変じゃないか」

「彼女はあのビルで働いているんです。管理人の奥さんで……ミセス・ジェンキンスと言います。彼女と話してごらんになりませんか？　たぶん彼女を見つけて電話に出させられると思うんですが」

「しかし……」

ランダルはより以上に混乱し、自分が不利な立場にあることを理解しはじめた。だいたい、ホーグと議論などするべきでなかったんだ。やつをぶちのめす機会がくるまで、じっとしているべきだったんだ。ポットベリイの言うとおりだった。ホーグは抜け目のない陰険なやつだ。アリバイか、なるほど！

それにかれは、こんなに長いあいだ寝室から離れていることが心配でたまらなくなってきた。ホーグはもう十分間も電話に出ているに違いない。いまかれが坐っている朝食用のテーブルから寝室を見ることは不可能だ。かれは荒々しく言った。

「いや、その女とは話したくない。おまえは嘘ばかりついているんだ!」

かれは電話器を叩きつけるように置くと、急いで寝室にもどった。

シンシアは、かれが側を離れたときのままだった。ただぐっすり眠っているだけのようであり、胸が痛くなるほど愛らしかった。彼女の呼吸は浅いが規則的だとわかった。手製の聴診器で彼女の鼓動の甘い音がわかったのだ。

かれはしばらく彼女を見守り、この惨めな事態が甘く苦い酒のように心の中に流れこむにまかせた。かれはこの苦痛を忘れたくなかった。かれはその思いを抱きしめ、これまで無数の人がこの思いを味わったことだろうと考え、愛する者に対する最も深い苦痛さえも、死ということにくらべればまだましだと思った。

しばらくしてかれは身じろぎし、彼女のためになんの役にも立たないことを考えていたことに気がついた。たとえば家の中に食料を用意しておくことが必要であり、自分も少し食べて元気をつけなければいけない。明日は電話にかかりきりになって、自分がいなくても仕事に支障がないようにしなければいけない。夜間監視代理業(ナイト・ウォッチ・エージェンシィ)は放擲(ほうてき)しておけない仕事なら何であろうと下請させられるところだ。かれらは相当に信頼できるし、いままでにも恩を売ってある——だがそのことは明日まで待つことだ。

いまのところは——かれは下の通りにある食料品店に電話して、ひどく気まぐれな注文をした。かれは主人に、男を一日か二日のあいだ生かしておくために必要だと思われるものがあればなんでもいいから入れておいてくれと選択をまかせた。それから、かれのアパートまで五十セントでそれを運んでくれるやつを見つけてくれと頼んだ。

それがすむとかれは浴室へ行き、ゆっくりと髭を剃り、身だしなみを良くしておくことと士気の関係について、つくづくと考えさせられた。かれはドアをあけておき、片目をベッドのほうに向けていた。それから雑巾を湿らせて、ラジエーターの下の汚れを拭き取った。血のついたパジャマの上衣は、押入れの中にある汚れ物入れの中につっこんだ。

かれは腰を下ろして、食料品店から品物が届けられるのを待った。そしてそのあいだじゅうずっとホーグと交わした話の内容を考えていた。ホーグについてはっきりしているのは、ひとつだけだった。それは、あの男に関するあらゆることが混乱しているということだった。だいたいあの男の最初に言いだした話が変なものだった――いきなりやってきて、自分自身を尾行させるのに大枚の金を払うとは！　だがその後に起こった出来事から考えると、やつのその申し出もまったく当然だ。十三階の問題があった――くそっ！　かれはあの十三階を見、そこへ行き、ホーグが宝石細工師の眼鏡をかけて仕事をしているところを見たのだ。

ところが、そんなことができたはずはないのだ。

ではどういうことになるんだ？　たぶん、催眠術だろう。ランダルはそういった事柄にそうナイーブなほうではない。催眠術が本当に存在していることは知っているが、それが新聞の日曜版作家が読者を信じこませようとしているほど強力なものでないことも知っているのだ。混雑した街頭で一瞬のうちに催眠術をかけ、そのあと起こりもしなかった出来事を信じこみ、はっきりと思い出せる――そんなことは信じられるわけがないではないか。もしそんなことが真実であるというなら、全世界もただの妄想であり偽物になってしまうかもしれない。

ひょっとすると、そうなのかもしれないが。

全世界は、人が注意力をそれに集中し、それを信じこんでいるときにだけ、くっついているものかもしれない。もしそのあいだに矛盾を忍びこませ、その存在を疑いはじめたら、世界はばらばらになってしまうのだろう。たぶんそんなことがシンシアの身には起こったのだ。彼女自身の現実性にかれが疑いを持ったことによってだ。もしかれが目をつぶり、彼女が元気で生きていると信じさえしたら、彼女はたぶん――

かれはそれを試してみた。世界のほかのことを忘れてシンシアのことだけを考えた――元気なシンシアがかれの言ったことを笑うときに見せる口もとのちょっとしたゆがみ――朝目を覚ましたときの、眠そうな目付きをした美しいシンシア――スーツを着こみ、小粋な帽子をかぶり、かれと一緒にどこへでも出ていける態勢のシンシア。シンシア――

かれは目をあけてベッドを眺めた。彼女はまだなんの変化も見せず、死んだように横たわっている。かれはしばらくじっとしていたが、やがて鼻をかみ、ちょっと顔を洗うことにした。

8

玄関のブザーが鳴った。ランダルは廊下のドアへ行き、アパートの屋内電話を使うことなく、表のドアをあけるボタンを押した——ジョウが食料品を運ぶために見つけてくれた男であろうと、だれとも口をききたくなかったからだ。

しばらく間隔をおいてから、ドアを低くノックする音が響いた。かれはドアをあけながら、「運びこんでくれ」と言い、とつぜん口ごもった。

ドアのすぐ外にホーグが立っていたのだ。

どちらも口をきけなかった。ランダルは驚いていたし、ホーグはおずおずして、ランダルが口火を切るのを待っているようだった。ついにホーグは恥ずかしそうに言った。

「お伺いするほかなかったのです、ミスタ・ランダル。入らせていただけるでしょうか？」

ランダルは相手をにらみつけたまま、言うべきことを思い浮かべられなかった。この鉄面皮な――この図々しさ！

「わたしがやってきましたのは、わたしがミセス・ランダルを意識して襲ったりしたはずはないということを証明したいためなんです……知らないうちにそんなことをしていたのなら、そのつぐないに、できる限りのことをしたいんです」

「つぐないなど、手遅れだ！」

「でも、ミスタ・ランダル……なぜわたしが奥さんにそんなことをすると思われます？　昨日の朝……そんなことがわたしにできたはずはないんです」かれは口ごもり、ランダルの石のような顔を情けなさそうに眺めた。「たとえ相手が犬であろうと、正直な裁きなしに射殺したりはされないと思いますが……それともなさいますか？」

ランダルは心を決めかねる苦しさに唇を噛んだ。こいつの言葉を聞いていると、まったく上品な相手に見える――かれはドアを大きく開いて、むっつりと言った。

「入れよ」

「ありがとう、ミスタ・ランダル」

ホーグはおずおずと入ってきた。ランダルはドアをしめようとした。

「おたくがランダルさんで？」

別の男が両手に荷物を持ってドアの向こうに立っていた。

ランダルはポケットに手をつっこんで小銭を探しながらうなずいた。

「ああ……どうやって入ってきたんだ？」

その男はホーグのほうを指さしながら言った。

「その人と一緒に入ってきたんでさあ。でも、違うドアを叩いちまいましてね。ビールは冷えていますぜ、旦那」そいつは愛想良くつけ加えた。「冷蔵庫から出したばかりでさ」

「ありがとよ」

ランダルは五十セントに十セントを足してやり、ドアをしめた。それから包みを床から持ち上げ、台所に向かった。少しビールを飲むことにしよう、いまほど必要なときはないのだから。食料品の包みを台所に置くと、かれはビールの罐を出し、引出しから罐オープナーを出して、罐をあけようとした。

ある動きが視線に入った――ホーグが、落ち着きなく、片足から片足へと体重を移し変えているのだ。ランダルが坐れと言ってやらなかったので、まだ立ったままでいるのだ。

「坐れよ！」

「ありがとう」

ホーグは腰を下ろした。

ランダルはビールのほうに向き直った。だがいまのことで、ホーグのいることを思い出した。かれも行儀良く暮らす習慣がついているので、どれほど厭な客であろうと客にすすめることなく、自分だけビールを飲むことは不可能だった。

かれはちょっとためらい、すぐに、まあいいさ、やつにビールを飲ませたところでシンシアにもぼくにも別に害はないんだ、と考えた。

「ビールを飲むかい？」

「ええ、ありがとうございます」

実のところホーグはめったにビールを飲まず、口は上等なワインのために取っておきたいほうだったが、いまはランダルがだしてくれるものなら合成ジンだろうがドブの水であろうが、イエスと答えただろう。

ランダルはコップを運んでから、自分ひとりが通れるだけの広さにドアをあけて寝室へ入っていった。シンシアは思っていたとおりの容態だった。意識を失っている人間でも、同じ姿勢でいることは疲れるものだろうから、かれはシンシアの姿勢を少し変えてから、毛布の皺を伸ばした。彼女の姿を眺め、かれはホーグに対するポットベリイの警告とホーグのことを考えた。あの医者が考えていたらしいほどホーグは危険な存在なのだろうか？かれ、ランダルは、まだあいつの手の中で踊らされているのだろうか？

いや、ホーグがいまかれに害を与えることはできない。最悪の事態がおこったときには、どのような変化であろうとそれは改善なのだ。二人の死……あるいは、シンだけが死んでゆくことさえも。そのときには、彼女のあとを追うだけだ。そのことをかれは、その日早くから決めていた——だれに臆病者と言われようと知ったことではない！

いや――もしこのことについて責任があるのはホーグだとしても、かれはできる限りの努力をしたんだ。かれは居間に戻った。

ホーグはまだビールに口をつけていなかった。

「飲めよ」

ランダルはそう言いながら、腰を下ろして自分のコップに手を伸ばした。ホーグは乾杯を言い出したりコップをかかげるといったようなことはしないだけの良識は持ち合わせていた。ランダルはうんざりするような好奇心を感じながらかれを眺めた。

「おまえがわからないよ、ホーグ」

「わたしも自分自身がわからないんです、ミスタ・ランダル」

「なぜここへ来たんだ？」

ホーグは困ったように両手をひろげてみせた。

「ミセス・ランダルのことをお伺いするためです。わたしが奥さんにどんなことをしたのかを知るためです。できることがあれば、その償いをするためです」

「おまえがやったと認めるのか？」

「いいえ、ミスタ・ランダル。違います。昨日の朝、ミセス・ランダルにわたしが何かしたなどどうしても考えられないことなんです」

「おれがおまえを見たのを忘れているんだな」

「でも……わたしはどんなことをしました？」

「おまえはミセス・ランダルをミッドウェイ・コプトン・ビルの廊下で追いつめ、首を絞めようとしたんだ」

「そんなことを！　でも……あなたは、わたしがそんなことをするところを見られたのですか？」

「いや、正確にはそうじゃない。おれはそのとき……」

ランダルは口ごもった。その建物の別の場所でホーグを監視しているのに忙しかったので、そちらのほうでの出来事を見ることはできなかったとホーグに言えば、どんなふうに思われるだろうかと考えたのだ。

「言ってください、ミスタ・ランダル、どうか」

ランダルは心もとなさそうに立ち上がり、鋭い声を出した。

「言ってみても何になる……おまえがやったことは、どうもおれにはわからん。何をどうやったのか、さっぱりわからないんだ！　おれにわかっているのは、これだけだ……おまえが初めてあのドアから入ってきたとき以来、変なことばかりおれの家内とおれに起こっている……厭なことばかりだ……そしていま、彼女はあそこに横たわり、まるで死んでいるようだ。彼女は……」

かれは話すのをやめて、両手で顔を覆った。

かれは肩に軽く手がふれたのを感じた。

「ミスタ・ランダル……お願いです、ミスタ・ランダル。お気の毒に思います。それでお助けできればと思っているんです」

「どうやって助けられる……きみがぼくの家内の目を覚まさせる方法を知らない限り……知っているというのかい、ミスタ・ホーグ？」

ホーグはゆっくりと首を振った。

「残念ながら知りません。教えてください……奥さんはどんな具合なんです？　わたしはまだ何も知らないんです」

「話すことはそうないんだ。彼女は今朝、目を覚まさなかった。二度と目を覚まさないのじゃないかというような容態なんだ」

「確かなのですね、彼女が……死んでいないというのは？」

「ああ、死んではいないんだ」

「もちろん、医者を呼ばれたでしょうね。医者はどう言いました」

「彼女を動かすな、そばでじっと見ていろと言ったよ」

「それで、彼女の病状は何だと言いました？」

「レサルジカ・グラヴィスだと言ったよ」

「レサルジカ・グラヴィス！　医者が言ったのはそれだけだったのですか？」

「ああ……なぜ？」

「その人はそれで、診断を下さなかったのですか？」

「それが診断だったんだ……レサルジカ・グラヴィスが」

　ホーグはまだ面くらっているようだった。

「でも、ミスタ・ランダル、それは診断とは言えませんよ。それは単に〝重い眠り〟という言葉を大げさに言い換えただけですから。実のところ何の意味もありませんよ。それは皮膚病の人に皮膚炎（デルマティティス）と言い、胃の病気の人に胃炎（ガストリティス）だと言うようなものです。それでその医者はどんな検査（テスト）をしました？」

「え……わからない。ぼくは……」

「胃ポンプでサンプルを取りましたか？」

「いや」

「レントゲンは？」

「いや、そんなものは何ひとつなかった」

「するとこう言われるのですか、ミスタ・ランダル。その医者はただやってきて、彼女を診て、また出ていっただけだ。何ひとつ手を下さず、なんのテストもやらず、だれの意見を聞こうともしなかったと？　その人は、お宅のかかりつけの医者だったのですか？」

　ランダルは惨めな気持で答えた。

「いや……残念ながら医者に知合いはあまりいないんだ。かかったことがないのでね。だがそいつが良い医者か悪い医者かは別としても、きみも知っている相手だ……ポットベリイだよ」

「ポットベリイ？　わたしがかかったポットベリイ医師だと言われるんですか？　どうしてあの人を選ばれたのです？」

「それは……ぼくらに医者の知合いはいないし、きみの話を調べるために、あの人のところへ会いにいった。何かきみはポットベリイに腹を立てていることでもあるのか？」

「いや、別に。かれはわたしに無礼でしたが……少なくともわたしはそう思いましたね」

「そう、じゃあ、かれはなぜきみを嫌っている？」

ホーグはわけがわからないというように答えた。

「わたしに腹を立てる理由などまったくないように思うんですが……会ったのは一回だけです。もちろん、分析を頼んだことを除いてですが。でもなぜあの人は……」

かれは頼りなげに肩をすくめた。

「きみが言ったのは、爪につまっていたもののことかい？　ぼくは、いいかげんな作り話だと思っていたんだが」

「そうじゃありませんよ」

「とにかく、ただそれだけのものじゃなかったんだよ。あいつがきみについて言ったことから察すると」

「かれは、わたしについてどんなことを言ったのでしょう？」

「こう言ったよ……」

と答えかけたランダルは、ポットベリイがホーグについて別にはっきりした事実を言ったのではなかったことに気がついた。言わなかったことに意味があるんだ。

「多くは言わなかった、きみのことをどう感じているかだったんだ。かれはきみを憎んでいるよ、ホーグ……そして、きみを恐れているね」

「わたしを恐れているですって？」

ホーグは、ランダルが冗談を言ったに違いないというように、かすかな微笑を浮かべた。

「そうは言わなかったが、そのことは日光のようにはっきりしていたよ」

ホーグは首を振った。

「わたしにはどうもわかりません。わたしは、人にこわがられるより、人をこわがるほうなんです。ちょっと……あの人はわたしのために、やった分析の結果を、あなたに言ったのですか？」

「いや。ああ、そのことでぼくはきみについていちばん奇妙なことを思いだしたよ、ホーグ」

かれは話すのをやめ、あの十三階での考えもできない経験を思い出して尋ねた。

「きみは、催眠術師なのか？」

「とんでもない、違いますよ！　なぜそんなことを尋ねられるんです？」

ランダルは、二人で初めてホーグを尾行したときのことを話した。ホーグは真剣な顔つきで面くらいながら、その話に聞き入っていた。

「そういうことなんだ……十三階なし、デサリッジ＆カンパニイなし、何もなしだ！　それなのにぼくはすべてのことを詳しく、きみの顔をいま見ているようにはっきりと覚えているんだよ」

「それで全部ですか？」

「これでもまだ足りないというのか？　もうひとつつけ加えておいたほうがいいかもしれないな。そう重要なことではないかもしれないが、この経験がぼくにもたらした影響以外にだ……」

「どういうことです？」

「ちょっと待ってくれ」

ランダルは立ち上がり、また寝室へ入っていった。かれはドアを後ろ手でしめはしたが、今回はほんの少ししか開かないというほどの注意は、あまり払わなかった。シンシアのそばにずっとついていられないのが心配だったが、それでも正直なところは、ホーグがいることでさえも少しほっとさせられることだったのだ。意識的な言い訳をするとなると、かれは自分の行動を問題の根底を探るためだとしていたのだ。

かれはまた妻の鼓動に耳を澄ました。まだこの世のものであることに満足し、妻の枕を直し、顔にかかっている乱れた髪をすき上げた。それからかがみこんで、彼女の額に軽く接吻すると、急いで寝室を出た。

待っていたホーグは尋ねた。

「それで？」

ランダルは倒れこむように腰を下ろすと、両手で顔を支えた。

「まだ同じだよ」

ホーグは何にもならぬことながら同じ言葉をくりかえした。やがてランダルは疲れた声で、過去二晩のあいだに経験した悪夢のことを言いだした。

「別に、そんな夢に意味があるとは言わないがね……ぼくは迷信を信じないほうだから……」

ホーグはそっと言った。

「さあ、どうでしょうか」

「どういう意味なんだ？」

「わたしは別に何も超自然的だとは言いませんが、そういった夢がまったく偶然のものだったとは言えないんじゃないでしょうか？　あなたの経験からもたらされたものなんですから。わたしの言っている意味はこうです、もしだれかがあなたに、真昼間にアクメ・ビルであなたが夢を見たようなことを夢として見させられるのなら、その連中は同様に、夜にも夢を見させられるのではないでしょうか？」

「え？」

「だれかあなたを憎んでいる人はいますか、ミスタ・ランダル？」

「それは……ぼくの知る限りではないな。もちろんぼくの商売では、ときに友人を作れそうもないことをするが、それはほかの人のためにやるんだ。ぼくをあまり快く思っていないならず者が一人や二人はいるが……そいつらには、こんなことはできないね。どうもわけがわからない。だれかきみを憎んでいる者はいるのかい？　ポットベリイのほかに？」

「わたしの知る限りではありません。それに、あのお医者さんがなぜわたしを憎まなければいけないのかもわかりません。あの人のことで思いついたんですが、あなたはほかのお医者さんにも診てもらわれるのでしょうね？」

「ああ。どうもぼくは頭のめぐりがあまり速いほうじゃなさそうだ。どうすればいいのかわからない。ただ電話帳でほかの医者にあたってみることだけしか考えつかないな」

「もっとましな方法があります。大きな病院に電話して、救急車を頼むんです」

「そうするよ！」

ランダルはそう言いながら立ち上がった。

「朝まで待たれたらどうでしょう。いずれにしても、朝にならなければ何もできないでしょうし、それまでに奥さんは目を覚まされるかもしれませんよ」

「ああ……そう、そうだろうな。もう一度、家内を見てくるよ……」

「ミスタ・ランダル？」

「え？」

「あの……いけませんか……お目にかからせていただくのは？」

ランダルはかれを見た。疑惑の心はホーグの態度と言葉で、われながら意外なほど和らいでいたが、いまのことばでぎくりとし、ポットベリイの警告をはっきりと思い出したのだ。かれは堅い口調で答えた。

「やめておいたほうがいいな」

ホーグは落胆の色を見せたが、それを隠そうとした。

「ええ、ごもっともです。よくわかります」

ランダルが戻ってくると、かれはドアのそばに帽子を持って立っていた。ランダルが何も言わないでいると、ホーグは口を開いた。

「もうお暇（いとま）したほうが良さそうですね……もしお望みであれば、朝までご一緒に起きていますが」

「いや、そんな必要はないね。お休み」

「お休みなさい、ミスタ・ランダル」

ホーグが去ってしまうと、かれは数分のあいだ、妻のもとへ戻ることも忘れてうろうろと歩きまわった。ポットベリイの処置についてホーグが言ったことで、かれはひどく不安になったし、それにかれ自身ポットベリイを不審に思いだしたこともあって、ホーグをぶちのめしてやりたい気持などなくなってしまった――それがどうも良くなかったのだ。

かれは冷たい夕食をビールで流しこんだ――そしてそれが腹の中にちゃんとおさまっていてくれるのを知って喜んだ。それから大きな椅子を寝室に運び、その前に足台を置き、毛布を取って夜を過ごす用意をした。することは何ひとつなく、本を読む気にもならなかった――そうしようとしたが、だめだったのだ。ときどきかれは立ち上がり、冷蔵庫から冷えたビールの罐を取り出した。ビールがなくなってしまうと、かれはライ・ウイスキーに変えた。それで神経が少し鎮(しず)まったように思えたが、それ以外にはなんの影響も現われてこないようだった。かれは酔っぱらってしまいたくなかったのだ。

かれは、ピップスが鏡のそばにいてシンシアを誘拐しようとしていると信じこみ、ぞっとして目を覚ました。部屋は暗く、スイッチを見つけるまで胸が張り裂けそうな思いだったが、かれの愛する妻は蠟のように青ざめたままだベッドに横たわっているとわかった。

スイッチを切る前にかれは大きな鏡を調べ、それが部屋の中の有様を反射しており、別の恐ろしい場所への窓になっていないことを確かめなければいけなかった。町の明かりがかすかに反射してくる中で、かれは震えてくる思いを鎮めようと酒を飲んだ。

かれは鏡の中で何かが動いたと思い、急いで振り向いたが、自分自身の影だとわかった。

かれはまた腰を下ろし、二度と眠りこんでしまうまいと決心しながら身体を伸ばした。

何だ？

異様な気配を感じてかれは台所へ飛びこんでいった。何もない——何も発見できなかった。寝室にもどるかれはまた戦慄を覚えた——かれを彼女のそばから離させる計略だったのかもしれない。

やつらはかれを嘲笑し、あおり立て、間違った行動をさせようとしているのだ。そのことはわかっている——やつらは何日ものあいだかれに対する手段を考え、神経を参らせてしまおうとしている。やつらは家の中にあるすべての鏡からかれを監視し、かれが見つけようとするたびに飛びのいているんだ。鳥の御子たちは——

「鳥は残酷なんだ！」

かれ自身がそう言ったのか？　だれかがかれにそう叫んだのだったろうか？　鳥は残酷だ。新鮮な空気を求めて、かれは寝室の閉じた窓のそばへ行き、外を見た。まだ暗かった、漆（うるし）のような暗さだ。下の通りにはだれひとり動いていない。湖のほうは低く霧が立ちこめている。何時だ？　テーブルの時計では、午前六時だ。この神に見棄てられた町は、二度と明るくならないというのか？

鳥の御子たちか。かれはとつぜん巧妙に立ちまわってやろうと思いついた。やつらはかれをとらえたと思っている。だが、やつらを馬鹿扱いにしてやろう――こんなことを自分とシンシアにされてたまるものか。家の中にあるすべての鏡を叩き割るんだ。かれは急いで台所へ行った。小物入れの引出しに金槌がある。それを取って寝室へもどり、まずは大きな鏡から――

かれは金槌を振り上げようとしたときに、ためらいを覚えた。シンシアはそんなことを好まないだろう――鏡を割れば七年の悪運だ！　かれ自身は迷信など信じないが、でも――シンシアはいやがるだろう！　かれはシンシアにそのことを説明しようとベッドのほうに向いた。あまりにもはっきりしていることのように思われたのだ――ただ鏡をみな割ってしまうだけで、二人は鳥の御子たちとやらから安全になれるのだ。

だがかれは、シンシアの凍りついたような顔を見てぎくりとした。

かれは別な方向から考えてみた。やつらは鏡を使わなければいけない。鏡とはいったい何だ？　反射する一片のガラス板だ。よろしい――では、反射しないようにしてしまうだけのことだ！　どうやればいいかはわかっている。金槌が入れてあった同じ引出しに、スーパー・マーケットで買ってきたエナメルが二、三罐と小さな刷毛が入っている。シンシアが一時夢中になって家具を塗り変えようとしていたときの残りだ。

その全部を小さなボウルに入れると、半リットルほどの濃い顔料ができた――これで足りる、この目的のためには。かれはまず大きな鏡から取りかかり、その上にさっさと無造作な手さばきでエナメルを塗っていった。エナメルが手首へ流れ、化粧テーブルの上に落ちていったが、かれは気にしなかった。それから次のだ――

危いところだったが、居間の鏡を塗り上げられるだけの量があった。もう大丈夫――それが家の中にある最後の鏡だ――もちろん、シンシアのハンドバッグの中にある小さな鏡を別にしてのことだが、それは関係ないだろう。人間がくぐり抜けたり身体を隠したりするには小さすぎるからだ。

混ぜ合わせたエナメルは、少量の黒と一罐半ほどの赤だった。それが両手にかかり、かれは斧による殺人現場の中心人物のような姿になっていた。そんなことはどうだっていい――かれはそのほとんどをタオルでふき取ってから、椅子と酒瓶のもとにもどった。

やつら、やってみるがいい！　あの汚らわしい黒魔術を試してみるがいい！　やつらを困った状態に陥れてやったのだ。

かれは夜明けがくるのを待った。

ブザーの音にかれは椅子から立ち上がった。あまりはっきりはしていなかったが、眠りこんでいなかったと確信しながらだ。シンシアは大丈夫だ――つまり、まだ眠っている。

それが期待しうる限り最善のことだった。かれはまた紙を丸めて彼女の鼓動を聞いて安心した。

ブザーの音は続いていた——それとも、また響いたかだ。どちらなのかはわからない。機械的にかれが答えると、声が返ってきた。

「ポットベリイです……どうしました？　眠っていたんですか？　患者の具合はどうです？」

かれは落ち着こうと努めながら答えた。

「変わりなしですよ、先生」

「そう？　じゃあ、入れてください」

ドアをあけるとポットベリイはかれのそばをすり抜け、まっすぐシンシアのところへ行った。

かれは患者の上にちょっとかがみこみ、すぐに背を伸ばした。

「同じようですな。一日やそこらではたいした変化は期待できないようだ。たぶん、峠は水曜あたりでしょう」かれは不思議そうにランダルを見た。「いったいあなたは何をしておられたんです？　まるで四日も飲みつづけていたような様子ですが」

「何も……なぜ彼女を病院に運ばせてくれなかったのです、先生？」

「それが患者にとって最悪のことだからですよ」

「どうしてそうだとわかるんです？　あなたは本当に家内を診察しはしなかった。どこが悪いのかわからないんでしょう。どうなんです？」

「気でも狂ったのですか？　昨日説明したじゃありませんか」

ランダルは首を振った。

「またごまかしを言う。あんたは家内のことでぼくをからかっただけだ。ぼくはその理由を知りたいんだ」

ポットベリイはかれのほうへ一歩近づいた。

「頭が変になっていますな……それに酔っ払ってもいる」かれは不思議そうに大きな鏡を眺めた。

「ここで何がおこなわれていたのか知りたいですな」

かれは指先を塗りつけられたエナメルにふれた。

「さわるな！」

ポットベリイはぎくりと手を引っこめた。

「これは何のためです？」

ランダルは意地悪そうに答えた。

「やつらを閉じこめたってわけだな」

「だれをですって？」

「鳥の御子たち。やつらは鏡を通りぬけてやってくる……だがぼくはそれをくいとめたんだ」

ポットベリイはかれを見つめた。

ランダルは言葉をつづけた。

「やつらをぼくは知っている……やつらは二度とぼくを馬鹿にはできん。鳥は残酷だ、か」

ポットベリイは両手でその顔を覆った。

二人はどちらも数秒のあいだ完全に黙りこんだまま立っていた。ランダルの酷使され混乱してきた心に新しい考えがしみこんでくるまでには、それだけの時間がかかったのだ。そのあと、かれはポットベリイの股を蹴飛ばした。それから数秒間の出来事はひどく混乱したものだった。ポットベリイは悲鳴を上げるどころか、撲り返してきた。ランダルは正々堂々と戦おうとせず、もっと汚ない喧嘩の仕方ですさまじい一発をくらわした。

そのごたごたが片づいたとき、ポットベリイは浴室に閉じこめられており、ランダルは寝室のほうにいて鍵をポケットに入れていた。かれは大きく息をついていたが、自分が少しばかり撲られたことなどまったく気にかけていなかった。

シンシアは眠りつづけていた。

「ミスタ・ランダル……ここから出してください！」

ランダルは椅子に戻って、この状態をどうやって解決したものかを考えようとしていた。かれはもう完全に酔いから覚めており、もはや酒瓶に頼ろうとはしなかった。かれは、実際に〝鳥の御子たち〟というものが存在しており、そのうちの一人を現在閉じこめているんだということを、自分の頭に叩きこもうとしていた。

シンシアが意識を失っているのは──神よ助けたまえ！──御子たちとやらが、彼女の魂を盗んだからなんだ。悪魔野郎め……やつらは地獄に落ちた野郎どもなんだ。

ポットベリイはドアを叩いた。

「いったいこれはどういうことなんです、ミスタ・ランダル？　気でも違ったのですか？　ここから出してください！」

「そうしたら、おまえは何をやるっていうんだ？　シンシアを生き返らせてくれるのか？」

「医者としてできるだけのことはしますよ。なぜこんなことをしたんです？」

「おまえ自身、なぜだかわかっているだろうが。なぜおまえは顔を覆ったんだ？」

「どういう意味です？　わたしがくしゃみをしかけると、あなたはわたしを蹴飛ばしたんですよ」

「おれは、〝ゲズントハイト(お大事に)！〟とでも言うべきだったとでもいうのか。おまえは悪魔だ、ポットベリイ。おまえは鳥の御子なんだ！」

　短い沈黙がつづいた。

「何を馬鹿なことを言ってるんです？」

　ランダルはその言葉を考えてみた。馬鹿げた言葉かもしれない。ひょっとするとポットベリイはくしゃみをしかけていたのかもしれない。違う！　意味が通る説明はこれだけだ。悪魔どもめ、悪魔どもと黒魔術だ。ストールズ、ピップス、ポットベリイ、それにほかのやつらだ。

　ホーグは？　あいつも理由になる……ちょっと待てよ。ポットベリイはホーグを嫌悪していた。ストールズもホーグを憎んでいた。鳥の御子たちやらの全員がホーグを憎悪していた。よろしい、では悪魔だろうと何だろうと、かれとホーグは同じ側なんだ。

　ポットベリイはまたドアを叩きだしていた。もはや拳ででではなく、もっと重いもので間隔を置いてだ。ということは、全身の重みをかけて肩でぶつかっているわけだ。家の中にあるドアというものはそうまで頑丈でないのが普通だ。とすると、そう長いあいだ保たないことははっきりしている。

　ランダルはこちら側からドアを叩いた。

「ポットベリイ！　ポットベリイ！　聞こえるか？」

「ああ」

「これからおれが何をするかわかっているか？　ホーグに電話して、ここへ来させるんだ。聞こえたか、ポットベリイ？　あいつはきさまを殺すぞ、ポットベリイ、あいつはきさまを殺すぞ！」

返事はなく、全身でぶつかってくる音がまた響きだした。ランダルは拳銃を握った。

「ポットベリイ！」

答えはない。

「ポットベリイ、やめろ。さもないと射つぞ」

ドアにぶつかる音は弱くもならなかった。

ランダルはとつぜん霊感を覚えた。

「ポットベリイ……鳥の御名において……そのドアから離れろ！」

騒音は断ち切られたようにとまった。

ランダルは耳を澄まし、さらにこの機会に乗じて言った。

「鳥の御名において、二度とそのドアに触れるなよ。聞こえているのか、ポットベリイ？」

答えはなかったが、静寂はつづいていた。

まだ時刻は早く、ホーグは家にいた。かれがランダルの支離滅裂な説明に面くらっているのははっきりしていたが、すぐに大急ぎでやってくると答えた。

ランダルは寝室に戻って両方の監視を続けた。かれは左手で妻のぐったりと冷たい手を握り、右手には拳銃を握ってあの呪文がきかなくなった場合に備えていた。だがドアにぶつかる音はもうしなかった。数分のあいだどちらの部屋にも死のような沈黙が漂っていた。そのあとランダルは浴室からかすかに何かをこすっているような摩擦音が響いてくるのを聞いた、少なくともそう思った——わけのわからない気持の悪い音だった。

それに対してどうすればいいものかわからなかったから、かれは何もしないでいた。その音は数分のあいだ続いてとまった。そのあとは——静寂だけだった。

ホーグは拳銃を見てどきりとした。

「ミスタ・ランダル！」

ランダルは問いかけた。

「ホーグ……きみは悪魔か？」

「なんのことです？」

「鳥は残酷だぞ！」

ホーグは顔を覆わず、ただ面くらい、もう少し心配そうになっただけだった。

ランダルはうなずいた。

「オーケイ。きみは合格だ。もしきみが悪魔だとしても、きみはぼくと同じ種類の悪魔だろう。来てくれ！　ぼくはポットベリイを閉じこめた。あいつに顔を合わせてほしいんだ」

「わたしが？　なぜです？」

「あいつが悪魔だからさ……鳥の御子なんだ。そして、やつらはきみのことを恐れている。さあ来てくれ！」かれは言葉をつづけながらホーグを寝室へとせかした。「ぼくが犯した失敗は、ぼく自身に起こった出来事を信じようとしなかったことなんだ。どれもこれも夢なんかじゃあなかったんだよ」

かれはドアを拳銃の銃口で叩いた。

「ポットベリイ、ホーグがここに来ているぞ。おれの言うとおりにしろ、そうすれば命だけは助かるかもしれんからな」

ホーグは心配そうに尋ねた。

「かれに何をさせたいのです？」

「彼女だよ……もちろん」

「ああ……」

ランダルはまたドアを叩き、ホーグのほうに向いてささやいた。

「ぼくがドアをあけたら、あいつの前に立ってくれるか？　ぼくもきみのすぐそばにいるから」

ホーグはごくりと唾を飲みこみ、シンシアを眺めてから答えた。

「もちろんそうします」

「行くぞ」

浴室の中にはだれもいなかった。そこには窓がなく、考えられる限りどんな出口もなかったが、ポットベリイが脱出した方法は明らかだった。鏡の表面に塗られたエナメルがカミソリでけずり取られていたのだ。

二人は七年の悪運という危険を冒して、その鏡を割った。どうすればうまくやれるのかがわかっていれば、ランダルは鏡の中を通っていって連中にぶつかっていったことだろう。だがその知識がない以上、出入口をふさいでおくほうが賢明だと思われたのだ。

そのあと、するべきことは何もなかった。二人はランダルの妻の静かな寝姿を見ながら相談してみたが、打つべき手はなかった。二人は魔法使ではないのだ。やがてホーグは居間へ行った。ランダルの悲しみというプライバシーを乱したくないし、そうかといってかれから完全に離れてしまいたくもなかったからだ。かれはときどきランダルを見にきた。そうしていたとき、かれはベッドの下に小さな黒いカバンがあるのに気づき、それが何なのかわかった——医者の診療カバンだ。かれはそれに手を伸ばして取り上げると尋ねた。

「エド……これを見ましたか?」

「何をだって?」

ランダルは疲れた目付きで顔を上げ、カバンの蓋に打ちこんであるかすれかけた金文字を読んだ。

ポティファー・T・ポットベリイ、医師

「え？」

「かれがこれを忘れていったにきまっています」

「持ってゆく暇がなかったんだよ」

ランダルはホーグの手からそれを取って開いてみた——聴診器、注射器、ケースに入れた薬液一揃い、開業医が仕事をするときの小道具一式だ。そして瓶の一つにはラベルがはってあった。ランダルはそれを取り出して、その文字を読んだ。

「ホーグ、これを見てくれ」

危険！
この処方薬を詰めかえてはいけません
ミセス・ランダル用
処方箋のとおり服用のこと

ホーグは尋ねた。

「かれは奥さんに毒薬を飲ませようとしていたのでしょうか？」

「そうは思えないな……ふつうの鎮静剤の但し書と同じさ。でも、何なのか調べてみたいな」

かれはその瓶を振ってみた。空（から）になっているようだ。かれはその蓋をはずしかけた。

ホーグは警告した。

「気をつけて！」

「そうするよ」

かれは瓶を充分顔から離して蓋を取り、非常に慎重に匂いを嗅いだ。かすかだが、はっきりと甘い芳香が漂った。

「テディなの？」

かれは瓶を落として振り向いた。確かにシンシアがまばたきしながら、溜息をつき、また目をつぶりながらささやいた。

「あいつらに何も約束しないで、テディ！　鳥は残酷だわ！」

9

ランダルは主張した。

「きみの記憶喪失が全体の鍵なんだ……きみが昼間に何をしているのかがわかれば、きみの職業がわかれば、なぜ鳥の御子たちとやらが出てきてきみをつかまえようとしているのかわかるんだ。その上、やつらとどうやって戦えばいいのかもわかるだろう……やつらがきみを恐ろしがっているのは明らかなんだからな」

ホーグはシンシアのほうに向いた。

「あなたはどう思われます、ミセス・ランダル？」

「わたしはテディの言うとおりだと思うわ。催眠術のことを詳しく知っていたら、そちらの面から試してみることもできるんだけど……でもわたし知らないから、スコポラミンが次善の策だと思うの。試してみる気はおありかしら？」

「あなたがそう言われるのなら」

「道具を取ってくれ、シン」

彼女は、腰を下ろしていたデスクの端から飛び下りた。かれは片手を伸ばし、彼女を抱きとめて文句を言った。

「ゆっくりしなくちゃいけないよ」

「そんな馬鹿な、わたしもう大丈夫なのよ」

かれらはシンシアが目を覚ますとすぐに、事務所へ移ったのだ。はっきり言うと、かれらは恐怖を覚えたのだ——怯えはしたものの、卑怯者の怯えかたではなかった。アパートはどうも健康に良くない場所のように思えた。事務所もそう良いところではなさそうだった。ランダルとシンシアは町から出ることに決めた——事務所に寄ったのは、戦闘についての相談を始めるためのものだったのだ。

ホーグはどうすればいいのかわからないようだった。

ランダルは注射器を用意しながら、かれに警告した。

「こんな道具を見たことは忘れてほしい……ぼくは医師でも麻酔屋でもないから、こんなものを持っているべきではないんだ。でも、便利なことが多いんでね」

かれはホーグの腕をアルコールをひたした綿でふいた。

「じっとして……さあ！」

かれは針をつき刺した。

薬が効いてくるのを待ちながら、ランダルはシンシアにささやきかけた。

「何を知ろうと思っているんだい？」

「わからないわ。もし運が良ければ、かれの持っている二つの人格が一緒になってしまうでしょうね。そうなったら、いろいろと見つけられると思うのよ」

しばらくすると、ホーグの頭は前に傾き、深い息をつきはじめた。彼女は進み寄り、かれの肩をゆさぶった。

「ミスタ・ホーグ……わたしの言葉が聞こえますか？」

「はい」

「あなたのお名前は？」

「ジョナサン……ホーグ」

「どこに住んでおられます？」

「六〇二……ゴサム・アパートメント」

「あなたは何をなさっていますの？」

「わたし……わかりません」

「思い出してみてください。あなたのご職業は何ですの？」

答えはなかった。彼女はまた尋ねてみた。

「あなたは催眠術師ですか？」

「いいえ」

「あなたは……魔法使ですか？」

その返事はちょっと遅れたが、しばらくするとかれは答えた。

めた。

れるとふつう見せるはずのけだるい様子はまったく見せず、きびきびした口調で言いはじ

かれは口を開いて、答えようとした――ところがとつぜん背を伸ばし、その薬を注射さ

「あなたは何物なんです、ジョナサン・ホーグ？」

「いいえ」

「残念だが、奥さん、こんなことはやめなければ……いまのところはだが」

かれは立ち上がり、窓際に行くと、通りを上へ下へと眺めて言った。

「悪い……まったく、ぞっとするほど悪い」

かれは自分自身に向かって話しかけているようだった。シンシアとランダルはかれを眺め、それから助けを求めるように見つめあった。

「何が悪いんですの、ミスタ・ホーグ？」

シンシアは遠慮がちに尋ねた。受けた印象を詳しく分析したわけではなかったが、かれは別人のようになっていた――より若く、より活力に溢れているようなのだ。

「え？　すみません、説明しなければいけないようですな。わたしはどうしても、薬の効果を抹殺しなければいけなかったのです」

「抹殺するですって？」

「放擲する、無視する、なかったことにするのです。奥さん、あなたが話されていたあい

だに、わたしは自分の職業を思い出しましたよ」

かれは愉快そうに二人を眺めたが、それ以上の説明はしようとしなかった。

ランダルが先に立ち直った。

「きみの職業は何だったんだい？」

ホーグはかれに微笑みかけた。実に優しくだ。

「あなたに話しても仕方がないことですよ。少なくとも、いまのところはね」

かれはシンシアのほうに向いた。

「奥さん、鉛筆と紙をお借りできますかな？」

「え……喜んで」

彼女は求められたものを用意した。かれはそれを優雅に受け取ると、腰を下ろして書きはじめた。

その行動について何も説明しないので、ランダルは声をかけた。

「なあ、ホーグ、これはいったい……」

ホーグは落ち着いた顔をかれのほうに向けた。ランダルは口をきこうとしたが、その表情に面くらってしまって、弱々しくそのあとを続けた。

「ええと……ミスタ・ホーグ、いったいどういうことなんです？」

「あなたは、わたしを信じる気になれませんか？」

ランダルはちょっと唇を噛んでから、かれを眺めた。ホーグは落ち着いていた。

「それは……信じますが」

と、かれは答えた。

「けっこう。わたしは、買っていただきたい品物のリストを作っているんです。わたしは、これからの二時間かそこら非常に忙しいものですからな」

「われわれと別れるつもりですか？」

「あなたは鳥の御子たちのことを心配しておられるんですね？　かれらのことは忘れるんです。かれらはあなたがたに害を加えませんよ。それは約束します」

かれは文字を書きつづけた。そして数分後に、そのリストをランダルに渡した。

「いちばん下に、あなたがたと落ち合うところを書いておきました……ウォーケガンのはずれにあるガソリン・ステーションです」

「ウォーケガン？　なぜウォーケガンを？」

「たいした理由はないんです。わたしはもう一度非常にやりたいと思っていることをやりたいんですが、うまくいくとも思っていないんです。あなたがたは、わたしを助けてくださるでしょうな？　買っていただきたい品物のうちのある物は手に入れにくいかもしれませんが、努力してみてくださいますね？」

「やってみましょう」

「けっこう」

かれはすぐに去っていった。

ランダルはドアが閉まるとすぐ、手に持っていたリストを見た。

「え、こいつは……シン、あいつが何を買ってくれと言ったか想像できるかい……食料品だぜ！」

「食料品ですって？　そのリストを見せてちょうだい」

10

ランダルがハンドルを握って、二人を乗せた車は町の郊外を北へ走っていた。前方のどこかにホーグと落ち合う場所があり、後方のトランクにはホーグの指示で買った品物が入っていた。

「テディ？」

「うん、シン？」

「ここでUターンできない？」

「できるとも……つかまりさえしなければな。なぜだい？」

「つまりわたし、そうしたいからよ。最後まで言わせて」彼女は急いで言った。「わたしたちには車があるわ。お金もみな持ってきているわ。その気になれば、わたしたちが南へ行くことをとめるものは何ひとつないのよ」

「まだあの休暇旅行のことを考えているのかい？　でもそうできるんだぜ……品物をホーグに渡したらすぐに」

「休暇のことを言ってるんじゃないわ。逃げ出して、二度と帰ってこないのよ……いますぐによ！」

「ホーグが頼んだ妙な食料品が八十ドル分あって、それもまだ支払っていないんだぜ。そんな馬鹿な」

「わたしたちで食べられるわ」

「なんだって！　キャビアにハチドリの羽根なんかをかい。そんなことできるものか、シン。ぼくらはハンバーガー・タイプなんだからな。それに、そんなことができるとしても、ぼくはもう一度ホーグに会いたいんだ。はっきり話してもらいたいんだ……説明してほしいからな」

　彼女は溜息をついた。

「わたしが考えていたとおりなのね、テディ。だからこそ、わたしもうやめて逃げ出したいのよ。説明なんかしてほしくないわ。わたしはいまのままの世界で満足しているの。あなたとわたしだけ……面倒なことは何ひとつなし。ミスタ・ホーグの職業のことなど何も知りたくないわ……鳥の御子たちやら……そんなこと何もかも」

かれはタバコに手を伸ばし、それからマッチを計器盤の下ですり、尋ねかけるように横目で彼女を眺めた。幸いなことに車の往来は少なかったのだ。

「どうもそのことでは、ぼくも同じような気分になっているようだよ。だがぼくは、それを別な角度から考えているんだ。もしぼくらがいまやめたら、これから一生のあいだ、ぼくは鳥の御子たちとやつらのことでびくびくしつづけ、髭剃りにもびくびくするだろう。鏡を見ることが恐ろしくてね。しかしだよ、こんどのこと全体にも合理的な説明があるはずだ……なけりゃいけないんだ……そいつを、ぼくは手に入れようとしているんだ。それからは、ぼくらも眠れるってわけさ」

彼女は小さくちぢこまっただけで、返事をしなかった。

ランダルは、ちょっといらだったように言葉をつづけた。

「こんなふうに考えてみたらどうだい……いままでに起こったすべてのことはみな普通に起こりえたことで、超自然的な力に頼ったものではなかったのだと。超自然的な力といえば……この太陽と車の流れの中では、とてもじゃないが考えられないことだ。鳥の御子たちか……つまらんことさ！」

彼女は答えなかった。かれはなおも続けた。

「まず考えられる点は、ホーグが完全なまでの役者であることだ。つまらぬ臆病者どころか、かれは最高のすごい個性の持主だったとしたら。こんな具合だよ、ぼくが口ごもって〝イエス・サー〟と言ったとたんに、あいつが薬の効果を無視したふりをして、あんな食料品を買えと命令したのだとしたら」

「ふりをしたって？」

「そうとも。だれかが、あの睡眠薬のかわりに色のついた水に変えたんだ……たぶん、タイプライターにはさんであった偽の警告と同じような手口さ。だが要点にもどろう……やつがもともと強い個性の持主であり、それにうまい催眠術師であったことはほぼ間違いないな。あの十三階とデサリッジ&カンパニイの幻影を見せたことで、どれほどやつの能力が高いかを示している……それとも、ほかのだれかがだ。たぶんぼくにも薬を使ったんだろう、きみに使ったようにさ」

「わたしにですって？」

「そうさ。ポットベリイのところで飲んだ代物をおぼえているだろう？　何か、あとから効いてくる麻薬みたいなものさ」

「でも、あなたも飲んだのよ！」

「同じ代物であることは必要なかったわけさ。ポットベリイとホーグはぐるだった。それでやつらは、すべてのことを事実のように考えさせるだけの雰囲気を作り出したんだ。そのほかのこともみな、ひとつずつ取り出してみればつまらぬ意味もないことなんだ」

シンシアは自分なりの考えを持っていたが、それは心の中にしまっておいた。しかし、一つの点だけはひっかかっていた。

「どうやってポットベリイは浴室から出ていったのかしら？　かれ、閉じこめられていたって言ったわね」

「ぼくもそのことを考えた。あいつは、ぼくがホーグに電話していたあいだに鍵を細工し、押入れに隠れて、出られるようになるまで待っていたんだ」

「ふーん」

彼女はそう言ったまま、数分のあいだ黙っていた。

ランダルはウォーケガンの車の混雑で忙しくなって話すのをやめた。かれは左へ曲がって、町の外へと向かった。

「テディ……いままでのこと全部がいいかげんなことで、鳥の御子たちなどというものはいないんだってことに確信があるのなら、もう放り出してしまって南に向かってもいいんじゃないの？　この約束を守る必要はないのよ」

かれは、自転車に乗った自殺志願の少年をうまくかわしながら答えた。

「ぼくの説明には自信があるさ、その大体のアウトラインにはね。だがぼくには動機がわからないんだ……それがどうしてもホーグに会わなければいけない理由なんだ。変なことだがね」

かれは考えこんだようにあとを続けた。

「ホーグには何もぼくらを敵視する理由がないと思うんだ。かれには何かの理由があり、その計画を実行しているあいだ何かと不愉快なことがおこるのを我慢しなければいけないので、ぼくらに五百ドルを支払ったんだと思うね。だが、いまにわかるよ。いずれにしても、もう引き返すには遅すぎるよ。そこにあいつが言ったガソリン・ステーションがあるし……ほら、ホーグがいるよ！」

ホーグは、微笑し会釈しただけで車に乗りこんできた。ランダルは言われたとおりすることに、またも反撥を覚えた。二時間ほど前に言われたときに感じたのと同じだ。ホーグはかれに、行く先を告げたのだ。

その道は田舎のほうに向かっており、やがて舗装道路から離れた。そのうち車は牧場へつづく農場の門にさしかかり、ホーグはランダルにその門をあけて通りぬけるようにと指示して言った。

「持主はなんとも思わないですよ。わたしは水曜日に何度もここへ来たものです。美しい場所でしてね」

確かに美しい場所だった。道はいまや荷馬車のわだちの跡となり、樹々が頂上に繋っている小山へゆるやかに登っている。ホーグは車を樹の下にとめさせ、三人は外に出た。シンシアはしばらくじっと立って、新鮮な空気をむさぼるように深く吸いこんでいた。南のほうにシカゴが見えており、その向こうと東のほうに湖が銀色に輝いていた。

「テディ、素晴らしいところね？」

「ああ」と、かれはうなずいたが、ホーグのほうに向いた。「ぼくは知りたいね……なぜここへ来たのかを」

ホーグは答えた。

「ピクニックです……わたしは自分のフィナーレにこの場所を選びました」

「フィナーレ？」

「まず食事です……それから、どうしてもと言われるなら、話しましょう」

ピクニック用として実に変な献立だった。腹が一杯になる食べ物の代わりに、何十種類もの美食家が好むものだ――金柑(きんかん)、グワヴァのゼリー、小さな瓶詰の肉、お茶――ホーグがアルコール・ランプで沸かした――有名な商標がついているうまいウエハース。そういうものだったが、ランダルもシンシアも喜んで食べていた。ホーグはすべての食べ物を試しており、食べないものはなかった――しかしシンシアが気がついたのは、かれが実際に食べている量は実に少ないもので、食べているというより味わっているといったふうだった。

そのうちランダルにはホーグの食事を邪魔するだけの勇気が出てきた。ホーグは自分からその話題を口にするつもりなどないことが、はっきりしてきたからだ。

「ホーグ？」

「なんですか、エド？」

「もういいかげんで、ごまかすのはやめてくれないかな？」

「ごまかしてなどいませんよ」

「ぼくの言っている意味はわかっているはずだ……過去何日かのあいだイタチごっこが続いている。きみはそれに巻きこまれており、われわれよりもそのことについて良く知っている……それは明らかだ。別にきみを責めているわけじゃないが……どういうことなのか、ぼくは知りたいんだ」

「あなたの考えを言ってみては……」

「オーケイ」ランダルはその挑戦に応じた。「やってみよう」

かれはシンシアに話した説明をくりかえした。ホーグはそれを終りまで続けるようにと求めたが、話が終ると何も言わなかった。

ランダルはいらだたしげに尋ねた。

「まあ、そういう具合だったたんだ……違うのかい？」

「うまい説明のように思えますね」

「ぼくもそう思う。でもきみには、いくつかの点をはっきりしてもらわなければ。なぜきみはそんなことをしたんだ？」

　ホーグはそっと首を振った。

「残念ですが、エド。どうもわたしの動機をあなたに説明することはできそうにありませんね」

「そんな馬鹿な、そんなのは不公平だ！　少なくともきみにはできるはずだ……」

「いつ、公平にやるべきだと決めたんです、エドワード？」

「それは……ぼくはきみが公平にやってくれることと思ったからだ。きみは、ぼくらがきみを友人として扱うように求めた。それだけでも説明してくれなければいけないよ」

「わたしも、説明すると約束しました。でも考えてみてください、エド……本当に説明しなければいけないのですか？　もう今後いっさいの面倒は起こらない、御子たちからの訪問はないと断言できますが」

　シンシアはかれの腕にふれた。

「そんなこと尋ねないで、テディ！」

かれはその手を振りはらった。腹を立ててではないが、断固としてだ。

「ぼくはどうしても知りたい。説明を聞かせてほしいね」

「聞かなければ良かったと思いますよ」

「試してみるさ」

ホーグは坐り直した。

「よろしい……ワインを注いでいただけますか、奥さん？　ありがとう。まず、ちょっとした話をしなければいけません。いくらか寓話風のものなんです、つまりそれは……言葉ではなく、概念ですから。かつて、ある種族がいました。人類とはまったく似ていないもの……まったくです。かれらがどんな姿をしていたか、どのように生きていたかを、あなたがたに伝える方法はありません。でも、かれらについて一つはっきりしている点は、あなたがたも理解できるでしょう。かれらは創造的な種族だったのです。芸術作品を創造しそれを享楽することが、かれらの仕事であり、かれらの存在理由でした。わたしは故意に〝芸術〟という言葉を使っています。芸術というものは決められておらず、決められもせず、限界のないものだからです。その言葉をわたしは間違って使っているという恐れなしに使えます。それには正確な意味がないからです。芸術家の数だけ、その意味は分かれているのです。でも覚えておいてください、それらの芸術家は人間ではなく、かれらの芸術は人間的なものではないことを。

この種族の中での一人を、あなたがたの考える……若者という言葉で考えてみてください。かれは教師に見守られその指導のもとに芸術作品を生み出しています。この若者には才能があり、かれが創り出したものには多くの奇妙な面白い面があるのです。教師はそのまま続けろとかれを励まし、審査の日に備えます。いいですか、わたしは比喩的な意味で言っているのですよ。あたかもかれが人間の芸術家であり、キャンバスに描いたものを毎年の展覧会で審査してもらうために準備しているように……」

かれは話を中断して、とつぜんランダルに向かって尋ねた。

「あなたは信仰心のある人ですか？　こういうことを考えられたことが、これまでにありますか」かれは腕を大きくまわして、静かで美しい田園風景を示した。「このすべてに創造主があったかもしれないということを？　きっと創造主があったに違いないと？」

ランダルは見つめ、赤くなり、口ごもりながら答えた。

「ぼくはそう教会に出かけるほうじゃないが、でも……ええ、そういうことは信じていると思う」

「それで、あなたのほうは、シンシア？」

彼女は、緊張し、口をきくことなく、うなずいた。

「その芸術家はこの世界を創造したんです、自分なりの流儀で、かれにとって良しとする当然なものを使って。かれの教師は、全体としては認めましたが、でも……」

ランダルは鋭く言った。

「ちょっと待ってくれ。きみは、世界の創造について述べようとしているのか……この宇宙の？」

「そのとおりですよ」

「しかし……馬鹿な、そんな途方もないことを！　ぼくが尋ねたのは、ぼくらだけに起こったことについての説明なんだぜ」

「わたしは言ったでしょう、あなたには気に入らない説明になるだろうと」かれはちょっと待ち、それから話を続けた。「鳥の御子たちはこの世界を支配していた生き物なんです、最初のあいだですが」

その話を聞いているランダルの頭は割れそうだった。かれはひどい恐怖とともに、ホーグとの待ち合わせ地点へ来る途中に考えだした合理的な説明などまったくのまやかしものであったことを知った。鳥の御子たちは――現実のものであり、現実で恐るべきものであり――それだけの力を持っているのだ。いまやかれは、ホーグの話している種族が存在していることを知った。シンシアの緊張し怯えた顔から、彼女もそのことがわかったのだ――そして、二人とも二度と平和は求められないのだ。

「元始（はじめ）に鳥（バード）ありき……」

ホーグは悪意もなく憐憫（れんびん）の情も浮かんでいない目つきでかれを眺め、落ち着いた声で言った。

「いや……鳥（バード）などというものはないんです。自分たちを鳥の御子たちと称しているものは存在しています。でもかれらは愚かで強大です。かれらの神話はみな迷信なのですよ。でもかれらなりに、この世界の規則によって、かれらは強力です。エドワード、あなたが見たと思った多くのことは、みな本当に見たものなんです」
「つまりそれは……」
「待って、終りまで話させてください。急がなければいけませんな。見たと思ったものを
あなたは見たんですが、一つ例外があります。今日まであなたがたが見たわたしは、あな
たかわたしのアパートの中だけです。あなたがたが尾行した生物、シンシアを怯えさせた
生物は――鳥の御子たちです、みなそうです。ストールズとかれの友達なんです。
教師は鳥の御子たちというものには賛成せず、その創造物に少し改良を加えることを提
案しました。でもその芸術家はせっかちというか配慮が足りなかったというか、かれらを
完全になくしてしまう代わりに、かれはただ……かれらに絵具を塗り、新しい創造物のよ
うに見せかけ、それらをかれの世界の住民としたのです。
それらのすべては、この仕事が審査の対象にならなければ、なんの問題も起こらなかっ
たことでしょう。批評家がその仕事に目をつけるのは避けられないことでした、そして…
…悪い芸術だと、かれらは最終的に仕上げられた作品を否定したのです。そしてかれらの
心の中に、それらの創造物が残しておくだけの価値があるものかどうかについて、疑惑が
残ったのです。それが、わたしのここにいる理由です」
かれは、もはや話すべきことがないかのように口を閉じた。シンシアはかれを恐ろしそ
うに眺めた。

「あなたは……あなたは……」

かれはシンシアに微笑みかけた。

「いいえ、シンシア、わたしはあなたがたの世界の創造者ではありません。あなたがたは前に、わたしの職業を尋ねられましたね……わたしは、芸術批評家なのです」

ランダルにとっては信じたくないことだった。だがそれは不可能なことであり、その真理であることが耳の中で響きつづけ、否定されようとしなかった。そしてホーグはまた言葉を続けた。

「さきほど言ったとおり、わたしはあなたがたの使っている言葉で話すほかありませんでした。わかっていただきたいのですが、この、あなたがたの世界といったような創造物を審査するのは、絵画の前へ歩いていって、それを眺めるというようなものではないということです。この世界は人間が住んでいます。ですから、人間の目を通して眺められなければいけません。わたしは人間なのです」

シンシアはいままでよりも混乱したような表情になった。

「どうもわかりませんわ。あなたは、人間の肉体を借りて行動してらっしゃるということですの？」

「わたしは人間なのです。人類のあいだに批評家が散らばっています……人間のです。それぞれが批評家の投影ですが、そのいずれもが人間です……あらゆる意味で人間であり、自分が批評家でもあることは知らないのです」

　ランダルはそのくいちがいに飛びついた。まるでかれの理性がそれにかかっているようにだ――ひょっとすると、そのとおりかもしれない。

「だが、きみにはわかっている……というより、そう言っている。それが矛盾していることを」

　ホーグはためらうことなく、うなずいた。

「今日まで、シンシアさんの質問でわたしがいままでどおりでありつづけることが不便になったときまで……ほかの理由からもですが……この個性（ペルソナ）は」――かれは自分の胸を軽く叩いた――「なぜここにいるのかについて、なんの考えもなかったのです。かれは人間であり、それ以上のものではありませんでした。いまでさえ、わたしは現在の個性（ペルソナ）を、自分の目的に必要な限りまでしか伸ばしていなかったのです。わたしには答えられない質問があったのですよ……ジョナサン・ホーグとしては。

　ジョナサン・ホーグは、この世界の芸術的観点のあるものを調べむさぼる目的のために、人間として存在させられたのです。そのうちに、自分らを鳥の御子たちと称している見捨てられ塗り直された生物の活動について少し嗅ぎだすために、人間を使うのが便利だとなりました。あなたがたお二人は、その活動の中に引きずりこまれたのです……何も知らないままに、軍隊が使っている伝書鳩のようにです。でもいくつかの出来事からわたしは、あなたがたと接触しているうちに芸術的価値以外の何かを観察し、それがいまこの面倒な説明をつづけている理由となったのです」

「どういう意味なんです？」

「まずわたしが批評家として観察した事柄について話させてください。あなたがたの世界にはいくつかの楽しいものがあります。食べるということもそうですね」

かれは手を伸ばして、大きく甘いマスカットの房から一粒を取り、それを味わいながら食べた。

「奇妙なものです。そして実に驚くべきことです。必要なエネルギーを得るという簡単なことを一つの芸術にするということは、だれもこれまでに考えなかったことです。あなたがたの芸術家はまったく真の才能を持っているんですね……それから、睡眠ということもそうです。奇妙な反射的動作であり、その中で、この芸術家自身が作り出した生き物が、それ自身でほかの世界を作り出すことを許されるのですから。もうおわかりでしょう、なぜ、批評家が真実の人間であらねばいけないのか……そうでなければ、かれは普通の人間のように夢を見ることができないからです。

それに、酒を飲むということ……そこでは、食事を取るということと夢を見るということが混じりあっているのです。

それに、いまわれわれがやっているとおり、友達と友達が一緒になって話しあうという素晴らしい楽しみがあります。それは新しいものではありませんが、かれを含むその芸術家の認めるところとなりました。

そしてまた、セックスがあります。セックスとは不可解なものです。わたしの友人であるあなたがたは、ジョナサン・ホーグの注意を引かなかったことを、わたしに見せてくれました。それがなければ、批評家としてのわたしは、それをまったく無視していたことでしょう。わたし自身が作り出した芸術作品の中でも、それに気がつくほどの英知はなかったものですよ」

かれは実に優しい表情で二人を眺めた。

「教えてください、シンシア、この世界であなたが何を愛しているのか、あなたが憎み恐れているのは何なのかを？」

彼女はそれに答えようとせず、良人のそばにすり寄った。ランダルは彼女を守るように腕をまわした。ホーグは、ランダルに向かって話しかけた。

「あなたのほうは、エドワード？　この世の中で、もし必要とあれば、あなたが命と魂をさし出すものが何かありますか？　答える必要はありませんよ……昨夜、あなたがベッドの上にかがみこんだとき、わたしはあなたの顔と心の中を見ましたからね。良い芸術、良い芸術です……あなたがたお二人とも。わたしはこの世界でいくつかの種類の良い独創的な芸術を発見し、それはあなたがたの芸術家をもう一度やり直してごらんと励ますに足りるものでした。ですが、低劣で素人じみすぎているものも多すぎたので、わたしがこの、人間の愛という悲劇に出会い、それを噛みしめるまでは、全体としてのこの作品を認める気になれませんでした」

シンシアは驚いてかれを見た。

「悲劇？　悲劇だとおっしゃいますの？」

かれは、憐憫(れんびん)ではないが妥協を許さない穏やかな目で彼女を眺めた。

「そのほかには考えようがないでしょう、奥さん？」

彼女はホーグを見つめ、それから顔を背けると、良人の襟元に顔を埋めた。ランダルは彼女の頭をなでながら、荒々しく言った。

「やめろ、ホーグ！　きみはまた家内をこわがらせたんだぞ」

「そのつもりはなかったのです」

「だがこうなったんだ。それから、ぼくがきみの話をどう思うか言ってやろう。猫でも通れそうな穴だらけだ。きみの作り話ということだよ」

「あなた自身はそうだと信じていないでしょう」

そのとおりだった。ランダルはそう思っていなかった。だがかれは、妻を手で慰めながら勇敢に立ち向かっていった。

「きみの爪のあいだの代物……あれはどうなんだ？　きみがそれを言わなかったことに気

づいたよ。それからきみの指紋のことだ」

「わたしの爪のあいだにあったものは、この話になんの関係もないことです。それは目的を果たしました、鳥の御子たちを恐ろしがらせるためのね。かれらには、それが何なのかわかっていたのです」

「でも、何だったんだ？」

「あの連中の霊液です……わたしのもう一つの個性(ペルソナ)が詰めたのです。でも、指紋というのは何のことです？　ジョナサン・ホーグは本当にそれを取られるのを恐れていました。ジョナサン・ホーグは人間なのですよ、エドワード。それを思い出してもらわなくては」

ランダルが説明すると、ホーグはうなずいた。

「わかりました。本当に今日になっても思い出せないのです、もちろんわたしの全個性(フル・ペルソナ)はそれを知っているのでしょうが。ジョナサン・ホーグには、ハンカチでなんでもふくという神経質な癖がありました。たぶんかれは、あなたの家の椅子の腕をもふいたのでしょう」

「そんなことは思い出せないな」

「わたしも同じことですよ」

ランダルはもう一度戦いを挑んだ。

「それで全部じゃない、半分までもいかないよ。きみが入っていたと言った精神病院はどうなんだ？　それにだれがきみに給料を払っていたんだ？　きみはどこから金を手に入れていたんだ？　なぜシンシアはいつも、きみのことをあんなに恐れていたんだ？」

ホーグは町のほうを眺めた。霧が湖から渦巻きながら近づいていた。

「そんなことを説明している時間はもうないし、あなたがたにも関係のないことなんです、信じるかどうかは知りませんがね。でも、信じてください……そのほか、どうしようもないんですから。でもあなたは、別のことを思い出させてくれましたよ。これを」

かれはポケットからぶあつい札束を取り出してランダルに渡した。

「これを持っていってください。わたしにはもうなんの役にも立たないものですから。数分のうちに、お別れすることになります」

「どこへ行くんだい？」

「わたし自身に戻るんです。わたしが去ったあと、必ずこのとおりにするんです。車に乗ってすぐ町を通って南へ走らせること……どんなことがあろうと、町から何マイルも離れるまでは、車の窓をあけてはいけません」

「なぜ？　どうも気に入らないことだが」

「何がどうでも、そうするんです。ある種の……変更、再調査がおこなわれることになりますから」

「どういう意味なんだ？」

「言ったでしょう、言いませんでしたか？　鳥の御子たちは処理されるのだということを。かれらと、かれらの仕事のすべてです」

「どうやって？」

ホーグは答えず、また霧のほうを見つめた。霧は町に忍びよりはじめていた。

「もうわたしは行かなければいけないようです。いまわたしが言ったとおりにするのですよ」

かれは歩き去ろうとした。シンシアは顔を上げて話しかけた。

「行かないで！　もう少し」

「え、奥さん？」

「ひとつだけ教えてくださらなくては……テディとわたしは一緒にいられますの？」

かれはシンシアの目を見つめて答えた。

「おっしゃることはわかりました。わたしにはわからないんです」

「でも、知っておられるはずだわ！」

「知らないんです。もしあなたがたが二人ともこの世界の生き物であるなら、あなたがたの生活は同じように続けられるでしょう。でも批評家というものがいるのです、おわかりでしょう」

「批評家？　その人たち、わたしたちとどんな関係がありますの？」

「どちらかが、それともあなたがたの両方が批評家かもしれません。わたしにはわかりませんがね。思い出してください、批評家は人間なんです……ここの。わたし自身、今日まで、そうだということを知らなかったのです」

かれはランダルをじっと見つめた。

「かれはそのひとりかもしれない。わたしは今日、そうではないかと思ったこともありました」

「ぼくが……？」

「わたしには知りようがないのです。どうにも考えられないことですが。わたしたちはお互いを知るわけにはいかないんです、われわれの芸術的判断をスポイルすることになるので」

「でも……でも……もしぼくらが同じ人間でないとしたら……」

「これで終りです」

そう言ったかれの口調は、別に誇張したものではなかったが、まったく最終的なことを告げる声だったので、二人とも驚愕してしまった。ホーグはご馳走の残りの上へかがみこみ、葡萄をもう一粒選び、それを口に入れると、両眼を閉じた。

かれはもう目を開こうとしなかった。やがてランダルは言った。

「ミスタ・ホーグ？」

答えはない。

「ミスタ・ホーグ！」

まだ答えはない。かれはシンシアから離れ、立ち上がると、ホーグがじっと坐っているところへ近づいた。かれはその肩をゆすぶった。

「ミスタ・ホーグ！」


「でも、このまま置いていくわけにはいかないな！」

数分後、ランダルはそう言い張った。

「テディ、あの人は自分のすることがちゃんとわかっているのよ。わたしたちのするべきことは、あの人の指示に従うことなのよ」

「じゃあ……ウォーケガンでとまって、警察に知らせよう」

「死んだ人を丘に残してきたって言うつもりなの？　かれらが〝いいとも〟と言って、そのままわたしたちを見逃してくれるとでも思っているの？　だめよ、テディ……かれがしろと言ったとおりにするのよ」

「ハニー、きみは、かれが話したことをみな信じているんじゃないだろうな？」

彼女は涙がいっぱいたまった目で、かれの目をじっと見つめた。

「あなたは？　正直に言って、テディ」

かれはしばらく彼女の目を見つめ、それから視線を落として言った。

「もうそんなことは気にかけないでおこうよ！　かれが言ったとおりにするんだ。車に乗ろう」

町を包みこみはじめているように思えた霧は、かれらが丘から下りウォーケガンのほうへ戻りかけたころにはもう見えなくなっていたし、南に曲がってシカゴのほうへ走らせていたときも現われてこなかった。朝出発したときと同じで明るく太陽が輝いており、空気はちょっと冷たくて、窓を堅くしめておくようにというホーグの命令を守るにも具合が良かった。

二人はシカゴを出るまでまっすぐ南に走らせようと、環状線を避けて湖畔の道を通った。午前中にくらべて車の往来はふえており、ランダルはハンドルにいつも気をつけていなければいけなかった。どちらも口をきく気にならず、黙ったままだった。

環状線地帯を過ぎてしまったあとで、ランダルは口を開いた。

「シンシア……」

「ええ」

「だれかに話すべきだと思うんだ。こんど出会った最初の警官に、ウォーケガンの警察を呼んでもらうつもりだよ」

「テディ！」

「心配しないでいい。ぼくらが疑われたりしないで捜査してもらうような口実を考え出すから。知ってるだろう……よくやるごまかしさ」

彼女は、そんなことをするときの良人の発明の才をよく知っていたから、それ以上もう抗議しようとしなかった。

数ブロック走らせたあと、ランダルは一人の警官が舗道に立って日なたぼっこをしながら、空地で蹴球をやっている少年たちを眺めているのに気がついた。かれはそのそばに車を寄せた。

「窓を下ろしてくれ、シン」

彼女はそれに従い、それから激しく息を吸いこみ、悲鳴を呑みこんだ。かれも悲鳴を上げはしなかったが、そうしたいところだった。

開いた窓の外には、太陽の光もなく、警官の姿もなく、子供たちもおらず――何もなしだった。

生きているもののしるしなく、ただ灰色の形もない霧がゆっくりとうごめいているだけなのだ。その霧を通して町の姿は見えなかった。霧が濃すぎるからではなく――空虚そのものしか存在していなかったからなのだ。その中からなんの音も響いてこず、その中には何物も動いていなかった。

その霧は窓枠にふれ、中に忍びこみはじめた。ランダルは叫んだ。

「窓をしめろ！」

彼女はそれに従おうとしたが、両手の力が抜けていた。かれはシンシアの前から飛びつくように手を伸ばし、ハンドルをまわして堅く窓ガラスをしめた。

陽光に照らされた景色は、もとどおりになった。窓ガラスをとおして、警官、少年たちの遊び、舗道、そのむこうの町が見えていた。シンシアはかれの腕にふれた。

「走らせて、テディ！」

「ちょっと待ってくれ」

かれは緊張した声で言い、そばの窓のほうに向いた。ひどく気をつけてかれはハンドルをまわした――ほんのちょっと、一インチほどのすきまだ。

それで充分だった。形もない灰色のものが外に見えた。ガラスをとおして、車の往来と明るい町の通りがはっきり見えているのだが、すきまからは――何も存在していないのだ。

「走らせて、テディ……お願い！」

彼女が良人をせかす必要はなかった。かれはすでに車をひどい勢いで動かしはじめていた。

二人の家はメキシコ湾のすぐそばに立っているわけではないが、海はそばの丘から見える。二人が買物をする村は八百人の村人が住んでいるだけだが、かれらにはそれでも多すぎるくらいだ。とにかく二人は、お互いのほか別に仲間を求めようとしていない。それで充分なのだ。かれが野菜畑や野原に出かけるときは、シンシアもついてゆき、携えてゆける女の仕事を持ってゆき、膝にのせてそれをする。二人が町へ出るときは、二人は手に手を取って行く——いつもだ。

かれは髭を生やしているが、家じゅうどこを探しても鏡がないのだから、そう変な癖ともいえない。二人には確かに、どんな社会であれ変人だと目されるに決まっている奇癖がある。もしだれかに知られたらのことだが、二人以外のだれも知ることができないことだ。

かれらが夜ベッドに入ると、明かりを消す前に、かれは手首のどちらかを彼女の手首と、手錠でつなぐのだ。

象を売る男

The Man Who Traveled in Elephants

井上一夫訳

バスの窓に雨が流れた。ジョン・ワッツはそんな天気にもかかわらず、木の茂った山々をながめて満足だった。放浪し、動き、旅している限り、孤独の痛みがいくらかいやされるのだった。目をとじて、マーサがとなりに坐っていると思い描くことができるのだった。

ふたりはいつもいっしょに旅していた。新婚旅行もかれのセールス区域をまわったのだった。やがてふたりは全国をまわってしまった——インディアンの小屋がハイウエイ沿いにある国道六十六号線、首府圏をぬける国道一号線、山のトンネルをビュンビュン抜けてとおるペンシルヴェニア・ターンパイク——かれはハンドルの上にうずくまり、となりでマーサが地図をひろげて次に止まるところまでの距離を計算するのだった。

マーサの友だちのひとりがいっていたのを思い出す。「でもあんた、そんなの飽きがこないの？」

マーサのはじけるような笑い声が耳に浮かぶ。「広く四十八ものすばらしい州を見てまわって飽きるですって？　おまけに、いつも何か目新しいものがあるのに——お祭りや博覧会や何かよ」

「だけど、お祭りなんて、ひとつ見れば全部見たようなものよ」

「サンタ・バーバラの祭りとフォート・ワースの家畜品評会の間に何も違いがないと思うの？」マーサは話をつづけるのだった。「とにかく、ジョニーとあたしは田舎者なのよ。高い建物を口あんぐりあけて見上げてるのが好きで、ふたりとも口のなかの天井に日焼けしてそばかすができちまうのよ」

「分別を持ちなさいよ、マーサ」その女はかれに向きなおったのだった。「ジョン、あんたたちふたりも、落ち着いて生活をなんとかするときじゃないのかしら？」

　こういう連中にはかれはうんざりだった。「これもモリネズミのためでね」かれはしかつめらしくいったのだった。「こいつらが旅行好きで」

「コモリネズミのこと？　マーサ、この人いったいなんの話してるの？」

　マーサはパッと人目にはわからない視線を夫に向けてから、とぼけた顔でいったのだった。

「あーら、ごめんなさい！　だってほら、ジョニーはおへその下に赤ん坊のモリネズミを飼ってるもんで」

「そのゆとりがあるもんでね」かれは丸い腹を叩きながら、女房の言葉を裏づけるのだった。

それでそんな女はぐうの音も出ない。かれは「あなたのため」といって忠告してくれる人間にはいつも我慢できないのだった。

マーサはどこかで、一腹のコモリネズミの生まれたての子供はティースプーンにも満たないくらいだし、母コモリネズミの袋に全部おさまりきれないので、そのうち六匹もみなし子になるというのを読んだことがあったのだった。

ふたりは即座に〈はみ出しコモリネズミ六匹を救援する会〉というのを作って、ジョニー自身が異議なくファーザー・ジョニーのコモリネズミ・タウン用地提供者に——マーサによって選ばれたのだった。

ふたりにはほかにもこういう空想上のペットがいた。マーサもかれも子供が欲しかったのだが、とうとう子供はできなかったので、ふたりの家庭は目に見えない小さな動物であふれることになったのだった。ミスタ・ジェンキンスはモーテルを選ぶときにふたりに意見する小さなグレイのロバ、縞栗鼠（チップマンク）の言葉をしゃべるチップミンクは車のグラブ・コンパートメントに住みついていたし、何もしゃべったことのないくせに思いがけないときに噛みつき、とくにマーサの膝のあたりを噛みつくタビネズミのマス・フォロワロンガス。

そいつらももうみんないなくなってしまった。そういうものたちを元気にさせていたマーサの、人にも伝わってしまう陽気な気分がなくなってしまったので、だんだんにその連中も消えてしまっていた。幻の存在ではなかったビンドルスティッフまでが、もうかれのもとにはいない。ビンドルスティッフはふたりが人里をはるか離れた道端で拾った犬で、水と食べものをやり、お返しにその犬の大きな盲目的愛情を受けたのだった。それ以来ビンドルスティッフはふたりと旅をしたのだったが、それもマーサのすぐあとを追うようにしてこの犬も召されてしまうまでだった。

ジョン・ワッツはビンドルスティッフはどうしてるだろうかと思った。犬の星で、ウサギがうようよいるし、蓋をしてないごみバケツがいくらもある土地を自由にうろつきまわっているのだろうか？　もっと考えられるのは、マーサといっしょで、彼女の脚の上に坐りこんで邪魔をしている情景だ。ジョニーはそうならいいと思った。

かれは溜息をついて、注意を乗客に向けた。やせたかなり年配の女が通路ごしに乗り出してきていった。「ちょっと、若い方、あんたお祭りに行くの？」

かれはびっくりした。〝若い方〟なんて人に呼ばれたのは二十年ぶりだった。

「えっ？　ええ、もちろんそうですけど」みんな祭りに行くのだった。バスはそのための貸切りだった。

「お祭りに行くの、好きなの？」

「大好きですよ」この女の空虚な言葉は会話をはじめる型どおりの定跡だとかれにはわか

っていた。だが、腹も立たなかった。孤独な老婆は見知らぬ人間とでも話をせずにいられないのだ――それに、かれだってそうだった。おまけにかれは陽気な婆さんが好きだった。それこそアメリカの魂そのもののように思える。教会の集まりや農家の台所を思い浮かばせてくれるし――幌馬車まで思わせる。

「わたしもお祭りは好きですよ」彼女は言葉をつづけた。「品評会に出品までしたもんですよ――マルメロの実のゼリーとヨルダン河を渡る光の図柄の壁掛け」

「きっと特選のブルー・リボンでしょうね」

「いくつかはね」彼女は認めた。「でも、たいていはただ行きたかっただけ。わたし、ミセズ・アルマ・ヒル・イヴァンスよ。主人のイヴァンスはたいしたやり手だったわ。パナマ運河開通のときの博覧会にしても――でも、あなたはそんなの覚えてないでしょうね」

ジョン・ワッツはそれには行ってないことを認めた。

「とにかく、あれもあの手のもので最高ではなかったわ。あなたなんかによかったのは一八九三年のお祭りね。あれと肩をならべられるものも、もうないでしょうね」

「たぶん、こんどのこれまででしょ？」

「こんどの？　ふふんのヘッだわ！　規模だけがすべてじゃないのよ」全米博覧会はまちがいなく前代未聞の規模だし――それに最高のはずだった。マーサさえいっしょにいてくれたら、天国のようだったろう。老婦人は話題を変えた。「あなたは旅するのが商売の方でしょう？」

かれはためらってから答えた。「ええ」

「わたしにはいつだって見ればわかるのよ。それで若い方、あなたはどんな商売？」

前より長くためらってから、にべもなく答える。「象のセールスで旅してます」

老婦人は鋭い目付きでかれを見たし、かれも説明したかったがマーサへの誠意から口をつぐんだままでいた。マーサがふたりの約束は真剣なものとして、説明したり、いいわけをしたりは絶対しないことと主張していたのだ。それをきめたのはかれが引退を計画していたときだった。一エーカーばかりの土地を手にいれて、ハツカダイコンだかウサギだか、何かそんなような役に立つものをなんとかしようと話していたのだった。それが、セールスの経路をまわる最後の旅のとき、マーサが長い沈黙のあとできっぱりといった。「ジョン、あんたが旅をやめたくなるはずないわ」

「えっ？　そうかな？　いまの受持地区を守ったほうがいいというのかい？」

「違うわ、それはもうすんだこと。でも、わたしたち腰を落ちつけるというのもだめよ」

「どうしたいというんだい？　ジプシーみたいにうろつきまわるだけかい？」

「はっきりいって、そうでもないわ。何か売ってまわる新しい商売が必要だと思うわ」

「金物か？　靴？　女物の既製服？」

「違うわ」彼女は考えるためちょっと言葉を切った。「旅をするには何か仕事をしなければ。そうすればあんたの行動にも目的ができるわ。それもあまり右から左へと取引きがきまるようなものじゃないのがいいと思うわ。そうすれば、本当に大きな受持範囲がもてるから。ほら、合衆国全土というような」

「軍艦ならどうかな？」

「軍艦は時代遅れよ、でもそれなら近いわ」そこでふたりはぼろぼろになったサーカスのポスターがはってある納屋の前をとおりすぎた。「思いついたわ！」彼女は叫んだ。「象よ！　象を売って歩くのよ」

「象だって？　サンプルを持ち歩くのがかなりむずかしいよ」

「そんな必要ないわ。だれだって象がどんなものか知ってるわ。ミスタ・ジェンキンス、そうじゃない？」目に見えないロバはいつものとおりマーサに同意したのだった。話はきまった。

マーサには何をどうすればいいかぴたりとわかっていたのだ。「まず調査をするのよ。注文を受ける態勢ができる前に、合衆国じゅう隅から隅まで徹底的に調べてまわらなければならないわ」

十年間、ふたりはこの調査を行ったのだ。これはありとあらゆるお祭り、動物園、博覧会に家畜品評会、サーカス、あるいは田舎の派手なお祭り騒ぎなど、どこへでも見にいく口実になった。そのすべてがお客になる見こみのある相手ではないかというわけ。象がどうしても必要だという事態がどこかに現われるかもしれないのだから、国立公園やその他の奇観名勝の地までこの調査には含まれていた。マーサはこの問題をまじめに扱ったし、隅が折れ返ったような使いこんだ手帳までつけていたのだった。「ロサンゼルスのラ・ヴレイア・タール・ピッツ——二万五千年ぐらい前には、この地域ではいまは絶滅したタイプの象があふれていた」「フィラデルフィア——ユニオン・リーグに少なくとも六頭は売ること」「シカゴのブルックフィールド動物園——アフリカ象が不足」「ニューメキシコのギャラップ——町の東の石の象がとてもみごと」「カリフォルニア州リヴァーサイド、エレファント理髪店——店主にマスコットに一匹買うようにすすめること」「オレゴン州ポートランド——ダグラス樅(もみ)の木協会に問合せ。『マンダレーへの道』を論ず。サザーン松グループにも同じ。註、このためララミーのロデオがすみ次第ガルフ・コーストに旅する要あり」

十年間、しかもふたりはその旅を一マイル残らず楽しんでまわったのだった。マーサが亡くなったときにも、調査はまだおわっていなかった。ジョンはマーサが、天国の聖なる都でも聖ペテロに喰い下がって象の様子をしゃべっているのではないかと思った。彼女がそうしていることに、十セント賭けてもいいくらいだった。

そうはいっても、象のセールス旅行というのはふたりが好きな地方を旅してまわるための女房の口実にすぎなかったと、赤の他人に白状するわけにはいかなかった。

老婦人もその点を無理押しはしなかった。「わたしも以前、マングースを売ってた男の人を知ってたわ」彼女は陽気にいった。「それとも、複数だとマンギースというのかしら？　その人、そもそもは害虫駆除の仕事をやってたんだし——あの運転手、何をやってるつもりなのかしら？」

大型バスは激しい雨にもかかわらず、軽々と走っていた。いまそれが進路をそれて空すべりしている。気持悪くなるくらい傾いて——ガシャンとぶつかった。

ジョン・ワッツは前の席に頭をぶつけた。もうろうとしてそこがどこだかもわからず、われにかえろうとしているとき、イヴァンス夫人の細いが自信に満ちたソプラノの声がかれに情況を思い出させてくれた。「皆さん、興奮するようなことは何もありませんよ。わたしもこういうことは経験があるし——たいした怪我はなかったと、見ればわかりますよ」

ジョン・ワッツも自分は怪我はなかったと認めた。近眼の目付きであたりを見まわし、そこで傾いた床を手探りで眼鏡をさがした。見つかったがこわれていた。肩をすくめ、脇に押しやった。バスが着いたら、カバンから予備の眼鏡を出せばいい。

「さあ、何が起こったのか見ましょう」イヴァンス夫人は言葉をつづけた。「お若い方、ついてらっしゃい」かれは素直についていった。

バスの右の車輪が酔っ払ったみたいに橋に上る登り口の縁石（ふちいし）によりかかってしまってい

た。運転手が頬の傷をおさえながら雨のなかに立っていた。「しようがなかったんだ」といっていた。

「犬が道路をかけぬけたんで、避けようとしたんだ」

「あたしたちを殺しちまうとこだったのよ」女がひとり文句をいった。

「怪我もしてないのに金切声を上げることはないわ」イヴァンス夫人がたしなめた。「さあ、運転手が迎えをよこすように電話する間、バスにもどっていましょう」

ジョン・ワッツはぐずぐずあとに残って、橋がかかっている渓谷の崖をのぞいてみた。大地は急に落下していて、すぐ足もとに大きなすごみのある岩がごろごろあった。身ぶるいしてかれはバスに引っこんだ。かわりの車はほとんどすぐにやってきたが、あるいはかれがぼーっとしていたのだろう。このあとのほうだとかれは思った。雨がもうやんでいて、雲の間から太陽が顔を出していたからだ。かわりの車の運転手がドアから首をつっこんで叫んだ。「さあ皆さん！　時間がつぶれちまうよ！　下りて乗ってくださいよ」あわてて乗りこむときジョンはつまずいた。こんどの運転手がかれに手を貸してくれた。「おっさん、大丈夫かい？　肝っ玉が縮み上がったかい？」

「大丈夫だよ、ありがと」

「たしかにそうさね。これ以上元気なことはないよな」

かれはイヴァンス夫人のとなりに席を見つけた。老婦人は笑顔でいった。「天国のようないい日じゃない？」

かれも同意した。いま嵐は去っていて、たしかにすばらしい日だった。大きな綿雲があたたかみのある青い空にゆれながら溶けていき、濡れた道路、しっとりした野や草木の爽やかな香り——かれは座席にそり返ってそれを味わった。かれがそのなかにとっぷり浸っている間に、東の空に大きな二重の虹がかかって輝いた。それを見て、かれはふたつ願をかけた。ひとつは自分、ひとつはマーサのためだった。虹の七色が目にはいるすべてのものに映えているようだった。ほかの乗客たちまで、いま太陽が出てみると前より若々しく、幸福そうで、身なりもよく見えた。かれは陽気な気分になって、いつもの痛いような孤独から解放されそうになったくらいだった。

バスはすぐに着いた。こんどの運転手はつぶれた時間を取り返す以上のことをやったのだった。道路に大きなアーチがひろがっていた。〈全米祝賀芸術博覧会〉、その下には〈世のすべてに平和と善意を〉。バスは乗りいれていき、シューッと音を立てて止まった。

イヴァンス夫人がピョンと立ち上がった。「約束があるの——急がなければ！」ドアに小走りにかけていき、そこでふり返った。「お若い方、途中でまたね」といって人混みに消えた。

ジョン・ワッツは最後にバスから下りて、ふり返って運転手に話しかけた。「ああ、そのう、わたしの荷物のことなんだが。ちょっとあれに——」

運転手はまたエンジンをスタートさせていた。「荷物は心配いらないよ」大声でいう。「ちゃんと届けておくからね」大型バスは動きだした。

「だけど――」ジョン・ワッツはいいかけてやめた。バスは行ってしまったからだ。万事いたって順調――ただ、眼鏡なしでどうしよう？

しかし、うしろにはカーニバルのいろんな音、これがかれを決心させた。まあ明日でもいいんだと、かれは考えた。この目で見えないくらい遠いものだったら、いつだって歩いてもっとそばによれるんだ。かれは木戸の行列について、なかにはいった。

人の度肝をぬくために集めたショーとして、これまでにない最大の規模のものだということは否定できなかった。ここは野外会場のどこよりも倍の広さがあり、まばゆい照明よりもさらに明るく、新しさを超えてより新しく、巨大で、堂々として、息を呑む、畏怖を覚えさせる超大規模なものだった――それに楽しさも山のよう。アメリカのあらゆる地方からこのめざましいショーにとびきりの物を送ってきていた。P・T・バーナム、リプリー、それにトーマス・エジソンの後継者のすべてが一カ所に集まっているのだった。広大な大陸の北から南から、豊かに恵まれた大地の豊かさと賢く勤勉な国民の作ったものが集まり、いっしょにそれぞれの土俗的な祭り、年に一度の大宴会、それぞれの名士、それぞれが大切にしているカーニバルの習慣などが集まる。その結果は、いちごのショートケーキのようにアメリカ的であり、クリスマス・ツリーのようにけばけばしく、そのすべてがかれの目の前にいまひろがっていて、にぎやかに生気に満ち、楽しい休日の人々でごった返していた。

ジョニー・ワッツは深くひと息つくと、そこにとびこんでいった。

かれはフォート・ワース・サウスウエスタン博覧会家畜品評会からはじめ、おとなしい白い顔の去勢牛を感心してながめて一時間もつぶした。上に何もついていないデスクみたいに幅があって角ばっている牛どもは、脳天から背骨の端まできちんと毛を分けられ、磨き上げられていた。次には生まれたばかりの小さな黒い小羊、ゴムの茎みたいな細い脚で立って、まだほやほやすぎるので自分自身のこともわかっていない。太った雌羊どもは大きな尻を見せて、特選のブルー・リボンを取りたい真剣な目付きの少年たちにちやほやされてうろつきまわっている。そのとなりはケロッグ農場から来たどっしりした家政婦みたいなフランス馬ペルシュロンと上品な白いたてがみの栗毛パロミーノがいるポモーナ・フェアーだと気がついた。

それに輓馬レース。マーサもかれも、いつも馬車レースには目がなかった。その名も高いダン・パッチが手綱をとる感じのよさそうな馬をかれは選び、それに賭けて勝ち、まだまだ見るものがいくらもあったので先に進んだ。ほかのいろんな地方物産フェアーはすぐその先だった。ヤキマのりんご、ボーモントとバニングのチェリー祭り、ジョージアの桃。どこか横手にそれたところで楽隊が騒ぎたてていた。

「アイオウェイ、アイオウェイ、丈高きコーン育つところ!」

かれの真正面にはピンクの綿あめを売る店があった。

マーサはこいつが大好きだった。マジスン・スクエア・ガーデンでだろうと、インペリアリ・カウンティのお祭りでだろうと、彼女はいつもまっ先に綿あめの売店に向かったものだった。「大のほうだろ?」かれはひとりつぶやいていた。ふり返って見れば、彼女がうなずくのが見えるような気分だった。「大をひとつ頼むよ」かれは売子にいった。

この露店商は年輩の男で、フロック・コートを着て固いシャツの衿をつけていた。ピンクの綿あめを威厳をもった優雅さで扱う。「かしこまりました、大しかありませんよ」円錐型の紙容器をひょいとひねって差し出す。ジョニーは男に五十セント玉を渡した。男は体を曲げて手をひろげ、貨幣が消えた。それでことはおわったらしい。

「このあめが五十セントかね?」ジョニーはおずおずと尋ねた。

「どういたしまして」年よりの香具師(やし)は貨幣をジョニーの衿からつまみ出して見せ、かれに返した。「サービスですよ——あんたがここの人だとわかってるから。それに、結局金なんてなんだというんです?」

「いや、そりゃどうも、しかしその、わたしはほら、本当はここの人間ではないんだが」

老人は肩をすくめた。「身分をかくしたいなら、そういうあんたにごちゃごちゃいうこのあたしは何なんです? しかしまあ、あんたの金はここでは役に立たない」

「じゃ、そういわれるなら」

「いずれわかりますよ」

かれは何かが脚をこするのを感じた。犬だった。ビンドルスティッフと同じ血統の、というより同じように血統らしい血統のない犬だ。驚くほどビンドルスティッフに似ていた。犬はかれを見上げ、全身をふる。

「なんだ、やあおまえか！」かれは軽く叩いてやり――そこで目がかすんできた。ビンドルスティッフと手ざわりも似ていた。「迷子になったのかい？　そういやわたしもだ。いっしょにいたほうがいいかもしれないよな？　お腹は空いてるのかい？」

犬はかれの手をなめた。かれは綿あめ売りの男をふり返った。「ホット・ドッグはどこに行けば買える？」

「その道のすぐ向こう側ですよ」

かれは男に礼をいって、犬に口笛を吹き急いで道を渡った。「ホット・ドッグを半ダース頼むよ」

「はいただいま！　マスタードだけですか、それとも全部塗りますか？」

「ああ、ごめんよ。何も塗らないのが欲しいんだ、犬にやるんでね」

「わかりました。すぐに」

やがてかれは紙に包んだ六本のウィニーを手渡された。「いくらだね？」

「店からのサービスです」

「なんだって？」

「どんな犬にも自分の祭りの日ってのがあるもんで。今日はその犬の日ですよ」

「ほう、とにかくありがとう」うしろの騒音と興奮がましたのに気がついて、ふり返るとカンザス・シティの女神パラスの祭司たちを乗せた山車の先頭が目にはいった。通りをやってくるところだ。かれの友だちの犬もそれを見て吠えはじめた。

「静かにしろよ、爺さん」かれはソーセージの包みをときはじめた。だれかが道の向こうで口笛を吹き、犬は山車の間をかけぬけていってしまった。ジョニーはあとを追おうとしたが、パレードがとおり過ぎるまで待てといわれた。山車の間から、犬が道の向こうの女の人にとびついているのがちらっと見えた。山車のまばゆい光と眼鏡をかけていないせいで、その女ははっきりは見えなかったが、犬がその女を知っていることははっきりしていた。犬だけが持つことができる熱狂ぶりをすっかりさらけだして彼女に挨拶をしているのだった。

かれは包みをかざして、その女に声をかけようとした。女も手をふって応じたが、楽隊の音楽や群集の騒ぎでたがいに相手の声は聞えなかった。このパレードを楽しんで、最後の山車がとおったらすぐ通りを渡って犬とその女主人をさがすことにした。

パレードはカンザス・シティらしいものだった——壮大な市だ。かれもこれほど気にいっている都市はあまり知らなかった。シアトルはそうかもしれない。それにもちろんニューオーリンズも。

それからダラス――ダラスもすごかった。それにメンフィスもそうだった。かれはいつの日か、メンフィスからセント・ジョーへ、ナチズからモービルへ、風の向くまま気の向くままに行けるバスを一台持ちたいと思った。

モービル――そこには都会があった。

パレードはいま小さな子供たちの群れを引きつれながらとおりすぎた。かれは急いで通りを渡った。

女の人はそこにはいなかった。彼女も犬もいない。かなりたんねんに見たのだが、犬はいない。犬をつれた女もいない。

何かすばらしいものはないかと目を輝かして、かれはふらりと歩きだしたが、考えているのは犬のことだった。本当にすごくビンドルスティッフに似ていたのだ……それに、犬の飼い主であるご婦人のことも知りたかった――だれだろうと、あの手の犬をかわいがれる人は、本人もとても善良なたちの人に違いない。彼女にアイスクリームでも買ってやれるかもしれないし、途中までつきあってくれと口説けるかもしれない。マーサも賛成してくれるだろうと、かれには自信があった。かれに何も下心がないことは、マーサにもわかるはずだ。

いずれにしても、小柄で太った男なんてだれもまじめにとりあったりしなかった。

しかし、そんなことをくよくよ考えているには、目の前で起こっていることが多すぎた。気がついてみると聖パウロのウィンター・カーニバルに来ていた。この夏の陽気にヨークとアメリカの協力ですばらしく作り上げられたものだった。五十年にわたって、それは一月に行われていたのだが、ここではそれがペンドルトンの家畜祭り、フレスコのレーズン祭り、アナポリスのコロニアル・ウィークと肩を並べているのだった。アイス・ショーの最後のところでかれはなかにはいったのだが、かれの好みの演技のひとつを見るのに間に合った。オールド・スムーシー姉妹が、引退していたのにこのために出場して、〝輝け収穫の月〟の調べに合わせてあいかわらず完全な滑走をやっていたのだった。

目がまたかすんできたが、眼鏡がないせいではなかった。

外に出て大きな看板の前をとおった。〈サディ・ホーキンス・デイ――独身男性の出発点〉。かれは出てみたかった。たぶん犬を連れたさっきの女性も独身女性のほうにいるかもしれない。しかし、もうかれはちょっと疲れていた。すぐ目の前に仔馬にまたがるメリーゴーラウンドなどの野外カーニバルがあった。一瞬後にはかれはメリーゴーラウンドで、親たちのために用意してある例の白鳥のゴンドラというやつの一台に乗りこんでほっとしていた。若い男がひとり、すでにそこに坐って本を読んでいるのに気がついた。

「あ、失礼しますよ」ジョニーはいった。「いいですか？」

「どうぞどうぞ」若い男は答えて、本を置いた。「あなたはぼくのさがしている人かもしれない」

「だれかをさがしてるんですか？」

「ええ、ほら、ぼくは探偵なんですよ。昔からずっと探偵になりたかったし、いまなってるんです」

「本当に？」

「たしかに。みんないずれはメリーゴーラウンドに乗るから、ここで待ってれば手間がはぶける。もちろんぼくもハリウッドとヴァイン、タイムズ広場やカナル街をうろうろするけど、ここなら坐って本を読んでいられる」

「どうしてだれかをさがしながら、本が読めるんです？」

「ああ、本に書いてあることは知ってるから」かれは本を持ち上げて見せた。ルイス・キャロルの『スナーク狩り』だった。「だから、見張れるように目は空いてるんです」

ジョニーはこの若い男が気にいってきた。「ここらには狩人を消しちまう怪獣スナークなんていないんですか？」

「ええ、わたしたちだってそっと音もなく消えたわけじゃないでしょ。それに、もし怪獣にやられたのなら自分たちでも気がついているのでしょう？　しかし、これはもう一度考えてみなければ。あなたもやはり探偵ですか？」

「いや、わたしは――その――象のセールスマンです」

「立派な職業で。しかし、ここではたいして売れんでしょう。ここにはキリンはいるし――」カリプソの音楽を上まわるように声を大きくして、目でメリーゴーラウンドを見まわした。「――らくだ、縞馬が二頭、馬はいくらもいるが象はいないな。だけど、大パレードを見るのを忘れてはいけませんよ、象がいるはずです」

「ええ、それは見落としませんとも！」

「そうですよ。前代未聞のいちばんめざましいパレードでしょうし、じっと立って見ていたら無限に続くくらい長く、そのどの一マイルも前の一マイルよりもさらにあっけにとられるような驚異に満ちているんだから。本当にあなたはぼくがさがしてる人じゃないんですか？」

「そうは思いませんね。しかし、そうだ――この人混みで犬をつれたご婦人を見つけにくいとしたらどうします？」

「そうね、ここに来たらお知らせしますよ。カナル街に行ったほうがいいな。そう、もしわたしが犬を連れた女性だったら、カナル街に行くと思いますね。女の人は仮面が大好きだ。仮面をはずすことができるということですよね」

ジョニーは立ち上がった。「カナル街へはどう行ったらいいんです？」

「セントラル・シティをまっすぐ、オペラ館をとおりすぎたら右に曲がってローズ・ボールに行くんです。それから気をつけて、アクサーベンがまっさかりのネブラスカ区画をぬけることになるから。何が起こるかわからない。それからはカラヴェラス・カウンティー——蛙に気をつけて——それからカナル街ですよ」

「どうもありがとう」かれは案内に従って、目は犬を連れた女をさがしながら行った。それにしても、陽気な群集のなかをぬけながら、目にはいった物への驚異でかれは目を丸くしていた。犬が一匹たしかに目にはいったが、それは盲導犬だった。ここでまた驚いたことには、犬の主人は健康な澄んだ目で、まわりのできごとがすべて見えたし、実際に見ていたのだ。そのくせ男と犬はいっしょに、男が犬に案内させて歩いていた。まるで、ほかの歩き方はどちらにとっても考えられないし、望ましくないといったようにだ。

やがてかれはカナル街に出たのに気づき、作りがあまり完璧なので、自分はニューオーリンズに来てしまったのではないかと信じられないくらいだった。カーニバルは最高潮に達していた。ここはファット・チューズデイで、群集は仮面をつけていた。かれも通りの露店で仮面をひとつ手にいれて歩きつづけた。

人さがしは絶望的のようだった。通りはヴィーナス一行のパレードを見て楽しむ連中でぎっしりだった。息も容易にできないくらいで、動いたりさがしたりするのはもっとずっとむずかしい。バーボン街に逃げこんで——フランス人街がすっかり再現されていた——犬を見かけたのはそのときだった。

その犬だとかれには確信があった。道化の服を着て小さなつばのある帽子をかぶっていたが、かれの犬らしかった。いや、ビンドルスティッフに似ている犬だと、かれは自分の考えを訂正した。

それに、そいつはフランクフルト・ソーセージを喜んで一本いただいた。「おい、あの人はどこだ？」犬はひと声うなると、人ごみのなかにかけこんでしまった。あとを追おうとしたがだめ。もっと余地がなければどうにもならない。しかし、かれは落胆はしなかった。あの犬を一度見つけたんだから、また見つかるだろう。それに、マーサとはじめて会ったのも仮面パーティだった。彼女は優雅なピエレット、かれはデブのピエロだった。ふたりはパーティのあと、太陽が昇るのを見たし、その太陽が沈む前に結婚に同意していたのだ。

かれはピエレットの群れを見ていた。どういうわけか、犬の女主人もその仮装をしているに違いないと思っていた。

この祭りのすべてが、かれにさらに一段とマーサのことを考えさせていたのだった。そんなことが可能だったとすればだが。いっしょにかれの受持地区の旅を彼女がどうやったか、どこにいても、休暇になればいつもどういう出発をする習慣だったか？　ダンカン・ハインズ案内書とカバンをいくつか車にほうりこんで、はい出発。マーサは……目の前に太いリボンのようにひらけたハイウエイを前にして、かれのとなりに坐って……ふたりの旅の歌《美しきアメリカ》を歌い、かれの調子はずれをたしなめる——「汝が雪花石膏の都市は輝き、人の涙に曇ることなく——」

一度彼女は車を走らせているときかれにいっていた——あれはどこだっけ？　ブラック・ヒルズか？　オザークスか？　ポコノスか？　どこでもいい。彼女はいっていたのだ。

「ジョニー、あなたは大統領にはなれないし、わたしもファースト・レディにはなれないだろうけど、きっとわたしたちはこれまでのどんな大統領よりもこの合衆国のことはよく知ってると思うわ。ああいう忙しい役に立つ人たちはそれを見る暇がないのよ、実際に見る暇がないのよ」

「すばらしい国だよ」

「本当にそうよ。わたし旅してまわるだけで永遠の時をすべてつかってしまってもいいわ——ジョニー、あなたと象を売って歩く旅よ」

かれは手を伸ばしてその膝を叩いてやったのだった。その感覚が思い出せる。

フランス人街をまねた通りで浮かれていた連中がまばらになっていた。かれが白昼夢を見ているうちに流れていってしまったのだ。かれはまっ赤な悪魔を呼び止めた。「みんなどこへ行くんです？」

「もちろんパレードにさ」

「大パレード？」

「そう、いま列を作っている」赤い悪魔は歩きつづけ、かれはあとにつづいた。

そういうかれの袖を引くものがあった。「彼女、見つかりました？」黒い半仮面で少しだけ仮装したイヴァンス夫人で、背の高い年輩のアンクル・サムの腕につかまっていた。

「えっ？　ああ、どうも、イヴァンスさん！　だれのことです？」

「ばかいわないで。彼女見つかった？」

「わたしがだれかをさがしてると、どうして知ってるんです？」

「もちろんさがしてたからよ。とにかく、目をあけていなさいよ。わたしたち、もう行かなくては」ふたりは群集のあとについていった。

大パレードはかれがその経路についたころにはすでに動きだしていた。これは問題ではなかった。まだまだ際限なくつづいて来るからだ。ホリー、コロラド、ブースターズがとおるところだった。それにつづくのは見もののひとつのシュライナー体操チーム。つづいて来るのはミシシッピーの河底の洞穴から出て来たヴェールをかぶったコーラッサンの予言者とその愛と美の女王……小学生たちが小さなアメリカ国旗を持ったブルックリンの記念日パレード……何マイルも花におおわれた山車がつづくパサデナのローズ・パレード……フラグスタッフから来たインディアンのパウワウ儀式には二十二の種族が参加し、行進するインディアンの背にかけられた手作りの飾り物で千ドル以下の値打ちのものはひとつもない。伝統的なアメリカ人カウボーイを継ぐバッファロー・ビルは、山羊ひげを突き立て、帽子を手に、巻毛を微風になびかせている。ハワイから来ているのはカーニバルの大公アリを演じるカメハメハ大王自身で、王家の奔放さを示し、いっぽう家臣どもは露も残っているような新しい花のレイをそのうしろでかざしながら、みんなにアロハと挨拶を送っていた。

きりがなかった。オウハイから、ニューヨーク北部からやってきたスクエアー・ダンスの列、アナポリスの淑女と紳士たち、クエロ、テキサス、ターキー・トロット、旧ニューオーリンズのあらゆる山車の組と行進クラブ、二重の大燭台が輝き、貴人が群集に愛顧のしるしを投げかけ――ズールー族の王とそのつややかな茶色の肌の取巻きは歌っていた。

「何者たりとも疑いしものすべて――」

そして役者たちが来た。〝衣裳をつけて街頭へ〟から〝オー・デム・ゴールデン・スリッパーズ〟まで。田舎の祭りよりも何かもっと古いものがあった。仮面をつけた役者たちのすり足の踊り、人類が若かったときには元気だった足どりや春の誕生の最初の祭りだ。最初は道楽者たちの各クラブで、それぞれのキャプテンは国王の身代金ほどの値打ちのあるケープを羽織っている――それとも街家の一軒の抵当ぐらいか――それを捧げる五十人の小姓を引きつれて。つづいてリバティ・クラウンたちとそのほかの道化たち、最後に涙をさそうような調べの甘い幽霊のような絃楽バンドが次々とつづく。

ジョニーは四四年にはじめてその行進を見たときのことを思い返した。老人と若い坊やだけだった。年頃の〝射手〟たちは戦争に行っていたからだ。それに、あの一月元旦のフィラデルフィア、ブロード街では許されなかったことも行われていた。パレードに車に乗って出た男たちだ。慈悲深き天よ許したまえ、かれらは歩くことができなかったのだ。

かれは目を向けて、たしかに行列のなかに車があるのを見た——この大戦で負傷したもの、しかもひとりだけ南北戦争に従軍した人間もいた。帽子をまっすぐかぶり、両手をステッキの上に重ねている。ジョニーは息を殺して待った。車はそれぞれ審判席に近づくと、そのちょっと手前で止まり、みんなが下りる。たがいに助けあってなんとかして、はねたりとんだりはったりして審判ラインをこえる。自分たちの力で——そして各クラブの誇りは無事に保たれたのだ。

ほかにも驚くことがつづいた——かれらは車にはもどらず、ブロード街にそのまま行進していったのだ。

そこでハリウッド大通りになる。サンタクロース小路に変身してだった。映画の世界ではこれまでにやろうともしなかったような大きな出し物になっていた。大勢のベビー・スターたち、プレゼント、お愛嬌、子供たちみんなにキャンデー、そして成長してしまった子供たちみんなにも。やっとサンタクロースの乗った山車が来ると、それは大きすぎて見えないくらいの本物の氷山、まるで北極そのものだった。ジョン・バリモアとミッキー・マウスがサンタクロースの左右に乗っている。

巨大な氷の山車の尻尾には憐れなくらい小さな人影があった。ジョニーは瞳をこらしてそれがあらゆる道化のなかの長老エメット・ケリー氏だと気がついた。ウェアリー・ウィリーの役でだった。ウィリーは楽しそうではなかった――いや、違う、ふるえているのだった。ジョニーは笑ったらいいのか、泣いたらいいのかわからなかった。ケリー氏はいつもかれにそういう影響を与えていたのだ。

そして象が来た。

大きな象、小さな象、中くらいの象、パイント瓶サイズのリンクルズから強大なジャンボまで……それといっしょに象遣いもいた。チェスター・コンクリン、P・T・バーナム、ウォーリー・ビーアリー、マウグリ。「これはきっとマルベリー街だ」とジョニーは自分にいっていた。

行列の向こう側でざわめきがあった。男がひとり、何かをしっしっと追っている。そこでジョニーはそれが何か見た――犬だ。かれは口笛を吹いた。犬は混乱したようだったが、やがてかれを見つけ、かけよってきてジョニーの腕のなかにとびこんだ。「いっしょにいるんだよ」ジョニーはいった。「踏みつぶされちまうかもしれないよ」

犬はかれの顔をなめた。道化の服はなくしてしまっていたが、小さなつばのある帽子は首からぶら下がっていた。「何してたんだい？　ご主人様はどこだい？」ジョニーは尋ねた。

最後の象が近づいてきた。三頭横に並んで、大きな車を引いている。前のほうでラッパが鳴り、行列は止まった。「なぜ止まったんです？」ジョニーはとなりの人に尋ねた。

「ちょっと待ってごらん。いずれわかるから」

行列の総指揮官が列をかけもどってきた。黒い馬に乗っていて、かれ自身も大きな乗馬靴に白いボタン飾りのついたズボン、前裾を斜めに断った乗馬コートにシルク・ハットという派手ななりをしていた。かれはあたりを見まわした。

いきなりジョニーの前でかれが止まった。ジョニーは犬をさらに抱きしめた。総指揮官は馬から下りて一礼した。ジョニーはうしろにだれがいるのだろうとふり返る。指揮官は高いシルク・ハットをぬいでジョニーの目をとらえた。「あなたですな、象の商売で旅をしていた方は？」質問というより、わかっていていってるのだった。

「えっ？　そうですが」

「ようこそ、陛下！　王妃であらせられる女王陛下とあなた様の宮廷一同がお待ちしております」男は案内でもするように、ちょっと向きなおった。

ジョニーは息を呑んで、ビンドルスティッフを小脇にかかえこんだ。指揮官はかれを象が引く車に案内した。犬がかれの腕からすりぬけて車にとび上がり、そこの女性の膝に上った。彼女は軽く犬を叩いてやり、得意そうにしあわせそうにジョニー・ワッツを見おろした。「あらジョニー！　お帰りなさい、ようこそ！」

「マーサ！」かれは泣きだした——こうして国王陛下はつまずきながら車に乗り、王妃を抱いた。

前のほうでラッパが甘美な音を立て、行列は動きだし、またはてしない道を進む——

輪廻の蛇
——All You Zombies——

井上一夫訳

一九七〇年十一月七日。第五経度基準時（東部）二二一七。ニューヨーク市、ポップ酒場。

〝私生児の母〟がはいってきたのは、ブランデー・グラスをみがいているときだった。時間をみる。一九七〇年十一月七日で、第五経度基準時間――つまり東部時間でいえば、午後十時十七分だった。われわれ航時局員はつねに日時に気をくばる。そうしないわけにはいかないからだ。

〝私生児の母〟というのは二十五歳になる男だった。背丈はわたしぐらいで、子供っぽい顔立ちの癇癪もち。わたしはその男の顔つきが気にいらなかった――昔から気にいらなかったのだが――この男こそ、わたしがここへスカウトしにきた当の男なのだった。わたしはとっておきのバーテンらしい笑顔で迎えた。

わたしの目が肥えすぎてるせいかもしれないが、その男はあまりスマートではなかった。かれのこのあだ名の由来は、詮索ずきのやつに商売は何だと訊ねられると、かれがきまって「私生児のおふくろさ」と答えるからだった。それほど機嫌の悪くないときは、「一語四セントで、そんなような告白小説というやつを書いてるんだ」とつけたして説明する。

荒れているときのかれは、ことあれかしと相手を待ちかまえているのだった。相手の内ぶところに喰い下がって急所を狙う手ごわいタイプで、婦人警官みたいだ――これも、わたしがかれをスカウトする理由の一つだが、理由はそれだけではない。

かれはすでに酔っていて、いつもより傍若無人な顔つきをしていた。わたしはだまってオールド・アンダーウェアーをダブルにして注いでやると、ビンをそのまま出しておいた。かれはグラスのウイスキーを飲むと、自分でお代わりをつぐ。

わたしはカウンターの上をふいていた。「どうです〝私生児の母〟稼業の景気は？」

グラスを握ったかれの指に力がはいり、そいつをぶつけてきそうな顔をした。わたしはカウンターの下の棍棒に手をのばした。こうして仮の姿をしているときは、万事を計算しておこうとするのだが、あまりいろいろと条件が多すぎるので、不要な危険は避けなければならない。

かれの緊張がほぐれてきたのにわたしは気がついた。航時局訓練所で、気をつけて見ろと教育された、こまごました点を観察してわかるのだ。「すみません」わたしはいってやった。「ちょっと〝景気はどうです？〟と聞いてみただけで〝陽気はどうです？〟というのと同じようなつもりなんで」

かれは不機嫌な顔を見せた。「景気はまあまあだ。おれが書いて、本屋が印刷して、おれが喰う」

わたしは自分の分を注いで、カウンターにのりだした。「まったく、あんたの書いたものは面白い――あたしも、少し読んでみましたよ。まったく女のほうから見たとこなんて、びっくりするくらいたしかなタッチですね」

うっかり口をすべらしたように見えるが、これもいずれはやってみなければならない冒険だったのだ。かれは自分のペンネームを口にしたことは一度もない。しかし、いきり立ってしまったかれは、それには気づかず、言葉尻をとらえただけだった。「女の見方だと！」ふんと鼻を鳴らしていう。「ああ、おれには女の見方はよくわかるんだ。わかるのが当たり前なんだ」

「そうですかね？」わたしは疑惑を見せていった。「女の姉妹でもあるんですかい？」

「いや。だが、わけを話して聞かせたところで、どうせ本気にしやしまい」

「いやいや」わたしはおだやかにいった。「バーテンとか精神科医なんてものは、事実は小説より奇なりってことを、よく心得たもんですぜ。そうだ、あんただってあたしの話を聞けば――そう、小説の種がうんとできて、大金持ちになれますぜ。信じられねえような話があるんでさあ」

「信じられないってのがどんなことか、おまえなんかにわかるもんか！」

「そうですかね？　あたしは、どんな話を聞かされたって驚きませんぜ。たいていの話なら、もっとすごいのを聞いてますからね」

かれはまた鼻で笑った。「どうだ、このビンの残りを賭けるか？」

「新しいやつを一本賭けましょう」わたしはカウンターに一本出した。

「じゃあ――」もう一人のバーテンに、ほかの客は引きうけてくれと手で合図する。わたしたちはカウンターの端にいたので、スツール一つの幅だけ、カウンターの上に塩づけ卵の壺だのそのほかのこまごましたものを並べ立てて、ほかの客たちとの仕切りを作った。カウンターの向こう端にテレビの拳闘を見ている客が二、三人と、ジューク・ボックスをつけている男が一人いるだけなので――ここは寝室同然、人目も耳もとどかない。「ようし」かれは話を切りだした。「まず第一に、おれは私生児なんだ」

「ここらでは、そんなことは別に珍しくもありませんぜ」わたしはいってやった。

「つまり、おれの両親は正式に結婚してなかったというんだぞ」かれは鋭くいう。

「それにしても、月並みですな」わたしもいいはった。「あたしの親だってそうでさあ」

「おれが産まれたとき――」いいかけてかれは口をつぐむと、わたしがはじめてお目にかかるような温かみのある顔つきをした。「本当かい？」

「本当ですよ。正真正銘まじりっけなしの私生児でさあ。それに」わたしはつけ加えた。「実はうちの身内でまともな結婚をしてるやつは一人もいない。みんな私生児ばかりですぜ」

「おれの上手をいこうとしてもだめだ――おまえは結婚してるじゃないか」かれはわたしの指輪を指さした。

「ああ、これね」わたしは自分の指輪を見せてやった。「こいつはちょっと結婚指輪に似ていますが、女除けのまじないにはめてるだけですよ」一九八五年に同僚の局員から買った骨董ものの指輪で、その男が紀元前のクレタ島に行ったとき手にいれてきたものだった。「ギリシャ神話の蛇……自分の尻尾を無限に呑みつづける輪廻の蛇。偉大なパラドックスの象徴でね」

かれはその指輪には、ろくに目もくれなかった。「本当に私生児だったら、私生児の気持ちがどんなものか知ってるだろう。おれがまだ小さな娘だったころ――」

「えぇッ！　あたしの聞き違いじゃないでしょうね？」

「黙って聞けよ！　おれがまだ小さな娘だったころ――そうだ、クリスティン・ヨルゲンスンのことを聞いたことがあるかい？　それとも、ロバータ・コウェルは？」

「ははあ、性転換の手術のこって？　まさかあんたが――」

「話の腰を折るなよ、話をやめちまうぞ。とにかくおれは、一九四五年にクリーヴランドの孤児院に、生後一ヵ月で棄てられた棄て子だったんだ。そのおれが、物ごころついた小さな女の子になると、両親のある子がうらやましかったね。そのうちに、男と女の違いを知るようになる――なあ、おっさん、孤児院なんかにいると、そういう点では早熟なもんだぜ――」

「わかりますな」

「とにかくおれは、自分の子供にだけは、どんなことがあってもパパとママがそろっていてやろうと、心底から誓ったね。おかげできれいな体でいることができたが、あんなとこで純潔を守るってことは、なまやさしいことじゃなかった――そのためには、喧嘩のしかたも覚えなきゃならなかった。そのうちに、年ごろになってきて、自分にまともな結婚ができる見こみはなさそうだと悟るようになってきたんだ。養女にもらわれていかなかったのも、やっぱり同じような理由だったがね」かれは苦い顔をしてみせた。「馬面で反ッ歯、胸はペシャンコ、髪は針金みたいときてるんだからね」

「あたしなんかより、ましですぜ」

「バーテンなら、どんな面でも誰も気にもしないだろ？　作家にしてもさしつかえはないさ。ところが、女の子を養女にしようとする連中は、馬鹿でもいいから、かわいい青い目に金髪の子を欲しがるもんだ。もっと大きくなれば、若い男たちは、胸の張ったかわいい顔の〝あらすてきな殿御〟というせりふもでるような、色気たっぷりの娘を求める」かれは肩をすくめてみせた。「おれにはとうてい歯が立たなかった。そこでおれは、WENCHES（売女、田舎娘の意味がある）にはいろうとした」

「えッ？」

「非常時女子国民軍慰安部、いまでいう〝スペース・エンジェル〟さ、地球外圏特設看護班の頭文字をつめれば、エンジェルになるからな」

この言葉は、わたしは両方とも知っていた。現にわたし自身、その言葉を記録にとどめたこともある、もっとも、いまではもう一つの言葉を使っている。軍サービス部隊のエリートで、宇宙派遣員鼓舞激励奉仕慰安婦団（WHORES）というやつだ。こういう言葉の変遷というやつが、時間を飛び歩く身にとっては一番の難関なのだ。〝サービス・ステーション〟という言葉にしてからが、石油を分溜したガソリンというものを補給するところを意味していた時代があったのをご存知だろうか？　チャーチル時代のことだが、ある任務についているわたしに、ある婦人が「となりのサービス・ステーションであいましょう」といったが、これはいまいわれているものとは違うのである。当時の〝サービス・ステーション〟には、ベッドなどはなかった。

かれは話をつづけた。「当時は、宇宙に人間を何カ月も何年もおいておいて、その緊張を解く処置をしないのは無理だということがはじめて認められた頃だった。それまでの軍慰安婦たちがどんなにギャーギャー騒ぎたてたか覚えてるかい？　おかげでこっちは見こみがついた。とにかく、志願者はめったにいなかったからな。連れていくのはちゃんとした女でなければならないし、できたら処女（つまり処女のうちから一通りの肉体的訓練をさせておきたかったんだな）しかも人並み以上の知能があってヒステリー性でない女だ。ところが、志願する女の大部分が喰いつめた婆さんとか、十日も地球を離れたら頭にきちまう神経症の女ばかりなんだね。そこでこっちは、ご面相のことなんか心配しなくてもいいことになった。試験に受かれば、向こう持ちで反ッ歯はなおしてくれるし、髪にはウェーブをかけて、立ち居ふるまいからダンス、男の話を感じよく聞いてやる技巧など、あらゆることを仕こんでくれるんだ。もちろん、一番肝心なお仕事の訓練のおまけにだよ。必要とあれば整形手術までやるんだが、こいつは別に相手の男のためじゃない。

だが、何よりもいいのは、派遣中は絶対妊娠しないようにしてくれることだ――それに、任務が終って帰ってくるころには、ほとんどが間違いなく相手と結婚していることだ。近ごろでもエンジェルが宇宙派遣員とよく結婚しているが、同じことだよ。

十八になるとおれは〝お手伝いさん〟というのに出された。行った先の家というのは、安上がりの女中を使うというだけの目当てで呼んだらしいのだが、二十一になるまでは慰安部にいれてもらえないので辛抱した。おれは家事を手伝って夜学へ通ったよ。高校からのタイプと速記をつづけるようなことをいって、実はうまく試験に受かる率をよくしようと、チャーム・クラスというやつに通った。

そこでおれは、百ドル紙幣の札ビラを切っている街のペテン師に会ったんだ」かれは苦い顔をしてみせた。「その悪党めは、本当に百ドル紙幣を束にして持ってやがった。ある晩やつは、それをおれに見せて、いいから取れといった。

だが、こっちは取らなかった。その男が好きだったし、こっちのパンティを脱がせようとしないで、ただやさしくしてくれる男に会ったのはそいつがはじめてだった。おれはそいつと逢う瀬をふやすため、夜学もやめてしまった。あのころが、おれの人生で一番楽しかったときだな。

ところが、ある晩公園で、パンティを脱がされた」

かれが口をつぐんでしまったので、わたしはうながした。「それから？」

「それっきりさ！　それ以来、一度も会ってない。家までおれを送って、おれを愛してるといって——おやすみのキスをして、それっきり音沙汰なしさ」かれはすごい顔をした。「あいつを見つけることができたら、ぶち殺してやる！」

「ふうむ、その気持ちはわかるね」わたしは同情してやった。「だが殺すとは——自然のなりゆきでなっただけなんだから——ふむ……あんたはその男に逆らったのかね？」

「ふん？　それが、なんの関係がある？」

「ちっとはね。あんたから逃げただけなら、腕の一本や二本は折られても仕方なかろうが——」

「そんなことじゃすまないぞ！　話を最後まで聞けよ。とにかくおれは、誰からも怪しまれないようにごまかして、それが一番いいと思った。おれは本当はその男に惚れてなんかいなかったんだし、おそらく二度と人に惚れることもあるまい——そこで、前よりも例の国民軍慰安部にはいろうと熱心になった。強いて処女でなければいけないというのではないので、おれは失格にはならないですんだ。元気が出たよ。

ところが、気がついたのはスカートが窮屈になってきてからだった」

「妊娠したのかね？」

「ひどい目にあわされたもんだよ。おれの住みこんでた家のけちん坊どもは、こっちが働ける間は見て見ぬふりをし、働けなくなるとおっぽり出した。いまさら孤児院でも引きとってはくれない。落ちゆく先は慈善病院だった。まわりには腹のでかい女と、持ち運びの病人用便器。自分の産む番がくるまで待って暮すのさ。

ある晩、気がついてみると、おれは手術台の上で、看護婦が〝気持ちを安らかに——さあ、深呼吸して〟といっている。

目がさめてみるとベッドのなかだった。胸から下が、全然感じがない。医者がはいってきて、〝気分はどうだね？〟と陽気に訊ねる。

〝まるで、ミイラにでもなったみたいですわ〟

〝無理もない。ミイラみたいに繃帯でくるまれて、麻痺させておくように麻酔剤をたっぷ

り注射してあるんだから。大丈夫、なおるよ——ただ、帝王切開だから、ささくれみたいに簡単にはいかんがね〞

〝帝王切開？　先生、では赤ちゃんは？〞

〝いや、大丈夫、赤ちゃんは元気だよ〞

〝まあ男ですか、女ですか？〞

〝健康なお嬢ちゃんだ。五ポンド三オンスあったよ〞

おれはほっとしたよ。赤ん坊を産むということは、とにかくたいしたことだからね。おれは心に誓ったもんだ——どこか誰も知らないところへ行って、自分はミセズを名のり、子供には父親は死んだのだと思わせよう——この子にだけは、みなし子の悲しみは味わわせまい！

ところが、医者の話はまだ終ってなかったんだ。〝ところで、そのう——〞と、医者はいいにくそうに、こっちの名を呼ぶのを避けて話をつづける。〝あんたは、性器の恰好が変だと思ったことはなかった？〞

おれは、〝え？　もちろん、そんなことはありませんわ。何をいいたいんです？〞

医者はためらった。〝この頓服(とんぷく)をのんで、それから神経の発作を静めるため眠り薬の注射をしよう。きっと神経の発作を起こすだろうからね〞

〝なぜですの？〞おれは訊ねたね。

〝三十五歳まで女でとおっていたスコットランドの医者の話を聞いたことがあるかね？　それが、手術をうけて、法律的にも医学的にも一人前の男になったという話だが。ちゃんとそれから結婚して何の支障もないんだ〟

〝それがわたしとなんの関係が？〟

〝そこなんだ。きみはもう男なんだ〟

おれはベッドから起き上がろうとしたね。〝何ですって？〟

〝まあ、落ちついて。開腹手術をしてみて、すごくややこしいのに気がついた。赤ん坊を取り上げる間に、外科部長を呼んで、それから手術台の前で相談したんだよ――これだけするのに、何時間もかかったぜ。きみは完全に二組の性器をもっていたんだ。両方とも完全に成熟してはいなかったが、女性の性器のほうはどうやら妊娠できるぐらいには成熟していたんだ。だが、こいつはもう二度と役に立たなくなってしまってるので、われわれはそれを摘出して、男性として正常に発育できるようにしたんだよ〟医者はおれに手をかけてなぐさめた。〝心配することはないよ。きみはまだ若いし、骨格も新しく適応して変わってくる。われわれもきみのホルモンのバランスがとれるように気をつけて処置するから――きみを立派な若い男性にしてあげるよ〟

おれは泣きだしたね。〝赤ちゃんはどうなるんです？〟

〝そうだなあ、きみが育てることはできまいな。きみには猫の子一匹育てるほどの乳も出

ない。わたしだったら、赤ん坊には会わずに――このまま養子にやってしまうね〃
〃いやですッ！〃
　医者は肩をすくめてみせたよ。〃どっちにするかはきみの自由だ。きみがあの子の母親――そのう、親なんだからね。ただ、いまはそういう心配は忘れるんだね。まずきみの体をよくすることがわれわれの第一の仕事だからね〃
　次の日、赤ん坊に会わしてくれたよ。それからは、赤ん坊に馴れようと、毎日会った。ところが、おれは産まれたての赤ん坊なんて見たこともなかったし、あんな薄気味わるいものとは夢にも思わなかった。おれの娘はまるでオレンジ・モンキーみたいだったよ。だが、だんだんに、子供のためにすることはしてやろうと、冷たい決意のようなものに気持ちが傾いてきた。ところが、四週間後、それも水の泡となっちまった」
「というと？」
「さらわれちまったんだ」
「さらわれた？」
〃私生児の母〃は賭けの賞品の酒ビンを、もう少しでひっくり返すところだった。「誘拐されたんだ――病院の保育室から盗まれちまったんだ！」息をはずませている。「人間の最後の生き甲斐を盗むなんてどうだい？」
「ひどいよねえ」わたしも相槌を打った。「もう一杯注ごう。それで、手がかりはなかったのかね？」

「警察の役に立ちそうな手がかりは何一つなかった。誰かが赤ん坊の叔父だと名のって見にきた。看護婦が背を向けてるすきに、そいつは赤ん坊を抱いて出ていってしまったんだ」

「人相風体は？」

「ただ男だというだけ、ありふれたあんたやおれみたいな顔というだけだ」かれは眉をひそめた。

「おれは赤ん坊の父親の仕わざだと思うんだ。看護婦の話では、もっと年とった男だというんだが、そう化けていたかもしれない。ほかにおれの赤ん坊をさらってこうなんてやつが、どこにいる？　子供に恵まれない女が、そんな芸当をやってのけることはあるが――男がそんなことをするなんて、聞いたことがあるかい？」

「それから、あんたはどうなったんです？」

「陰気くさいその病院に、それから十一ヵ月いて、手術を三回受けたよ。四ヵ月目には、もうひげが生えはじめたね。退院する前に、毎日ひげを剃るくらいになってた……それに、自分が男だということは、もう疑えなくなっていた」かれは苦笑してみせた。「看護婦の衿首にじろじろ目がいっちまうようになってきたからね」

「ふうむ、うまくいったようですな。とにかくいままでは、まともな男性として、かせぎもいいし、たいした苦労はない。女の生活ってものは、楽なもんじゃありませんからね」

　かれはわたしをにらみつけた。「いやによく知ってるじゃないか！」

「そうですかい？」

「堕落女という言葉を聞いたことがあるかい？」

「そうさね、何年も前の言葉だ。今日びは、あまり意味もない」

「おれは女としては、とことん駄目にされちまったんだ。あの野郎がおれを本当に堕落させ駄目にしちまった――おれはもうまともな女ではなくなってたし……しかも男として生きる生き方も知らなかった」

「だんだんに馴れるもんだろう」

「おまえさんにはわかってないんだよ。おれは何も、服の着方や便所を間違えないというようなことをいってるんじゃない。そんなことは病院にいるうちに覚えた。だが、どうやって生きていける？　どんな仕事ができる？　まったく、車の運転一つできなかったんだぜ。商売のことも知らない、筋肉労働もできない――体はいたるところ傷だらけ、体つきも華奢すぎる。

　おれは国民軍慰安部にはいれなくなったことでも、その男を恨んだね。だが、自分の恨みがどんなに深いものか、慰安部の代わりに宇宙派遣軍に応募したとき、しみじみ思い知らされたよ。おれの腹を一目見ただけで、軍務不適格のはんこが押されちまった。医者が手間をかけておれの体を診たのも、ただの好奇心からにすぎなかったんだ。おれの経歴を読んでいたんだね。

そこでおれは、名前を変えてニューヨークにやってきた。最初はコック見習いみたいなことをやってたが、そのうちにタイプライターを賃借りして、請負い速記者というのをはじめた。大笑いだよ！　四ヵ月の間に、タイプで打ったのは手紙四通と原稿一篇だけだった。その原稿というのが実話ものでね、紙の無駄というようなしろものだったが、そいつを書いた馬鹿野郎が、その原稿をちゃんと売ってるんだ。これにはおれもピーンときたね。おれは実話雑誌を一山買いこんで、研究してみたよ」かれは皮肉な顔をしてみせた。「これでおれが、私生児の母告白物語というやつに、本物の女としての考え方を書きこめるわけがわかったろう……まだ自分では原稿にして売ってない、たった一つの本当の経験のおかげさ。この酒はもらえるかい？」

わたしは酒ビンを押しやった。わたし自身ちょっとあわててしまっていたが、とにかくやるべき仕事がある。わたしはいってやった。「あんたはいまでもそのなんとかいう男を、とっつかまえたいと思っているのかね？」

かれはパッと目を輝かした――凶暴な光だ。

「やめたほうがいいな！　どうせその男を、殺したりしやしないんだから」

かれは嫌な笑いかたをした。「ふん、やつに会わせてみろ」

「そういきり立ちなさんな。これでも、あんたが考えてるより、いろいろと知っているんですぜ。力になってやれる。あたしはその男のいるとこを知ってますよ」

かれはぐっとカウンターごしに手を伸ばした。「どこにいる？」

わたしは静かにいった。「このシャツをつかんだ手を離してくれ。さもないと、路地におっぽりだして、警察にあんたが気を失ってのびてると連絡しますぜ」わたしはカウンターの下の棍棒を見せてやった。

かれは手を離した。「悪かった。だが、やつはどこにいるんだ？」じっとわたしを見る。

「それに、どうしてそんなにいろんなことを知ってるんだ？」

「ご時世ですよ。記録というものがある。病院の記録、孤児院の記録、医者の記録。あんたのいた孤児院の寮母はミセズ・フェザレイジだった——そうでしょ？　その後任はミセズ・グルエンスタインだった——違いますかい？　あんたの娘時代の名前は、ジェーンだった——当たったでしょうが？　あんたはこれまで、そんなことをあたしに話してはいなかった——そのとおりですね？」

かれを面くらわせて、ちょっとわたしに畏怖を抱かせてやった。「どういうわけだ？　おれを困らせようというのか？」

「とんでもない。心からあんたのためを思ってるのさ。わたしはその人物を、あんたの膝の上にほうり出してやることができる。あんたはその人物に、思うとおりのことをすればいい――何をしても無事に逃げられることは、わたしが保証する。ただ、あんたがその男を殺すとは思わないな。夢中にはなっても、異常者ではないんだから。少なくとも、殺すほど狂ってはいない」

かれはこんな言葉は気にもかけなかった。「無駄口はたたくな。どこにいる?」

わたしはちょっと酒を注いでやった。かれは酔ってはいたが、怒りがそれを殺してしまっていた。

「そうせきなさんな。こっちでもそれだけのことをするんだから、そっちにもやってもらいたいことがある」

「うーむ……どんなことだ?」

「あんたはいまの仕事が気にいってない。給料がよくて、経費おかまいなし、自分の責任で仕事ができて、変化や冒険の多い堅い仕事があるんだが、どうです?」

かれはじっとわたしを見つめた。「サンタクロースじゃあるまいし、よしてくれ。そんな仕事があるわけがない」

「よろしい、ではこういうことにしよう。わたしが例の男をあんたの手に渡すから、あんたはそいつとの用をすまして、それからこっちの仕事というのを当たってみる。わたしのいうとおりの仕事でなかったら――そう、こっちもあんたをつかまえとくわけにはいかない」

かれは迷っているようだったが、最後の一杯が効いた。「いつあいつを連れてきてくれるんだ？」ろれつのまわらない口でいう。

「話がきまれば、いますぐに」

かれは手をつき出した。「よかろう！」

二十三時。わたしは助手に顎をしゃくって、バー全体を見ているように合図すると、時計を見る。二十三時。カウンターの下のくぐりを抜けようとすると、ジューク・ボックスが《わたしは自分のおじいちゃん》をがなりたてはじめた。わたしは一九七〇年代のいわゆる〝音楽〟が我慢できないので、ジューク・ボックスの中味は古いアメリカ音楽とクラシックばかりにするよう、サービス係にいいつけておいたのだが、こんな曲のテープがはいっていたとは知らなかった。わたしはどなった。

「止めろ！　お客さんには金を返せ」そこでつけ加える。「おれは倉庫にいってくる。すぐ帰るよ」わたしはその〝私生児の母〟の先に立って倉庫に向かった。

倉庫は便所の向こうの廊下を行ったところで、鋼鉄のドアがついている。このドアの鍵をもっているのは、昼間の支配人とわたしだけだった。このなかに、もう一つ奥の部屋にはいるドアがあり、その鍵はわたしが持っているだけだ。二人はその部屋にはいった。

かれは窓一つない四方の壁をぼんやりと見まわした。「やつはどこだ？」

「いますぐ」わたしはケースをあけた。この部屋にあるのは、そのケースだけだった。航時機、正確にはUSFF総合時標変界装置の携帯セットで、一九九二年型モデルIIというやつである。きれいなケースで、可動部分はなく、全装置をおさめても目方は二十三キロ。普通のスーツケースといって通る恰好だ。その日のうちに前もって正確に調整しておいたので、あとは変界の境を仕切る金属ネットを引き出すだけでいい。

ネットを引き出すと、「なんだこれは？」とかれは訊ねた。

「航時機というやつさ」わたしはそういって、ネットを二人の上にひろげた。

「おいッ！」かれは叫びながら後ずさりした。ネットの拡げ方にはこつがあるのだ。ネットを投げかけた時、相手が本能的に後ずさりして、ネットを踏んで上に上がってしまうようにしなければならない。その上でネットの口を絞って、自分もろとも完全に包んでしまう。さもないと、靴底とか足の一部をのこしていったり、床をそいで一緒に持っていってしまうことになりかねない。だが、こつといっても、必要なのはそのくらいのものだった。派遣員のなかには、相手をだましてネットのなかへ包むやつもいるが、わたしは本当のことをいって、相手が完全に仰天した瞬間を狙ってスイッチをいれるのだ。そのときもわたしは、その手を使った。

一九六三年四月三日。第五経度基準時一〇三〇。オハイオ州クリーヴランド、高層ビル。

「おい、早くこいつをはずせ！」かれはまたどなった。

「すまんすまん」わたしは詫びをいって、ネットをはずし、ケースにしまって蓋をしめた。

「例の男に会いたいといったからさ」

「しかし――そういえば、あれは航時機だとかいってたな！」

わたしは窓の外を指さしてやった。「あれが十一月に見えるかね？　それとも、ニューヨークに見えるかね？」かれがあっけにとられて、窓の外の木の芽や春景色に見とれている間に、わたしはまたケースをあけて百ドル紙幣の束を出した。紙幣の番号やサインが一九六三年にさしつかえないものかたしかめる。航時局では、いくら金を使おうと（どうせ腹は痛まないのだから）なんともいわないが、不要な時代錯誤にはやかましい。あまり失敗がつづくと、総合監査官のもとに引き出されて、ひどい時代の世界に一年間の流刑をいい渡されるのだ。例えば一九七四年みたいな、厳しい食糧配給制度と強制労働の時代に追放されるのだ。わたしはまだそういう失敗はやったことがないし、紙幣もこの年代のものに間違いなかった。

かれはわたしのほうにふりかえっていった。「どうしたんだ？」

「例の男はここにいるよ。外へ行ってつかまえたまえ。さあ、経費だ」紙幣束を押しつけていってやる。「用がすんだら、こっちからきみを迎えにいく」

百ドル紙幣は使いなれない人間には、催眠術のような効果があるものだ。廊下へ押し出して鍵をしめてしまうまで、かれは信じられないというように紙幣を数えていた。その次の航行行程は簡単だ。同じ時代でちょっとずらすだけでいいのだ。

一九六四年三月十日。第五経度基準時一七〇〇。クリーヴランド、高層ビル。

ドアの下に手紙がはいっていて、部屋の借用期限が来週で切れる、と書いてあった。ほかには部屋のなかには、一分前と少しも変わったところもない。表は木の葉も散りつくして、雪もよいの空。わたしは急いだ。年代に合った紙幣と上着、帽子、外套をとると部屋を出た。この部屋を借りたときに置いてきたものだ。車を拾って病院へ乗りつける。二十分ばかり退屈を辛抱して待つうちに、看護婦に気づかれずに赤ん坊を盗むチャンスがきた。赤ん坊をかかえてビルに帰る。こんどの航時機のダイヤルの回し方は難しい。一九四五年にはこのビルはまだできていなかったからだ。だが、わたしはあらかじめその点は計算にいれて手配しておいた。

一九四五年九月二十日。第五経度基準時〇一〇〇。クリーヴランド、スカイヴュー・モーテル。

時標変界装置と赤ん坊とわたしは、市郊外のあるモーテルに現われた。あらかじめ〝オハイオ州ウォーレンのグレゴリー・ジョンスン〟として部屋をとっておいたので、窓には鍵をかけてカーテンを下ろし、ドアにはボルトを差しておいた部屋の中に飛び出すことができた。機械が現われるときの動揺にそなえて、床はきれいに片づけておいた。あるべからざるところに椅子でもあったら、ひどいあざなど作ってしまいかねないからだ。それはもちろん、その椅子にぶつかってできるわけではない、時界ネットの反動でけがをするのだ。

無事に現われることができた。ジェーンはぐっすり眠っていた。わたしは彼女を抱いて出ると、あらかじめ用意しておいた車の座席の、罐詰の空箱にいれた。車を孤児院に走らせる。孤児院の玄関の石段に赤ん坊を下ろすと、二丁ばかり先の〝サービス・ステーション〟（石油製品を補給する店のほう）へ車を走らせた。そこから孤児院に電話すると、車を返して、箱が孤児院のなかへ運びこまれるところを見るのに間にあった。そのまま車を走らせて、モーテルの近くで車を捨て、モーテルに歩いて帰るとすぐに一九六三年の高層ビルにとんだ。

一九六三年四月二十四日。第五経度基準時二二〇〇。クリーヴランド、高層ビル。

わたしはうまく時間を調節した。この時間の精密さは、零にもどす場合は別として、一につまみのまわし加減によるものなのだ。もし、予想どおりいってたら、この豊潤な春宵の公園で、ジェーンが自分は思ったより心がけのいい娘ではなかったと、自覚している真最中のはずだった。わたしはタクシーを拾うと、彼女の住みこんでいるけちん坊の家のそばに行き、自分はもの陰にひそんで、車は角を曲がったところに待たせておいた。

やがて、二人がたがいに腕を相手の体にまわして通りをやってくるのが目にはいった。男は彼女をポーチの上まで送り、お別れのキスという長ったらしい仕事をやっている。思いのほか長かった。やがて彼女が家にはいり、男は歩道に降りて向きなおる。わたしはすっと忍びよって、かれの腕に手をかけた。「これでおしまいだ。迎えにきたよ」わたしは静かにいいわたした。

「あんたは！」かれははっと息をのんだ。

「わたしさ。さあ、問題の男が誰だかわかったろう——よく考えてみればきみは自分が何者かわかるだろう——それに、もっとよく考えてみれば、あの赤ん坊が誰だか……そして、このわたしが誰だかも」

かれは答えなかった。ひどく体がふるえていた。自分で自分自身を誘惑したのだということを、目の当たりに思い知るというのは、ショックに違いない。わたしはかれを高層ビルにつれて帰り、また時間の世界を飛んだ。

一九八五年八月十二日。第七経度基準時二三〇〇。ロッキー山脈地下墓地。

当直軍曹を起こして身分証明書を見せてから、連れに安楽錠をやって寝ませて、明朝から新兵として教育するようにと、いいつけた。軍曹は嫌な顔をしたが、いつの時代でも階級は階級なので、いいつけに従った。もちろん、肚のなかではこんど会うときは向こうが大佐でわたしが軍曹ならいいと思っているのだろう。われわれの軍ではそんなこともありうるのだ。「名前は？」軍曹は訊ねた。

わたしは名前を書いてやった。軍曹は目をまるくした。「へえ、そんな？　ふうむ——」

「軍曹、きみはいわれただけのことをすればいいんだ」わたしは連れのほうにふりかえった。

「なあ、きみの苦労はもう終ったんだ。きみはこれから、人間としてできる最良の仕事をはじめるんだ——きみならうまくやれるだろう。わたしにはわかっているんだ」

「だけど——」

「だけども糞もない。ひと晩眠ってこの話をあらためて考えるんだな。気にいるよ」

「そうですとも！」軍曹もいっしょになっていった。「このおれを見てみろ——一九一七年生まれだ。まだこうやって生きてるし、まだ若くて人生を楽しんでるよ」わたしはジャンプ室にもどると、すべてのダイヤルをあらかじめ定めておいた零にもどした。

一九七〇年十一月七日。第五経度基準時二三〇一。ニューヨーク、ポップ酒場。

店を一分間あけていた説明に、わたしはドランビー・ウイスキーを一本もって倉庫から出てきた。バーテン助手は《わたしは自分のおじいちゃん》をかけた客と喧嘩している。わたしはいってやった。「やらしとけよ。コードを抜いちまえばいいんだ」わたしはひどく疲れていた。

辛い仕事だが、誰かがやらなければならなかったのだ。一九七二年の〝歴史的大失敗〟以来、最近では新兵をスカウトするのがひどく難しくなってきていた。人をスカウトするのに、汚れきった世界から拾うよりいい源泉があるだろうか？　そしてかれらにいい給料を払ってやり、面白い仕事（たとえ危険はともなっても）を与えてやるのだ。しかも、相応の根拠のある仕事だ。いまでは誰でも一九六三年の原爆戦がなぜ失敗したか知っていた。ニューヨークの番号をつけたやつは破裂しなかったし、ほかにも予定どおりにいかなかったやつが百もある——すべて、わたしのような航時局員の仕事なのだ。

だが、一九七二年の大失敗は、わたしのせいではない。あれは、われわれの手落ちではない——ああならざるをえなかったのだ。あのときは、解くべきパラドックスが存在しなかったのだ。一つのものがあれかこれかのどっちかである場合は、こっちとしてもいつだって手が出ない。だが、もう二度とこんなことはあり得ない。一九九二年づけの命令は、いかなる年度のものよりも優先するからだ。

わたしはいつもより五分早く店をしめ、昼間の支配人あてにレジスターに手紙を残しておいた。この店を買いとりたいというかれの申し出を受けるから、わたしの弁護士に会え。

わたしは長い休養旅行に出るという手紙だ。航時局がかれの払ってくれる金を取ろうが取るまいが、とにかく最後のしめくくりはしておかなければならない。わたしは倉庫の奥の部屋にもどると、一九九三年に飛んだ。

一九九三年一月十二日。第七経度基準時二二〇〇。ロッキー山脈地下司令部支所。航時局派遣員DOL。

わたしは当直士官のところへ行ってから、居住区に帰り、一週間の睡眠をとろうと思った。賭けで勝った酒ビンを持ってきていたので（結局わたしが勝ったのだ）、報告書を書くまえに一口のんでみた。いやな味がして、なぜ自分がこのオールド・アンダーウェアーを好きだったのかわからなくなった。だが、何もないよりはましだ。わたしはしらふでいるのがいやだった。考えることがありすぎるからだ。だが、そうかといって本当に酔ってしまうわけにはいかない。人はアル中になることを「蛇に憑かれる」というが、わたしは人間に憑かれるのだ。

わたしは報告書を口述器に口述した。スカウトしてきた新兵四十人はみんな精神鑑定部のテストをパスした。わたし自身のスカウトしてきた男も——これがパスするのはわたしにはわかっていた。このわたしは、すでにここにいるんだから。そうだろう？　それからわたしは前線勤務の請願をテープした。新兵スカウトには、もううんざりしていた。わたしはこの二つのテープを送達器の口にいれると、ベッドに向かった。

目がベッドの上の〈航時心得〉に行った。


明日なすべきことを昨日にすべからず。

最後に成功したケイスは、繰り返すべからず。

時の破れをつくろう一針は九十億の節約となる。

修理不能のパラドックスもある。

考えればそれだけ早し。

祖先はただの人にすぎず。

猿も木から落ちる、ヨブにも誤りあり。


この細則も、新兵だったころのように、わたしを元気づけてはくれなかった。実質的に三十年という年月を、前後にとびまわったら、誰だってくたびれる。わたしは服を脱いだ。尻を落とすと腹を見る。帝王切開で大きな傷跡が残ったのだが、いまではさがしてみなければわからないくらい毛むくじゃらになっている。

そこでわたしは、指輪に目をやった。

おのが尾を呑む蛇、永遠に絶えぬ輪廻……わたしは自分がどこから来たのか知っているが、おまえたち生き変わり死に変わりして現われる死霊どもは、どこから来たのだ？

わたしは頭痛を覚えてきたが、頭痛散だけはのまない。前にのんだことがあるが――みんな消えてしまうのだ。

そこでわたしはベッドに横になり、灯りを口笛で消した。

実はそこはもう誰もいない。いるのはただわたし――ジェーンが、暗闇に一人ぼっちでいるのだ。

無性にあなたが恋しいわ！

かれら

They

福島正実訳

かれらは、どうしてもかれを一人にしておかなかった。

かれらは、絶対にかれを一人にしようとしなかった。かれは知っていた――それがかれらの陰謀の一部なのだ。かれを絶対に安静にしておかず、絶対に、かれらが語って聞かせた嘘八百について考えめぐらす機会をかれにあたえず、その嘘に欠陥を見つけて、真相を探りだす時間を与えまいとしているのだ。

今朝のあの看護人のやつはどうだ！　朝食の盆を持ってどかどか入ってくると、いきなりかれをゆりおこした。おかげで夢を、すっかり忘れてしまったのだ。あの夢が思いだせさえすれば……。

だれかが、ドアの鍵をあけている。かれはそれを無視した。

「どうだね、気分は。朝食をいらんといったそうだね？」

ヘイワード医師の、職業的な親切顔が、ベッドをのぞきこんでいた。

「腹がすいていなかったんだ」

「そういう言い訳はいかんな。食事をしないと衰弱するよ。そうすると、きみを完全によくしてあげられなくなる。さあおきて服を着なさい。エッグノッグ（卵と牛乳とブランデーを加えた飲みもの）を注文してやろう。さあさあ、いい子だ……」

不承不承——そのときは、おたがいの意志の衝突のほうがいっそういやだったので——かれはベッドを出、バスローブをひっかけた。

「それでいい」と、ヘイワードがほめた。「タバコはのむかね？」

「けっこうだ」

医師は、わからない、という仕種でかぶりを振った。「きみという人はまったくわからん。肉体的な快楽に対する興味をうしなうというのは、きみのタイプの病気には、あてはまらないんだがね」

「ぼくのタイプの病気とはなんですか？」かれは、抑揚のない口調でいった。

「だめ、だめ」と、ヘイワードはわざとらしいふざけたふりで、「医者が職業的な秘密を患者に洩らしてしまっては、飯のくいあげになってしまう」

「ぼくのタイプの病気とはなんです？」

「そうだな——レッテルは問題じゃないだろう。きみの方がよく知ってるはずだ、ぼくは、きみの病気については、まだ何も知らんのだからね。そろそろ、話してくれてもいい頃じゃないか？」

「チェスをやろう」

「ああ。いいとも、いいとも」ヘイワードは焦れたような仕種をしてみせた。「きみとはこの一週間、毎日チェスをさした。きみが喋ってくれれば、チェスをさそう」

それが、どうだというのだ？　もしかれの考えたとおりならば、かれらはすでに、かれがその陰謀を見抜いているということを、完全に知っているはずなのだ。自明のことを秘し隠しても、なんら得るところはない。かれの方から喋って、そんなことは絶対ないといわせればいいじゃないか。かりに……どうなったってかまうものか！

かれはチェスの駒を取りだして、並べはじめた。「あなたはぼくの病気のことを、これまでにどのくらい知った？」

「ほんのわずかだ。身体検査の結果は異常なし。過去の病歴も、異常はない。おまけに知能は、学校の成績と、職業に就いてからの成功とを見れば、非常にたかい。ときどき、発作的に不機嫌になるが、それも、特別ひどくはない。唯一の異常なところといえば、きみをここへ治療に来させた事件だけだ」

「治療にひっぱってこられた、といったほうがいい。なぜそれが異常なのかね？」

「おいおい――冗談じゃないぜ――自分の部屋にバリケードをつくって、奥さんが自分に陰謀をたくらんでるなんて騒ぐのが、注目に価するとは思わんかね？」

「しかし、妻はほんとうにぼくに陰謀をたくらんだんだ。それから、あなただってそうだ。白かね、黒かね？」

「黒だ——こんどはきみの攻撃の番だよ。でも、なぜきみは、ぼくらがきみに〝陰謀をたくらむ〟と思っているんだ？」

「話せば長い物語だ——ぼくの幼年時代までさかのぼることになる。そのころ、直接の事件があったんだが、しかし、——」かれは白いナイトをKB3へ進めて戦端をひらいた。

ヘイワードの眉が、ぴくりとあがった。

「ピアノ手と来たか」

「いけませんか？　あなたとさすときは、すて駒の危険をおかすのは安全じゃないだろう？」

医師は肩をすくめて、攻撃に応じた。

「それじゃ、きみの幼年時代からはじめることにしようじゃないか。最近の事件よりもそのほうが問題に曙光をなげるかもしれない。きみは、子供のとき、迫害感を覚えていたのかね？」

「とんでもない！」かれは椅子から腰をうかせた。「子供の頃はぼくは自信家だった。ぼくは知ってたんだ、ほんとに知ってたんだ！　人生に価値があるということを、ぼくはちゃんと知ってた。ぼくは、ぼく自身とも周囲とも、平和にやっていた。人生は楽しかったし、ぼく自身も楽しかった。そしてぼくのまわりの生きものが、みんなぼくのようだと思っていたんだ」

「ところが、ちがったのかね？」

「ぜんぜん！　とくに子供がちがってた。ぼくは、ほかのいわゆる子供たちと遊ぶのを許される日まで、悪意というものはなにか知らなかった。小悪魔だよ、かれらは！　しかも、ぼくは、かれらとおなじようになることを、そしてかれらと遊ぶことを、期待されていたんだ」

医師はうなずいた。「なるほど。集団コンプレックスだな。子供というものは、時によって、非常に残酷なものになることがある」

「あなたは意味をとりちがえている。ぼくのいったのは、そういう健康な粗野のことじゃない。あの生きものはちがってた――ぜんぜんぼくのようじゃなかった。連中は、ぼくと見かけは似ていた。しかしほんとは似ても似つかなかったんだ。ぼくが、ぼくにとっては重大な何かについて、やつらのだれかに話しかけようとすると、連中ににらみつけられ、わらいものにされるのがおちだった。そして連中は、そのうちかならず、そんなことをいったぼくを罰する方法を見つけた――」

ヘイワードはうなずいた。

「きみのいう意味はわかる。大人たちはどうだった？」

「大人の場合は、またちょっとちがう。大人は、最初は、子供にとっては眼中にない——あるいは、すくなくとも、ぼくにとっては、問題ではなかった。かれらは大きすぎたし、ぼくにかまわなかったし——それに、ぼくの思考の領域に入ってこないような物事にいそがしかった。ぼくが大人たちのことを疑問に思いはじめたのは、ぼくの存在がかれらに影響をあたえていることに、はじめて気がついたときだった」

「というと？」

「つまり——大人たちは、ぼくがそばにいるときは、決してぼくがいないときにすることをしなかったんだ」

ヘイワードはかれを注意ぶかく見た。

「その話はどうも、こじつけが過ぎはしないかな？　だってきみがいないときに大人たちが何をするか、どうしてきみにわかるんだ？」

かれはその点を認めた。「それはそうだが、しかしぼくは、よく、大人たちが、ちょうど何かをやめてるときにぶつかったんだ。たとえばぼくが部屋に入っていく、すると突然会話がとぎれて、それから、天気とかなんとか、似たようなくだらん話題にうつってしまう。だからぼくは、隠れて、盗み聞きしたり盗み見したりするようになった。大人たちはぼくがいるときといない時では、明らかにちがった」

「きみの番だよ。しかしだね、いいか、それはきみが子供の頃のことだ。あらゆる子供はそうした段階(フェーズ)を経ていくものなんだ。いまきみは大人になった、きみは当然、大人としての見方をとらなければいけないだろう。子供というのは奇妙な生きもので、保護が必要なんだ――すくなくとも、われわれは大人の見地からかれらを保護している――この問題には、種々さまざまの因縁があって……」

「そうそう」かれは、性急に医師の言葉をさえぎった。「そんなことはぼくだって知っている。にもかかわらず、ぼくは、のちになっても、どうしてもはっきりしないことを、あまりに多く見たり、おぼえていたりしている。そして、それがぼくを、つぎに来たるべきものに対して警戒させるようになったんだ」

「なんだね、それは？」

かれはふと、ルークの位置をなおしながら、医師の視線が、そらされるのに気がついた。

「ぼくが見たり聞いたりした、大人たちの行為や言葉が、じつはなんの重要性ももっていなかったことに気づいたんだ。つまりかれらは、なにかほかのことをやっていたにちがいないということだ」

「わからんな、意味が」

「わかろうとしないからさ。ぼくは、チェスをやるのと交換に、この話をしているんだよ」

「なぜきみは、チェスがそんなに好きなんだね？」

「世界中で、ぼくがあらゆる動因(ファクター)を知り、あらゆるルールを理解できるものは、これひとつだからだ。いや、いや――ぼくはぼくのまわりの、この大きな病院の設備や、都市や、農場や、工場や、教会や学校や住居や、鉄道や荷物や、ローラー・コースターや並木や、サキソホンや図書館や人間や動物を見た。もし、ぼくが真相を語られているとするならば、ぼくによく似た人間だし、ぼくと非常によく似た反応をするはずの人間たちをだ。ところが、そのかれらが、いったいなにをやっているように見える？　かれらは〈働くための体力を得るための食糧を買うための金をかせぐために働くための体力を得るための食糧を買うための金をかせぐために働くための――〉死んで地面にぶったおれるまでこれだ。この基本的なパターンに、多少のヴァリエーションがあったって、それは問題じゃない。いずれ人間は倒れて死ぬんだ。しかもだれもかれもが、ぼくに、ぼくもおなじことをしなければいけないのだ、と教えようとする。そんなことを、だれがするものか！」

医師は手に負えない、という気持のあらわな目つきでかれを見ると、笑った。「きみとは議論できないな。人間はたしかにそんなふうに見える。あるいは、そんなふうに不毛のものかもしれない。しかし、もしそれが、われわれの持つ唯一の人生であるならば、それをできるだけエンジョイしようと思ったらどんなものだろうね？」

「いやなこった！」かれは強情に頬をふくらませた。「意味がないとかなんとか、そんなナンセンスを、ぼくに納得させようったってそうはいかないよ。どうしてぼくにわかるね？　この複雑な舞台装置が、この大勢の役者たちが、ただ、おたがいに意味もないたわごとを交すために置かれているなどということはあり得ない。そこには、かならずなにかほかの説明がなければならない。いまのは落第だ。ぼくの周辺にあるような、こんな巨大な、こんな複雑な狂気は、計画されたものにちがいないんだ。ぼくはその計画を——つまり陰謀を発見したんだ！」

「というと？」

かれは医師の目が、またそらされるのに気がついた。

「ぼくの心をまぎらし、ぼくの心をうばい、ぼくの心を占領して、ぼくの心をつまらないディテールでいっぱいにし、その意味を考えるひまを、ぼくに与えないようにするための陰謀なんだ、演技なんだ。あなたもその陰謀の一部だ、あなた方は、一人のこらずそうなんだ」かれは医師の顔に指をつきつけた。「かれらの大部分はあわれむべき自動人形だが、あなたはちがう。あなたは陰謀者の一人だ。あなたは、ぼくにふりあてられた役割りをもう一度ぼくに演じさせるために任命された、修繕専門の技師なんだ！」

かれは、医師が、自分の落ち着くのを待っているのを見た。

「落ち着くんだ」ヘイワードは、ようやく口を開いた。「あるいは、なにもかも陰謀かもしれない。だが、なぜきみは、自分だけが特別にその陰謀の対象にえらびだされたと思うんだ？　あるいは、われわれ全体にたいする悪戯かもしれないじゃないか。なぜわたしが、きみと同じように、その陰謀の犠牲者であってはいけないんだ？」

「それだ！」かれは長い指を、ヘイワードにむかってつきつけた。「それが、陰謀のもっとも肝心なところなんだ。あらゆる生きものは、すべて、ぼくが、この陰謀の中心人物だということを自覚しないようにするために、ぼくに似せて造られていたんだ。だがぼくは、その鍵になる事実に──数学的に不可避的な事実に気がついた。ぼくがユニークだという事実にだ。ぼくはここに、内側に坐っている。世界はぼくから、外にむかって拡がっている。ぼくこそは世界の中心で──」

「落ち着いて、ほら、落ち着いて！　きみは、わたしにだって、世界がそう見えるということがわからないのかね。われわれはそれぞれ、それぞれの世界の中心で……」

「ちがう！　それこそ、いつもあなたたちがぼくに信じさせようとしてることなんだ。ぼくが、ほかのなん百万の連中とおなじ、その中の一人にすぎないと。そんなことはない。もしぼくが、かれらの一人だったら、ぼくはかれらの考えていることがわからなければならないはずだ。それが、ぼくにはできない。やってもやってもできないんだ。ぼくは内心の思考を送ってみた、ぼく以外にそれを持っている人間を探してみた、その結果ぼくが何を得たと思う？　トンチンカンな答えだ。答えにもなにもなっていないでたらめな言葉だ、意味もない曖昧な思考だ。やってみたんだ、ほんとうに！　畜生──どれだけやってみたか！　しかし、そこには、ぼくに呼びかけてくるものは何もなかった。空虚さと、見当はずれ以外の何もなかったんだ！」

「ちょっと待った。するときみは、ぼくらの側には、人間はだれひとりいないといっているのかね？　きみは、わたしが生きていて、ちゃんと意識があるということを信じないのかね？」

かれは医師を、真面目な顔で見やった。「そう……ぼくは、たぶん、あなたは生きていると思う。でもあなたは、ほかの人間なんだ。ぼくの敵の一人なんだ。あなたはぼくの周囲になん千というほかの人間どもを配した——無表情な、精気のない連中を——話すことが、無意味な反応にすぎないような連中を」

「よろしい、ともかくきみはわたしを一個の自我と認めたんだ。それなら、なぜきみがわたしとそんなに違うと主張するんだね？」

「なぜだって？　まってろ！」

かれはチェス・テーブルを押しやって立ちあがると、衣裳だんすの方へ大股に歩みより、そこから、ヴァイオリンのケースを取りだした。

演奏しているあいだ、かれの表情からは苦悩のかげが消えて、安らかな、美しさすら感じさせる顔になった。しばらくのあいだ、かれはその感情をとりもどすことができたが、夢のなかではっきりと持っていた知識は取りもどせなかった。メロディは、主題から主題へと無理なく流れた。かれは主旋律を誇らかに弾きおわって、医師をふりむいた。

「どうです？」

「ふむ――」

かれは医師の態度に、いっそうの警戒心すら見てとったように思った。

「ちょっと変だが、しかし見事なものだ。きみがヴァイオリンを本気でやらなかったことは惜しいな。きっと、大変な人気を博したろうにね。いや、いまだってやれるだろう。なぜやらんのかね、ヴァイオリンを。きみなら、その才能は充分あると思うがな」

かれは突っ立ったまま、医師を、ながいこと見つめていた。だが、やがて、頭をはっきりさせようとするかのように振った。「だめだな。ぜんぜんむだだ。気持のかよう可能性はゼロだ。ぼくは一人ぼっちなんだ」かれは、楽器をケースにしまってチェス・テーブルにもどってきた。

「ぼくの番だったね？」

「ああ。きみの女王をまもらなきゃ」

かれは盤面を見つめた。

「その必要はない。女王はもういらない。王手（チェック）」

医師はかれの攻撃をふせぐためにポーンを置いた。

かれはうなずいた。「あなたはポーンの使い方がうまいが、ぼくはもうあなたの手を読めるようになったな。もう一度王手。これで詰みだと思うけど？」

医師は新局面を検討した。「まだだ」とかれはいった。「まだ行けないことはない」医師は攻撃されている目から退却した。「まだ王手じゃない――せいぜい悪くて手詰りだ――うむ――また手詰りか……」

かれは医師の来訪でひどく心をかき乱された。自分が本質的な点でまちがっているはずはなかった。が、医師は、かれの立場の論理的な欠陥をついたのだ。論理的見地からみて、全世界はたしかにあらゆる人間を網羅した詐欺であるかもしれない。だが、論理はなにも意味しはしないのだ――論理そのものが、未証明の仮説にはじまって、なんでも証明してしまおうという詐欺なのだから。世界は、あるがままのものなのだ。そして、それゆえ、それ自身の偽りの証拠をもっているのだ。

だが、ほんとうにそうだろうか？　かれのなすべきことは何なのか？　すでに判明した事実と、そうでない他のあらゆるもののあいだに一線をひいて、事実のみにもとづいて世界を合理的に読みとることが、かれにできるだろうか？　論理の複雑さと、確実でない、かくれた仮説の一切に束縛されない解釈をすることが？　よろしい、やってみよう……

第一の事実――かれ自身。かれはかれ自身を直接に知っている。かれは存在する。

第二の事実――かれの〈五感〉のみとめる明白な事物。かれ自身が、感覚器官によって、見、聞き、嗅ぎ、味わうことのできたあらゆるもの。感覚そのもののもつ限界にしばられはするが、かれとしては、この感覚を信じないわけにはいかない。感覚なくしては、かれは骨格というロッカーに閉じこめられ何物からも遮断された盲目で聾唖の一存在――完全に孤立した存在でしかなくなってしまう。

しかも、それでは真相はつかめない。かれは感覚によってもたらされるさまざまな知識が、かれの発明したものでないことを、知っていた。ということは、外界に、なにかがなければならないことを意味する。外界にあって、かれの感覚が記録したものをうみだすなにかが。われわれの周囲の物質世界が、じつはわれわれの観念の中以外には存在しないと主張する哲学は、まったくのナンセンスなのだ。

だが、その先はどうなのだ？　その先に、信頼するに足る第三の事実はあるだろうか？ない。現在のところはない。かれは、読んだことや、聞いたこと、もしくは、周囲の世界について盲目的に正しいとされている何事をも、とうてい信ずることはできなかった。とてもだめだ。なに一つ、信じられなかった。なぜなら、かれが聞いたり読んだり、あるいは学校で教えられたりしたことをトータルしてみると、それはあまりにも矛盾しており、無意味であり、ばかばかしく狂っていたので、かれは自分自身で確認しないかぎりは、そのどれひとつをも信ずる気になれなかったのだった。

ちょっと待て――このあらゆる虚偽やナンセンスな矛盾が語っているということ――それ自体は、事実だ。かれが直接に知っている事実だ。そのかぎりにおいて、それらは、データだ。おそらくは、非常に重要なデータなのだ。

今日まで、かれの前にしめされた世界は、不合理そのものであり、痴人の夢のようなものだった。だが、それは、なんらかの合理的な存在理由をもたなければ、あまりにも規模が大きすぎる。かれはぐったり疲れて、また出発点へもどってきた。世界が、見かけほどに狂っているはずがない以上、それは必然的に、かれを騙してそれが真相だと信じこませるべく、故意にそのようにお膳立てされたものでなければならない。

では、なぜかれらは、かれに対してそんなことをしたのか？　そして、この誤魔化しの背後にどんな真実がひそんでいるのか？　その手がかりは、このお膳立てそのもののなかに、あるにちがいない。では、あらゆるものに一貫してながれているものはなにか？　そうだ、なによりもかれは、周囲の世界について、厖大な量の説明を聞かされた——哲学的な、あるいは宗教的な、また〈常識〉的な説明を。そのほとんどは、あまりに不細工で、一見しただけで説明にもならない無意味なものだった。ということは、連中が、本気でかれにそれを信じさせようと期待していたはずはないということだ。つまり、かれらは、それを、たんにミスディレクションとして用い、かれをまよわす気だったにちがいない。

しかし、かれをとりまく無慮なん百の説明や狂気の沙汰のすべてをつらぬいて、いくつかの基本的な仮説があった。かれに信じさせようとしたのは、まちがいなく、それらの基本的仮説なのだ。たとえば、そこには、一つの根ぶかい仮説がある。かれが、本質的には過去現在未来の数千億もの他の人間たちと同様な〈人間〉であるという仮説がそれだ。

　これは、だが、ナンセンスなのだ！　かれは、外見は酷似しているがじつはまったくちがったそれらのものと、かつて一度も本当の意味の心の交わりをしたことも――できたためしもないのだ。孤独の寂しさ苦しさに耐えかねて、かれはまえにアリスはかれを理解してくれている、アリスはかれとおなじ種族の存在なのだ、と自らをあざむいていた。いま、かれは知っていた――かれが、ふたたびあの完全な孤独に戻っていくと考えることに耐えられないがために、無数の食い違いに故意に目をつぶり、それを調べることをみずから拒否していたのだということを。かれには、妻がじぶんの内奥の思念を理解してくれる、かれと同じ種族の存在、生きて、呼吸している存在だと信ずることが必要だったのだ。彼女がただの鏡でありこだまであり――いや、それ以上な、想像もつかない悪いものかもしれないという可能性を、考えてみることを避けていたのだった。

　かれは伴侶を見出した。そして世界は、愚かしく単調で、煩わしさに満ちていたにもかかわらず、耐えるに価するものとなった。かれは中ぐらいに幸福で、疑惑もそのために払いのけられた。かれはきわめて柔順に、かれに割り当てられた踏み車を受け入れた――ほんのちいさな機会が、瞬間的にその欺瞞を切り裂いてみせるまでは。そして、それから、疑惑が怒濤のいきおいで戻ってきた。かれの、少年時代のあのにがにがしい記憶は、正しかったことが証明されたのだった。

そんなことで文句をいったのが無思慮だったのではないかとかれは考えた。口を閉ざしてさえいたら、連中も、かれを閉じこめたりはしなかったのだ。かれも、連中に負けず機敏に狡猾に立ちまわって、目をひらき耳をあけてかれをおとしめるべく用意された陰謀のディテールを、その理由を、つきとめるべきだったのだ。そうすればあるいは、かれらの裏をかく方法だって、わかったかもしれないのだ……。

だが、こうして閉じこめられてしまった以上はどうすればいいのか？　全世界が精神病院で、全人類がかれを見張る看護人となってしまった以上は？

鍵穴に鍵のあたる音がした。かれは看護人が盆を持って入ってきたのを見あげた。

「夕食です」

「ありがとう、ジョウ」と、かれは言葉しずかにいった。「そこへ置いておくれ」

「今晩は映画がありますよ」と、看護人がつづけた。「見にお行きになりませんか？　ヘイワード先生があなたもいらしていいと――」

「いや、けっこう。行きたくない」

「行かれればいいじゃないですか」

かれは看護人の、みょうに熱心な説得調を、興味をもって見た。

「先生はあなたに行ってほしいんですよ。いい映画です。ミッキー・マウスの漫画もあります」

「ずいぶん熱心にすすめるじゃないか、ジョウ」かれは、受身な気の好さで答えた。「ミッキーの悩みは、本質的にはぼくの悩みとおなじでね。とにかく、ぼくは行かないよ。今夜、映画をやることなんか、なかったんだ」

「いずれにしろ、映画はやるんですよ。ほかの人たちも、ずいぶん見にきます」

「ほう、そうかね？　それは、きみらの用意周到さをしめす一例なのかね、それとも、ぼくに話しかけるための、ただの口実なのかね？　そんな必要はないんだぜ、ジョウ——もし重荷になるんだったら、ぼくはこのゲームを知っている。ぼくが行かなきゃ、映画をやってもなんの意味もないんだ」

看護人は、かれの言葉に答えて、にやりと笑った。かれはそれが気に入った。この男が、見かけどおりそのままの存在と考えて、いいものだろうか？　筋骨たくましく、鈍重で寛大で犬のような性質の持主だと？　そのやさしい両眼の背後には、なにも——ロボットの反射運動以外のなにものもないと考えていいのだろうか？　いや、ちがう。かれは、看護人として、あまりに身近につきそっているのだから、むしろかれらの一人と考えるほうが本当らしく見える。

看護人が行ってしまうと、かれは夕食にとりかかった。かれはもう切ってある肉を、ただ一つ与えられた道具であるスプーンですくいあげて口に運んだ。かれは、再び、かれらの用意周到さにふと微笑んだ。その必要はないのに、かれは、真実を追求する役に立つかぎり、決して自ら自分の身体を傷つけるようなことはしないのだ。やがては取らなければならない手段ではあろうが、それより前に、まだまだ使える調査方法が、いくらでもあるのだ。

夕食をすましてから、かれは、自分の考えを紙に書いて整理しようと思いたった。かれは紙を手に入れた。まずはじめに、かれの全人生を通じて、かれの中にたたきこまれた信念の底にひそむものについて書いておかなければならない。人生か。そうだ、これはいい。まずこれから始めよう。かれは書いた。

わたしはある長さの年月まえに生まれ、これから、またある長さの年月後に死ぬと聞かされている。わたしは、生まれる以前にはどうであったか、死後はどうなるかということについて、数々のばかばかしい話を聞かされてきた。だが、それらはことごとく、故意の虚偽ではないにしてもお粗末な嘘である。一種のミスディレクションなのだ。他のありとあらゆる方法で、わたしを取りまく全世界は、わたしに、わたしがやがて死ぬ運命にあること——ここ数年だけ生きて、そのあとは、完全に消えてしまう——存在しなくなる、ということを信じさせようとしている。

ちがう！　絶対にちがう。わたしは不死だ。わたしは、このけちな時間の軸を超越する。その軸上の七十年の寿命というのは、わたしの全経験の、ほんのちいさな部分にすぎないのだ。わたしの存在の主要なデータは、二次的なものではあれ、わたしの連続性についての情緒的な確信である。わたしは、あるいは、閉じた曲線であるかもしれない、しかし、閉じていようが開いていようが、わたしには始めもなく終りもないのだ。自意識は相対的なものではない。絶対的なのだ。それは、破壊されることもなく――また、創られることもない。ただ、記憶は、意識の相対的な面であるがゆえに、干渉されることもありうるし、あるいは、時によって破壊されることもあるだろう。

なるほど、わたしに提供された宗教のほとんどが、不死を教えていることは確かだ。だが、その教え方に問題がある。もっともらしく嘘をつく、もっとも確実な方法は、真実をいかにもうさんくさげに語ることである。かれらは、わたしに、それを信じてもらいたくないのだ。

注意。

なぜかれらは、わたしが数年間のうちに死ぬということを、あれほど熱心に説こうとするのか。そこには、重大な理由がなければならない。わたしの推測によるとこれは、かれらがわたしを、なにか非常にちがったものに変えようと、準備している証拠なのだ。この点に関するかれらの意図がどんなものか、それを推測することは、わたしにとって、この上もなく重要なのかもしれない。おそらく――決断をくだすまで、わたまだ数年はあるのだろう。

付記。かれらが、わたしに教えたタイプの推理を使わないようにすること。

看護人がもどってきた。

「奥さんが来ておられます」

「帰れといってくれ」

「そんなことはおっしゃらずに——ヘイワード博士は、ぜひ奥さんに会うように、といっていますよ」

「ヘイワード博士に、ぼくが、あなたはチェスが非常にうまいといっていたと伝えてくれ」

「かしこまりました」看護人は、一瞬立ちどまった。「では奥さんには、お会いにならないのですね」

「ああ。会いたくない」

看護人が立ち去ったあと、かれは部屋の中をしばらく歩きまわった。気分がこわされて、思索にもどる気になれなかったからだ。概して、かれらは、かれがここへ連れてこられてから、非常にうまく演技してきた。かれはかれらが、個室を与えてくれたことを感謝した。おかげで、娑婆にいたときよりも、ずっと多くの時間を思索に費すことができるようになった。もちろん、かれの気分をそらし、集中させないための試みは、えんえんと続けられてはいた、が、強情を張り通すことによって、かれは規則のうらをかき、毎日、なん時間かを内省のために獲得することができたのだ。

だが、畜生！　やつらが、アリスを、かれの思索をみだすために使うのは、我慢がならない。かれが、はじめて真相を発見した日、アリスにたいしてかれが感じた激しい嫌悪と恐怖の気持は、いまでは、だいぶおとろえて、彼女とともにいることに対するたんなる嫌悪の情に変わったが、にもかかわらず、彼女のことを思いださせられたり、彼女について決心を迫られたりすることは、かれの感情を、はげしく動揺させるのだった。

ともかくも彼女は、長年のあいだかれの妻だったのだ。妻？　妻とはなんだ？　かれによく似た人間であり、かれを補うものであり、一対の人間の、必要な半分であり、底知れぬ孤独の深淵のなかにあって、理解と共感をわかちあう安息所でもある——そうした存在だ。それが、すくなくとも、かれの考えてきた妻だった。信ずる必要のあったことでもあり、また事実、心から信じてきたことでもあった。かれ自身と、おなじ種族のものと共にありたいという激しい欲求は、彼女の美しい双の瞳に自分自身の姿をうつすことのみを願わせた——そして、彼女の反応のうちにしばしばあった矛盾に対して、まったく無批判な態度をとらせていたのだった。

かれは歎息をついた。かれらが機会や例証によって教えこんだ感情的反応は、ほとんどぜんぶ、心から追い払ってしまった自信はあった。だが、アリスだけは！　アリスはかれの心の皮下深く根をおろし、いまだに心を傷つけた。かつて、かれは幸福だった——それが、麻薬の眠りだったとは！　かれらはかれにみごとな、美しい鏡をおもちゃにくれた——その鏡の、裏面を見たかれが馬鹿だったのだ！

うみ疲れて、かれは思索の整理にもどった。

世界は、つぎの二つの方法のうちいずれかで説明できる。世界はまったく外見どおりのものであって、一般の人間の行動やその動機は合理的である、とする常識的解釈と、この世界は幻影であり、非実在的であり、実体のないものであって、実在はどこかこの世界を克えたところに存在する、とする宗教的神秘的解釈の二つである。

ちがう！　二つともまちがいだ。常識的解釈は、まったくなんの意味もない。「人生は短く、苦悩にみちている。女から生まれたものは、火花が空にあがるように苦悩するべく生まれついている。人生は短く、ほんの数えるほどでしかない。すべては虚像と苦悩にすぎぬ」この引用は、あるいは混ぜこぜで不正確かもしれない、が、これは、世界が外見のとおりだとする常識的解釈が、ひっきょう行きつく唯一の考え方である。そんな世界では、人間の努力は、電球にむかって盲目的にぶつかっていく蛾ほどの理性しか持たないことになる。〈常識的世界〉は盲目の狂気であり、そこからは逃れるすべも行きつくすべも、また目的もない。

もう一つの解釈に関していえば、それは表面的には前者よりいくらか合理的であるように見える。すくなくともそれは、常識の完全な不合理をしりぞけている。だがこれまた、けっして、合理的解釈ではない。これは、たんに、現実からの逃避にすぎない。なぜならばそれは、自我と外界とのあいだにある、唯一の可能なコミュニケーションの結果を否定しているからだ。もとより、人間の〈五感〉はコミュニケーションのチャンネルとしては、じつにお粗末なものである、しかし、これが、唯一のチャンネルなのである。

かれは紙をくしゃくしゃとまるめて、椅子に身をなげた。秩序と論理は役にはたたない――かれの答えは、正しいにおいがするが故に正しいのだ。しかしかれは依然として、全解答を知らなかった。いったいなにが故に、これほど大規模な欺瞞が行なわれているのだ？　数えきれぬほどの生物、いくつもの大陸、信じられぬほど大規模に、しかもおどろくべきディテールをもって縫い合わされより合わされた狂気の歴史と狂気の伝統と、狂気の文明――。独房と拘禁服一着でことたりるというのに、なぜこれほどの面倒をいとわないのか？

おそらく、そうしなければならないのだ。そうしなければならない理由があるのだ。なぜなら、かれを完全に騙しとおすことが、決定的に重要なことだから――これ以下の騙しかたでは、なんの役にもたたないからだ。こう考えることは、不可能だろうか――かれらは、かれが、たとえどれほど困難で、どれほどふかくこの詐欺に引っかかっていたとしても、最後には、自分の本当の姿を、こうではないかと疑いだすことを惧れ、そうさせまいとしているのだと？

ぜひ知らなければならぬ。なんらかの方法で、この欺瞞の背後にまわりこみ、かれが見ていないあいだに何が行なわれつつあるのかをつきとめねばならない。かれはたった一目見たことがあった。今度は、じっさいにやっているところを見なければならない。人形つかいたちが、人形をあやつっている現場を。

明らかに、第一の手は、ここから抜けだすことだ。だが、脱出にあたっては巧妙に、絶対に見つからないように、絶対に捕えられないように、絶対にかれの前に新たな舞台装置をつくるチャンスをあたえないようにしなければならない。非常にむずかしいことだ。敏速さと、ぬけ目なさとで、かれらをだしぬかなければならないのだ。

決心がつくと、かれはその夜の残りを、この目的を遂行できる方法を考えることに使った。それは、ほとんど、不可能かに見えた――一度でも姿を見られることなく、ここを脱出ししかもその後は、完全に隠れていなければならないのだ。この欺瞞をどこに集中してよいかわからなくさせるために、完全にかれの所在をくらましてしまわなければならない。

ということは、なん日ものあいだ、食料もなにもなしにやっていかなければならないということを意味する。よろしい——そのくらいのことなら、やれるだろう。いつもとちょっとでも違った行動や態度を見せて、かれらに警戒心を与えてはならないのだ。

電灯が二度またたいた。かれはすなおに立ちあがって、寝台をつくる準備をはじめた。看護人がのぞき窓からのぞいてみたとき、かれはすでにベッドに入り、壁の方をむいていた。

すばらしい！　なにもかも、すばらしい！　同じ種族のものとともにあるのは——そして、生きとし生けるものから、盛りあがりあふれ出てくる音楽に耳をかたむけるのは——かつてはいつもこうだった、これからもこうなのだ——。すべてのものが生きている。すべてのものが、かれを意識し、かれと一体となり、かれもまたそれと一体となっている——これを知るのは、すばらしいことだ。多の単一性と、単一の多様性とを知るのは、すばらしい。かつて一つの暗い思いがあった——ディテールは忘れてしまったが——しかし、それは、もうどこかへ行ってしまった。いや、最初からそんなものはなかったのかもしれない。そんなものの入る余地はまったくなかったのだ……。

隣りの病棟から伝わる早朝の物音が、ここでかれに奉仕している身体を通して、しだいにかれに、病院の部屋にいることを思いださせていった。その推移が、非常におだやかだったので、かれは、かれのしたことと、それをした理由とを、完全におぼえたまま、目を覚ますことができた。かれは静かに、おだやかな微笑を頬に浮かべてベッドに横たわっていた。そして、いまかれがつけている身体の、粗野だが不愉快でないけだるさを、味わった。かれらのトリックや策略にもかかわらず、かれがなにもかもをわすれてしまった、というのは妙だった。さあ、これで、キイは思いだしたのだから、いまここで、この奇妙な場所で、すべてを解決してやるぞ、とかれは思った。かれらをただちに呼び入れて、新しい秩序を宣言するのだ。かれらの時代がもう終ったのだということを覚ったとき、老グラルーンがどんな顔をするか、まさに見ものだ……

のぞき窓のカチリという音と、ドアの鍵のあけられる物音とが、かれの思索をぶった切った。朝の看護人が、朝食の盆を持って入ってきて、それをてきぱきとサイド・テーブルの上に置いた。

「お早うございます。よく晴れたいい日ですよ。ベッドであがりますか、それともお起きになりますか？」

答えるな！　聞いてはいけない！　敵の手に乗せられるなよ！　これも、かれらの計画の一部なのだ——。だが、もうおそかった。おそすぎた。かれは自分が、実在の世界からきりはなされ、かれらに閉じこめられたあの虚像の世界へ、みるみるすべり落ちていくのを感じた。実在の世界は一瞬に、あとかたもなく消えて、記憶をよびさますべき手掛りも連想も、もう何ひとつなくなっていた。胸もはりさけんばかりの喪失感と、満たされぬままに終ったカタルシスの、鋭利な苦痛とを残して、あとは空白にかえってしまった。

「そこに置いておくれ。自分でする」

「では、お好きなように」

看護人は外へ出ると、乱暴にドアを閉め、音たかく鍵をまわした。

かれは、長いこと、静かにベッドに横たわったままでいた。かれの神経の、あらゆる末端までが、救いを求めて、悲鳴をあげていた。

それでもやがて、かれはベッドを出た。やはり、みじめで、不幸だった。かれは、逃亡計画に心を集中しようとした。しかし、いまかれの受けた心理的拷問が——実在の世界からいきなりこの世界へ引きもどされた痛手が、かれを傷つけ、さいなんでいた。かれの心は、ともすれば建設的な思索よりも、疑惑をかみしめることの方をのぞんだ。あの医師が正しいというようなことが、万が一にもあり得るだろうか？　この、みじめなディレンマに陥っているのがかれ一人ではないなどということが——？　そしてかれが、ただたんに、精神分裂症に……誇大妄想にとりつかれている神経症の患者にすぎない、というようなことが？

かれの周囲にバクテリアのようにうごめくものたちの、一つ一つが、それぞれ孤独な自我の牢獄に閉じこめられて、救いの手もなく、盲目で、言葉ももたず、ただただみじめな永遠の孤独を、宣告されている――そんなことがありうるのだろうか？　かれがアリスの顔にもたらしたあの苦悩の表情は、内奥の苦悶のほんとうのあらわれなのか？　かれを、敵の陰謀に従わせるべく計画されたたんなる芝居ではなかったのか？

ドアにノックの音がした。かれは顔をあげもせずに「おはいり」といった。かれらが出たり入ったりするのは、かれには気にもならなかった。

「あなた――」

聞きなれた声が、ひくく、ためらいがちにいった。

「アリス！」

かれははっと立ちあがってアリスと面とむきあった。「だれがきみをここへ入れた？」

「おねがいよ、あなた、おねがい――わたし、どうしてもあなたに会いたかったの」

「これはインチキだ。インチキだ」かれは、妻にというより、自分にむかっていった。

「なぜ来た？」

アリスはかれが思ってもみなかった威厳をもって、かれとむきあっていた。彼女のひどく子供っぽい、整った顔は、深いかげとしわとに損われていたが、予期しない勇気に光り輝いていた。

「あなたを愛しているからよ」と彼女は静かに答えた。「あなただって、わたしに、出ていけとはいえるけど、わたしの愛情をとめることはできないわ。あなたを助けたいわたしの気持を」

かれは決断のつかぬ苦悶にもだえながら、アリスから顔をそむけた。いままでアリスを誤解していたということは――あり得るだろうか？　この、肉と音符記号の障碍（しょうがい）の背後に、ほんとうにかれの心を求める魂があるのだろうか？　恋人は、闇にささやく――「わかってくれたのかい？」

「ええ、あなた、わたしにはわかっているわ」

「それじゃ、もう、何が起こっても問題じゃない。ぼくらが一緒にいて、理解しあっているかぎり――」言葉だ、言葉だ、やぶれることのない壁にぶつかって、むなしくはねかえってくる言葉だ――

いや！　おれが間違っているはずはない。もう一度アリスをテストするんだ。

「きみはなぜ、オマハで、ぼくをあんな仕事にしばりつけたんだ？」

「だって、わたしは、あの仕事にあなたをしばりつけはしないわ。わたしはただ、よく考えて行動しなければいけないと――」

「もういい。気にしないでいい」穏やかな頑強さで、かれのなすべきことを、かれの心がなせと呼びかけることを、押しとどめ妨げる、柔らかな手と優しい顔だ。つねに最上の善意をもって、いつも最高の好意をもって――だが、それがあまりいつもであるために、ばかばかしい、不合理な、しかしかれが、やる価値があると思っていることを、どうしてもやれなくなってしまうのだ。いそげ、いそげ。いそげ！　天使の顔をした騎手は、そういってかれをせめ、かれが考えるために立ちどまらないようにせかすのだ——

「なぜきみは、あの日、ぼくが二階へ戻っていくのをとめたんだい？」

アリスは微笑を浮かべようとした、だが、その両眼からははやくも涙があふれでていた。

「わたし、あれが、あなたにとってそれほど大切なことだとは思わなかったのよ。列車に乗り遅れたくなかったのよ」

それは、些細なことだった。つまらないことだった。あのとき——かれらが、みじかい休暇の旅行に出発しようと、家を出かけたとき、かれは、なにか自分にさえはっきり判らない理由で、二階の書斎へもう一度あがっていくといいはったのだった。そのときは雨が降っていた。そしてアリスは、もう、駅にぎりぎり間に合う時間しかない、と答えたのだった。かれは、アリスを——そして、自分自身をも驚かした。かれはじぶんがそれほど強情だとは思っていなかったのだった。

かれはアリスを文字どおり手荒く押しのけて、階段をあがった。そのときですら、もしかれが——まったく必要がなかったにもかかわらず——家の裏手にむいた窓のシェードを揚げなかったならば、なにごともおきはしなかっただろう。

それは、じつに些細なことだった。外には、雨がはげしく降っていた。ところがその窓から見ると、天気は快晴で陽が照りかがやき、雨のしるしさえ見えなかったのだ。

かれはそこに、長いことつっ立って、その、信じられない陽光を見つめ——そして、かれの心の中の宇宙を再構成したのだった。かれはこのちいさな、だが、まったく説明のつかない矛盾の光に照らして、いままで、長いこと抑えつけていた疑惑を検討してみた。そしてふとふりかえると、アリスがかれのすぐ背後に立っていたのだった。

そのとき、彼女の顔の上にあった表情を、かれはそれ以来、忘れようとつとめてきたのだ。

「雨はどうした?」

「雨?」

アリスは、ちいさな、不審げな声でくりかえした。

「もちろん降ってるわよ。それがどうかしたの?」

「しかし、ぼくの書斎の窓から見ると雨なんか降っていないぜ」

「なんですって! 降ってたわよ! 太陽がほんの一瞬間雲のあいだから出て来たけれど、それだけでまた——」

「うそつけ!」

「だってあなた、天気がわたしやあなたになんの関係があるの? 雨が降っていようといまいと、わたしたちにとって、それがどうだっていうの?」アリスはかれに、おずおずと近づいて、ちいさな手を、かれの腕とわきのあいだにすべりこませた。「わたしに、お天気の責任があるの？」

「あると思うね。さあ行ってくれ」

アリスはかれからはなれると、目をむやみにこすり、一度ごくりと唾をのみこんでから、しっかりした声でいった。

「いいわ、行きましょう。でも、おぼえておいて――もし帰りたければ、家へ帰ってもいいのよ。わたしも家にいます――もし、あなたがいてほしければ」彼女は一瞬間待ち、それから、ためらいがちに、つけ加えた。「あなた……あなた、さようならのキスをしてくれない？」

かれはなにも答えなかった。声に出しても、目だけでも。アリスはかれを見やり、くるりとふりかえって、ドアを手さぐりし、あわただしく姿を消したのだ。

かれがアリスとして知っている生物は、体形を変えるため立ち止まろうともせず、集会室へ行った。「この場面は移す必要があります。わたしはもう、かれの決心に影響をあたえることはできません」

かれらはこれを予期していた。にもかかわらず、失望にざわめいた。

グラルーンは操縦班一号に話しかけた。「ただちに任意の記憶トラックを継ぐ準備をたのむ」

それから、行動班一号にむきなおって、グラルーンはいった。「外挿法によると、かれは地球時間二日以内に逃亡する意図をもっている。この場面は、例の降雨をかれの周囲にひろげられなかったきみの失敗によって、はじめから破綻をきたしていたのだ。気をつけるがいい」

「かれの動機が理解できていたら、もっとかんたんだったのです」

「ヘイワード医師としてのわたしの能力で、わたしもしばしばそう考えた」グラルーンはむずかしい顔でいった。「しかし、もしわれわれがかれの動機を理解していたら、われわれはかれの一部になってしまうのだ。協定をわすれるなよ！　かれは、もうほとんど思いだそうとしているのだ」

アリスの名で知られていた生物は発言した。「次の場面でかれにタジ・マハールをやったらどうでしょう。なぜか知りませんが、かれはあれを尊重しています」

「きみは、だんだん、一様化してきたぞ！」

「そうかもしれません。でも、わたしはこわくない。どうでしょう、やれますか？」

「考えておこう」

グラルーンは命令をつづけた。「建物はすべて、休会までこのままにしておけ。ニューヨーク・シティとハーヴァード大学は、いま除去する。かれはこの区域から転置する」

「行動開始！」

わが美しき町

Our Fair City

吉田誠一訳

ピート・パーキンズは〈終夜営業〉駐車場に乗りつけ、「よお、パピー！」と、大声で呼びかけた（「パピー」は、「とうちゃん」の意）。

年とった駐車場管理人が目を上げて答えた。「すぐ行くよ、ピート」管理人は日曜漫画新聞を細長くちぎっていた。その近くで小さなつむじ風がワルツを踊っており、古新聞の切れ端やら埃やらを舞い上げ、通りがかりの歩行者めがけて投げつけていた。年とった管理人は、けばけばしい色の漫画新聞の細長いひらひらを、つむじ風のほうへ差し出して、「ほれ、キトン。おいで、キトン――」などと、猫撫で声で言った（「キトン」は、「子猫」とか「おてんば娘」の意）。

つむじ風はちょっとためらってから、その長身をまっすぐに起こし、駐車している自動車二台を飛び越えて、管理人のすぐそばの地点に着陸した。

そいつは、差し出された物の匂いを嗅いでいるような様子だった。

「持っていきな、キトン」年とった管理人はやさしく呼びかけて、手にしていたけばけばしい紙切れをそっと離した。つむじ風は素早くそれをつかむと、胴体に巻きつけた。管理人は、また一つまた一つと、次々にちぎってやった。つむじ風は、よごれた紙屑やゴミから成る締まりのない体に、差し出されたそれらの紙切れを螺旋状に巻きつけた。高層ビルの谷間に吹きおりる冷たい突風の支援を得て、つむじ風はますます速く丈高く渦巻いて、それら色鮮やかな紙リボンを、途方もないアップの髪型に結い上げた。年とった管理人は振り返ってにっこりした。「キトンのやつ、新しい服が大好きなんでね」

「いいかげんにしてくださいよ、パピー、わたしに信じさせようってんですかい」

「え？　なにもキトンの実在を信じる必要はないさ――でも、現に見えるでしょうが」

「そりゃそうだが――でも、あんたのやることを見ていると、まるで彼女が――いや、〝そいつ〟が――あんたの言うことを理解できるみたいだね」

「まだ、そうは思わんのかね？」その声は穏やかで寛大だった。

「おいおい、パピー！」

「ふむ……じゃ、帽子を貸してごらん」パピーは手をのばして帽子を受け取った。「ほれ、キトン」かれは呼びかけた。「戻っておいで、キトン！」つむじ風は、二人の頭上、数階の高さのところで遊びまわっていたが、舞い降りてきた。

「おい！　その帽子を持ってどこへ行くんだ？」と、パーキンズが問いただした。

「ちょっと待った――ほれ、キトン！」つむじ風はふいに腰をおろし、荷をぶちまけた。老管理人はつむじ風に帽子を手渡した。すると、つむじ風はそいつを引っつかみ、すばやく長い螺旋形をえがいて舞い上がった。

「おーい！」パーキンズはわめいた。「どうしようってんだ？　冗談じゃない――あの帽子は六ドルもしたんだ、三年前に買ったばかりなんだ」

「心配するなよ」老管理人はなだめるように言った。「キトンのやつ、ちゃんと返してくれるよ」

「そうかねえ？　川に投げ捨てちまうんじゃないのかねえ」

「とんでもない！　落っことしたくないものは落っことしたりしないよ、あいつは。ま、見ててごらん」老管理人は、帽子が舞い上がっている、通りの向こうのホテルの屋上家屋（ペントハウス）のあたりを見上げた。「キトン！　おーい、キトン！　返しておくれ」

つむじ風はためらいを見せ、帽子が二階分ほど下降した。風は渦巻いて帽子を受けとめ、なごり惜しそうに投げ上げたり受けとめたりしている。「ここへ持っておいで、キトン」

帽子は螺旋形をえがいて下降しはじめ、最後には長いカーブをえがいて舞い降りてきた。そして、パーキンズの顔にまともに当たった。「あんたの頭にのっけようとしたんだよ」と、管理人は説明した。「いつもは、もっと正確にやってのけるんだがね」

「へーえ、そうかねえ？」パーキンズは帽子を拾い上げ、ぽかんと口を開けてつむじ風を見つめた。

「納得がいったかね？」と、老管理人がたずねた。

「納得？　ああ、もちろん」かれはもう一度自分の帽子に目をやってから、あらためてつむじ風を見やった。「パピー、こいつは乾杯しなくっちゃ」

二人は駐車場の管理人小屋にはいっていった。パピーがグラスを見つけてきた。パーキンズはほとんど手をつけてないパイント壜を取り出し、二つのグラスにたっぷり注いだ。

そして、自分の分をぐいと飲み干してから、もう一杯注ぎ、腰をおろした。「最初のは、キトンのための乾杯だ。今度のは、市長の宴会のための景気づけさ」

パピーは同情するように舌を鳴らして、「そいつを取材しなければならんのかい？」

「ちょっとした出来事についてコラムを書かなくちゃならんのでね、パピー。〝昨夜ヒゾナー市長は、悪徳政治家やイカサマ師やゴマスリ連中や選挙違反者どもにキラ星のごとく囲まれて、謝恩晩餐会に招かれ――〟とかなんとか書かなくちゃならんのさ、パピー、金を払って買ってくれる読者の期待に応えてね。元気をつけて取り組まなくっちゃね」

「きょうのコラムはおもしろかったよ、ピート」老管理人は励ますようにそう言って、〈デイリー・フォーラム〉紙を手に取った。パーキンズはそれを受け取って、自分の書いたコラムに目を通した。

「**〈わが美しき町〉**――ピーター・パーキンズ記」と、かれは読んだ。「なに、鉄道馬車がないって？　この町の創設者にとって良かったものは、われわれにとっても良きものである——これはわが楽園都市の伝統である。一九〇九年に大伯父トージアがつまずいて脚を骨折した道路の窪みに、われわれは今なおつまずいている。流れ出る風呂の湯は永遠になくならずに、キッチンの蛇口から舞い戻ってくる。塩素で変装して、いちだんと濁ってはいるが、同じものである。これはまことに結構なことだ。（註——ちなみに、ヒゾナー市長は壜詰のミネラル・ウォーターを使用している。調査の要あり）

それにしても、まことに遺憾な変化をご報告せねばならぬ。わが公共交通機関の運行回数たるやきわめて少なく、かつまた、きわめてのろいために、その存在に気づかぬむきもあるやもしれぬ。しかるに筆者は、そいつがいかなる種類の馬にも引っぱられずにグランド・アヴェニューをよろよろと進んでいくのを目撃した。どうやらそいつは、最新流行の電気仕掛けによって推進されているらしい。

原子力時代においてさえも、ひどすぎる変化はあるものである。筆者は全市民に訴えたい——」

パーキンズはうんざりしたようにフンと鼻を鳴らして、「豆鉄砲でトーチカと渡り合うようなもんだがね、パピー。この町は腐りきってるんだ。いつまでも腐りきったまだろう。いったいなぜこんなタワゴトに頭を絞らなけりゃならんのだ？　その酒、こっちによこせよ」

「くよくよするなよ、ピーター。暴君ってやつは、暗殺者のぶっぱなす銃弾よりも笑いのほうを恐れるものさ」

「どこで覚えたんだい、そのセリフ？　そう、おれはふざけてるわけじゃない。やつらを笑い者にして辞職に追い込もうとしたが、うまくいかなかった。おれの努力は、あんたの友達のつむじ風の活動と同じように無意味なものなんだ」

突風にあおられて窓がガタガタ鳴った。「キトンのことをそんなふうに言うのはやめてくれよ」老管理人は警告した。「神経質だからね」

「謝まるよ」かれは立ち上がって、ドアのほうへ一礼した。「ごめんよ、キトン。あんたの活動はおれよりよっぽど役に立つよ」管理人のほうに向きなおって、「外に出て彼女に話しかけようよ、パピー。市長の宴会へ行くより、そのほうがはるかにましだよ」

二人は外へ出ていった。パーキンズは色刷り漫画新聞を持っていって、細長く引き裂きはじめた。「ほれ、キトン！　ほれ、キトン！　スープをあげるからね！」

つむじ風はかがみこみ、かれが引き裂くそばから紙切れを受け入れた。「彼女、まだ持っているよ、あんたが与えたやつを」

「なるほどね」パピーはうなずいた。「キトンは貯めこむタチでね。気に入ったものは、いつまでもとっておくんだ」

「疲れないのかねえ？　穏やかな日もあるんだろう」

「ほんとうに穏やかな日なんてありゃせんよ、ここでは。このとおりビルが立ち並んでるし、三番街は川から風が吹き抜けるしね。あの子はビルのてっぺんに、お気に入りのオモチャを隠してるんだろうな」

　新聞記者パーキンズは渦巻いている紙屑をのぞきこんだ。「きっと、何カ月も前から新聞を貯めこんでいるんだろうな。ねえ、パピー、コラムの種（たね）を一つ思いついたよ。ゴミ収集事業とか、われわれが街を掃除しないとか、そういった問題なんだがね。数年前の新聞を捜し出して、発行以来風に吹かれて飛びまわっているって書き立ててやろう」

「でっち上げたりすることもあるまい？」パピーは答えた。「キトンの持っているものを見てみよう」そして、静かに口笛を吹いた。「さあ、おいで――パピーにおまえのオモチャを見せておくれ」すると、つむじ風は膨らんだ。その中味の動きのスピードが落ちた。そいつが通りかかると、管理人はそいつから古新聞を一枚ひったくった。「こいつは三カ月前のやつだ」

「それよりもっとマシなことをしなくちゃならん」

「もう一度やってみよう」管理人は手をのばして、もう一枚ひったくった。「去年の六月のだ」

「そのほうがマシだ」

　車が一台、警笛を鳴らしてはいってきたので、老管理人は急いで飛んでいった。かれが戻ってきてみると、まだパーキンズは、行ったり来たりしているつむじ風を見まもっていた。「うまくいったかい?」と、パピーはたずねた。

「おれには寄越そうとしないんだ。もぎ取っちまうんだ」

「いたずら者のキトンめ。ピートはわれわれの友達なんだよ。親切にしておやり」すると、つむじ風はもじもじしはじめた。

「もう大丈夫だ」パーキンズは言った。「あの子は知らなかったんだ。それにしても、見てごらん、パピー——舞い上がっているあの新聞を? 第一面だよ」

「ほしいんだね、あれが?」

「うん。ほら、よく見てごらん——大見出しに〝デューイ〟とかなんとか出ている。まさか、一九四八年の選挙戦以来、あれを貯めこんでいるんじゃないだろうな?」

「そうかもしれんぜ。キトンはずっとこのあたりにいるんだ、わしの記憶している限りではね。それに、あの子はやたらに物を貯めこむんだ。ちょっと待った」かれは静かに呼びかけた。じきに、その新聞がかれの手にはいった。「さあ、見てみよう」

パーキンズはそれをじっとのぞきこんだ。「おれは短期上院議員になるぞ! あんたはなれるかい、パピー?」

大見出しには、こうあった——**デューイ、マニラを占領す**。「一八九八年」とあった。

それから二十分後、二人は最後の一杯を飲みながら、まだそのことを考えていた。新聞記者パーキンズは、その黄ばんだ汚い新聞をじっと見つめて、「まさかこいつが、この半世紀ものあいだ、風に吹かれて町じゅうを飛びまわっていたんじゃないだろうな」

「なぜだい？」

「なぜかって？　その間、通りが掃除されたことがなかったとしても、この新聞がそんなに保つわけがなかろう。太陽や雨なんかにやられてしまって」

「キトンはオモチャをとても大事にするんだ。天気の悪いときには、屋根の下にでもしまっておいたんだろうな」

「おいおい、パピー、まさかあんたは――いや、ほんとうに信じているんだね。実を言うと、そいつをどこにしまっておいたのか、そんなことはどうだっていいが、公式見解としては、この新聞はこの五十年間、顧みられることもなく、拾い集められることもなく、わが町の汚い街路を転々としていた、ってことになるだろうな。しめしめ、こいつはおもしろいことになりそうだ！」かれはその新聞の切れ端を慎重に畳んで、ポケットに入れかけた。

「おいおい、そいつはやめてくれよ！」相手は抗議した。

「いいじゃないか。こいつを持っていって写真に撮ろうと思うんだ」

「いかんよ！　そいつはキトンのものなんだ――おれは借りただけなんだ」

「へーえ？　気でも違ったのかい？」

「返してもらえないと、気を悪くするだろう。頼むから、ピート——見たいときには、いつでも見せてくれるからね」

相手があまりにも熱心にそう言うので、パーキンズはたじたじとなって、「でも、二度とふたたびこいつを見られないとしたら？　おれの書こうとする記事の証拠になるんだよ、こいつは」

「どうってことないよ、あんたにとってはーーあの子がこいつを取っておかなくちゃならんのだ、あんたの記事を立証するためにね。心配しなさんなーーどんなことがあっても絶対に失くさんようにと言っておくから」

「じゃ、まあ——よかろう」二人は外へ出た。パピーは熱心にキトンに語りかけてから、一八九八年の新聞の切れ端を与えた。彼女はすぐさまそれを自分の体の上部にくるみ込んだ。パーキンズはパピーにさようならを言って、駐車場から出ていきかけたが、ふと足をとめ、振り向いた。ちょっと困惑したような顔つきで、「あのう、パピー——」

「なんだい、ピート？」

「まさか、つむじ風が生きているなんて、本気で思っているんじゃないだろうね？」

「なぜだい？」

「なぜかって？　そう思ってるっていうのかい？」

「それはそうと」パピーは分別がましく言った。「あんたは、自分が生きてるってことが、どうしてわかるんだい？」

「だって……そりゃ、そのう——つまり、そう真正面から訊かれると——」ふと口をつぐんでから、「わからんねえ。こいつは一本参ったよ、パピー」

パピーはにこりとして、「ね、そうだろ？」

「うん、まあね。じゃ、おやすみ、パピー。おやすみ、キトン」かれは帽子にちょっと手を触れて、つむじ風に会釈した。すると、相手は会釈を返した。

編集長はパーキンズを呼びつけ、灰色の印刷原稿の束をぽいと投げつけて言った。「物好きも結構だが、酒場で書き飛ばしたような原稿じゃない、ちゃんとしたのが見たいものだね」

パーキンズは、突きつけられた原稿に目を通した。「〈**わが美しき町**〉——ピーター・パーキンズ記。口笛を吹いて風を呼ぼう。わが町の街路を歩くことは、つねに痛快であり、スリルに満ち満ちている。われわれは、歩道一面に散在するガラクタ、生(なま)ごみ、タバコの吸いがら、その他、食欲を減退させる品々のあいだを縫って歩を運ぶ。一方、浮きやすいお土産、すなわち、このまえの万聖節前夜祭(ハロウィーン)に投げられた紙吹雪(コンフェッティ)やら、枯葉の断片やら、雨風に打たれて正体不明となった品々やらが、われわれの顔面に襲いかかってくる。しかしながら筆者は、わが町の街路の富がたえず掘り返されているので、少なくとも七年ごとには一新しているものと思っていた――」次いで、このコラムには、五十年前の新聞を運んできたつむじ風のことが記されており、これに匹敵する都市がほかにこの国にあるであろうか、と問いかけていた。

「どこがいけないんです？」と、パーキンズは反問した。

「街路の汚さを鳴り物入りで書き立てるのは結構だがね、ピート、事実に基づいてやらなくちゃいかんよ」

パーキンズはデスクに身をのりだして、「でも、編集長、こいつは事実なんですよ」

「なんだって？　ばか言うなよ、ピート」

「ばか、とおっしゃいますけどね。いいですか――」パーキンズは、キトンと一八九八年の新聞の一件を、微に入り細にわたって説明した。

「おい、ピート、きみは酔っぱらってたんだよ、きっと」

「コーヒーとトマト・ジュースだけですよ。十字を切って誓ってもいい」

「きのうはどうだったんだ？　きみといっしょに、つむじ風が酒場へやってきたんだろうな、きっと」

「酔っちゃいませんでしたよ――」パーキンズはふっと口をつぐみ、傲然と構えて、「そいつはぼくが書いた記事です。印刷にまわすか、さもなければ、ぼくをクビにしてください」

「そんなふうに言われちゃ困るよ、ピート。きみから仕事を取り上げたいってわけじゃないんだ。実のあるコラムがほしいだけなんだよ。道路清掃の延べ時間やそれに要する費用のデータを、ほかの諸都市と比較して、掘り出してみてはどうかね」

「そんなくだらん記事、だれが読んでくれるというんです？　ぼくといっしょに通りへ出てみませんか。事実をお見せしますよ。ちょっと待ってください――カメラマンを連れてきますから」

　それから数分後、パーキンズは編集長とクラレンス・V・ウィームズをパピーに紹介していた。クラレンスはカメラを構える準備をした。「かれを撮るんですね？」

「ちょっと待ってくれ、クラレンス。ねえ、パピー、キトンに頼んで、例の珍品をここへ持ってきてもらえんかね？」

「ああ、いいとも」老人は上のほうを見て口笛を吹いた。「おーい、キトン！　パピーのとこへおいで」一同の頭上で、ちっちゃな突風が現われ、紙切れや迷える木の葉を巻き込んで、駐車場に降り立った。パーキンズはそいつをのぞきこんだ。

「持ってきてないよ」と、かれは不満そうな声で言った。

「そのうち持ってくるさ」パピーは前へ進み出て、つむじ風のなかにはいった。かれが口を動かしているのは見えたが、言葉は聞こえなかった。

「撮ろうか？」と、クラレンス。

「いや、まだだ」つむじ風は飛び上がり、隣りのビルのほうへ飛び去った。編集長は口を開け、それからまた口を閉じた。

キトンはほどなく戻ってきた、ほかの物はすべて捨て去って、紙切れを一枚持っているだけだった——例の新聞だ。「さあ、撮って！」パーキンズは言った。「あの紙切れを撮ってくれ、クラレンス——空中にあるところを」

「よしきた」クラレンスはそう言って、スピード・グラフィック・カメラを構えた。「ちょっとうしろへ下がって、じっとして」と、つむじ風にむかって命令した。

キトンはためらい、飛び去る構えを見せた。「あわてずゆっくり持ってこい、キトン」と、パピーが言い添えた。「そいつをひっくり返して——いや、そうじゃない！　そういうふうにじゃない——反対側を上にするんだ」新聞は平らに伸びて、かれらの前をゆっくりと飛んでいき、大見出しの文字が見えた。

「撮ってくれたかい？」と、パーキンズ。

「ああ、撮ったとも」と、クラレンス。それから編集長にむかって、「これだけですか？」

「ああ、そうだとも——つまり、〝これだけ〟さ」

「オーケイ」クラレンスはそう言って、ケースを手に取り、帰っていった。

編集長は溜め息をついてから、「諸君、一杯やろうじゃありませんか」

四杯目を飲んでも、パーキンズと編集長はまだ議論を戦わせていた。パピーは帰っていった。

「冷静になってくださいよ、編集長」ピート・パーキンズは言っていた。「生きているつむじ風なんていう記事は印刷できませんよ。笑い者になって、この町にいられなくなってしまいますよ」

ゲインズ編集長はしゃんと身を起こして、「あらゆるニュースを印刷し、しかも正しく印刷する、これがわが〈フォーラム〉紙の方針なんだ。こいつはニュースだ——だから印刷するんだ」ここでリラックスして、「おーい！　給仕人(ウェーター)！　お代わりだ——ソーダを少なめにして」

「しかし、科学的にありえないことですよ」

「でも、きみだって見たじゃないか」

「ええ、しかし——」

ゲインズは相手をさえぎって、「スミソニアン研究所に調査を依頼してみよう」

「笑いとばされますよ」パーキンズはなおも言い張った。「集団催眠というのをお聞きになったことがあるでしょう？」

「なんだって？　いや、そんなのは説明にもなにもなりゃしない——クラレンスも見たんだし」

「それがなんの証拠になるというんです？」

「わかりきったことじゃないか——催眠術にかかるには、かけられる人間にその気持ちがなければならぬ。紛れもない事実(イプソ・ファクト)だ」

「そりゃ独断的主張(イプセ・ディクシト)ですよ」

「しゃっくりなんかやめろよ。パーキンズ、きみは昼間は飲むべきじゃないな。さあ、最初からゆっくり言ってみたまえ」

「クラレンスにはその気持ちがないなんて、どうしてわかるんです？」

「そいつを立証してみたまえ」

「そのう、かれは生きている人間です——したがって、なんらかの気持ちは持っているはずです」

「まさにそれだよ、おれの言わんとしていたことは。つまり、つむじ風は生きている、それゆえ、ある気持ちを持っている。ねえ、パーキンズ、もしスミソニアン研究所のインテリどもが非科学的態度をあくまでも押し通そうというんなら、おれとしては我慢できん。わが〈フォーラム〉紙としても我慢できん。きみも我慢できんだろう」

「ぼくがですか？」

「一分たりと我慢できまい。いいかね、ピート、きみの背後には〈フォーラム〉紙がついているんだ。あの駐車場へ引き返して、あのつむじ風にインタビューしてこい」

「もうしてきましたよ。でも、印刷してはくれないでしょうな」

「だれが印刷してくれないっていうんだ？　そんなやつがいたらクビにしてやる！　さあ、行こう、ピート。この町をこっぱみじんに吹っ飛ばしてやるんだ。輪転機をとめるんだ。第一面を差し換えるんだ。さあ、取りかかろう！」かれはピートの帽子をかぶり、大股に急ぎ足でトイレにはいっていった。

ピートは、一杯のコーヒーと罐入りトマト・ジュースと深夜最終版（午後の遅版）とを持って、デスクにむかって腰をすえた。キトンのオモチャの原色刷りカットの下に、かれの書いたコラムが囲み記事になっていて、それが第一面に移された。十八ポの肉太活字書体（ボールドフェース）で、「第十二面の社説、参照」とある。第十二面には、これまた黒々とした字体で「第一面の〈わが美しき町〉参照」と出ている。かれはこれを無視して読んだ。「市長よ――辞職せよ！」

ピートはそれを読んで、くすくす笑った。「どんな風もだれかの役には立っている――」「市役所の暗い片隅に潜んでいる腐敗堕落の象徴――」「――一大旋風となり、腐敗しきった恥知らずの行政を役所から一掃するであろう――」。社説によれば、当市の道路清掃とゴミ処理は市長の義弟が請負っており、つむじ風に任せたほうが安くかつ能率よく仕事を果たしてくれるのではないか、とも述べてあった。

「ピート――あんたかね？」と、パピーの声。「実は警察署へ引っぱられたんだ」

「どうしてかね？」

「キトンのことを公務執行妨害だとか言ってるんだ」

「すぐ行くよ」かれは写真部に立ち寄ってクラレンスをつかまえ、出かけていった。パピーは警察署の警部補室に腰をおろし、頑固な面構えを見せていた。パーキンズは強引にはいっていった。

「なぜこの人をここへ連れてきたんだ？」親指をぐいと動かしてパピーを指し示し、問いただした。

警部補は気むずかしげな顔をして、「なぜ口出しするのかね、パーキンズ？　きみはこの男の弁護士じゃあるまい」

「撮りますかね？」と、クラレンス。

「ちょっと待て、クラレンス。申し上げておきますがね、ダムブロスキーさん――ぼくは新聞社に勤めているんですよ。もう一度お訊きしますがね――この人はなぜここへ引っぱってこられたんです？」

「公務執行妨害で、だ」

「そうなのかね、パピー？」

老人はうんざりしたような顔をして、「この御仁（ごじん）が――」と、警官の一人を指し示し、

「――わしの駐車場へやってきて、キトンからマニラ紙をひったくろうとするんだ。で、わしはあの子に言ってやったんだ、この男には近づくな、とね。すると、この男、わしにむかって棒を振りまわして、あいつからマニラ紙を奪い取るようにと命令するんだ。で、その棒でやってみたらどうだい、って言ってやったのさ」ぴくりと肩をすくめて、「そしたら、ここへ引っぱってこられたってわけさ」

「わかったよ」パーキンズは相手にそう言ってから、ダムブロスキーのほうを向いて、「市役所から電話がかかってきたんだね？　それで、ドゥーガンを行かせて、汚い真似をやらせたんだな。どうもよくわからんのだが、なぜドゥーガンなんか行かせたのかね。ドゥーガンは間抜けで、巡回区域の募金集めも任せられないそうじゃないか」

「うそつけ！」ドゥーガンが口をはさんだ。「ちゃんとやってるぞ――」

「黙れ、ドゥーガン！」と、警部補がどなった。「それはそうと、ねえ、パーキンズ――出ていってくれたまえ。ここにはネタなんかないよ」

「〝ネタなんかない〟って？」パーキンズは物柔らかに言った。「警察がつむじ風を逮捕しようとしているというのに、ネタなんかないというのかね？」

「だれもつむじ風を逮捕しようとしたことなんかないぞ！　さあ、とっとと失せろ」

「じゃ、どうしてパピーを公務執行妨害でしょっぴいてきたのかね？　ドゥーガンは何をしていたのかね――凧でも揚げていたのかね？」

「公務執行妨害で逮捕したのではない」

「そうじゃないって？　じゃ、なぜ警察記録に載せたのかね？」

「警察記録に載せたのではない。職務質問をしようとして連れてきたんだ」

「ほう？　警察記録に載せるのでもなく、令状もなく、犯罪容疑もなく、ただわけもなく市民をつかまえて引っぱりまわすのか、これじゃ秘密国家警察（ゲシュタポ）同然だな」パーキンズはパピーのほうを向いて、「あんたは逮捕されたんじゃないんだってさ。立ち上がって、その扉口から出ていったほうがいいね」

　パピーは立ち上がりかけた。すると、ダムブロスキー警部補は、「おいっ！」と叫んで、椅子からぱっと飛び上がり、パピーの肩をひっつかんで押しとどめた。「命令をくだすのは、このわしなんだぞ、ここでは。あんたは行ってはならん――」

「さあ、撮れ！」と、パーキンズが叫んだ。クラレンスのフラッシュがひらめき、一同は立ちすくんだ。ややあって、ダムブロスキーがふたたび飛び上がった。

「だれがあいつをここへ入れたんだ？　ドゥーガン――そのカメラを取り上げろ」

「とんでもねえこった！」クラレンスはそう言って、警官にカメラを奪われまいとした。かくして、クラレンスを五月柱（メイポール）として、その周囲でちょっとしたメイポール・ダンスがはじまった。

「ちょっと待った！」パーキンズが叫んだ。「さっさとカメラをひったくれ、ドゥーガン

——おれはこんな記事が書きたくてたまらんのだ。〝警部補、警察の暴力行為の証拠をつぶす〟ってな記事をね」

「わたしはどうすりゃいいんです、警部補殿？」ドゥーガンが哀れっぽく訊いた。

ダムブロスキーはうんざりした顔をして、「坐って顔を隠せ。その写真を使うなよ、パーキンズ——警告しておくがね」

「なんの写真です？　わたしにドゥーガンといっしょにダンスさせるつもりですかね？　さあ、行こう、パピー。行こう、クラレンス」かれらは出ていった。

翌日の〈わが美しき町〉には、こう出ていた。「市役所、清掃を開始。当市の道路清掃人たちが例によって昼寝をむさぼっているあいだ、ダムブロスキー警部補は、ヒゾナー市長の命令に従って、当市三番街のつむじ風を襲撃した。この計画は失敗した。パトロール巡査ドゥーガンがつむじ風をおびき寄せて四人護送車に乗せることができなかったからである。だが、勇敢なるドゥーガンは、それでも思いとどまらなかった。近くに立っていた一市民、駐車場管理人たるジェイムズ・メトカーフなる人物を、つむじ風の共犯者として拘留したのである。何の共犯者であるかは、ドゥーガンは黙して語らなかったが——共犯者なるものはかなり恐ろしい存在であること、それは周知の事実である。ダムブロスキー警部補がその共犯者を尋問した。写真参照されたし。ダムブロスキー警部補は体重正味二百十五ポンド。共犯者の体重は百十九ポンド。

教訓――警察が風を相手に一戦交えているときには、邪魔にならないようにすること。
追記。本稿を印刷にまわそうとしている現在、例のつむじ風は例の一八九八年物の珍品をまだ持っている。三番街と本街道（メイン）の交差する地点に立ち寄って一見されたし。ただし、急いだほうがいい――ダムブロスキーが即刻逮捕にのりだすものと思われるので」

ピート執筆のコラムは、その翌日も市当局をちくちくと突つきつづけた。「消えた書類。大陪審の必要とするどの書類も、きまって見つからなくなって、証拠として提出できなくなるということは、まことに困ったことである。当市三番街のつむじ風〝キトン〟を当市の臨時書記として雇い入れ、後日必要となりそうな事項の整理を任せてはどうであろうか。彼女は公務員特別昇任試験を受けることもできよう――だれひとり不合格になったためしのない試験を。

まったくのところ、キトンを下級書記の仕事にとどめておいてよいであろうか？　彼女は不屈の精神の持主であり――いったん手に入れたものは、あくまでも手放さぬ。彼女が従来の市の役人ほど適任ではないなどとは、だれも申すまい。

キトンを市長選に出馬させようではないか！　彼女は理想的な候補者である――庶民性があり、ゴタゴタなど意に介さず、ぐるぐると走りまわり、ゴミを吹き飛ばすすべを心得ている。反対派も彼女には文句がつけられまい。

彼女がどのような市長になるかについては、古くから語り伝えられた話がある――イソップが語ったものであるが――丸太の王様とコウノトリの王様の話だ。われわれはコウノトリの王様にはうんざりしている。丸太の王様に代わってもらえればありがたいのだが。ヒゾナー市長へのメモ――グランド・アヴェニューの舗装工事の入札はいったいどうなったのか？

追記。キトンは今でも一八九八年の新聞を展示している。警察がつむじ風を威嚇する手立てを考え出さぬうちに、立ち寄って一見されたし」

ピートはクラレンスをつかまえて、例の駐車場へ出かけていった。駐車場は柵がめぐらされていて、門のところにいる男がかれらにチケットを二枚渡してよこしたが、かれらが金を出すと、手を振ってはねつけた。駐車場内には、キトンとパピーを閉じ込めるために、鎖で大きな輪が作ってあった。ピートとクラレンスは、人込みを押し分けて進み、パピーのところへたどりついた。

「じゃんじゃん儲かっているらしいね、パピー」

「ところが、そうじゃないんだよ。やつらは今朝、おれを閉じ込めようとしやがったんだよ、ピート。サーカス・カーニバルの興行料として日に五十ドル払え、それに、契約書を郵送せよ、なんてヌカしやがるんだ。で、おれはチケット代を請求するのをやめたんだ――でも、記録はとっている。訴えてやるんだ」

「取り立てできないよ、この町じゃね。でも、心配するな、音を上げるまで締め上げてやるからね」

「それだけじゃないんだ。やつらは今朝、キトンをつかまえようとしたんだ」

「なんだって？　だれが？　どんなふうにして？」

「お巡りどもがさ。マンホールの換気に使う送風機を一台もって現われ、そいつを逆に利用して吸引装置として使おうというんだ。キトンを吸い込んでしまおうっていうのか、ともかく、キトンの持っているものをひったくろうってつもりだったんだ」

ピートはピューッと口笛を吹いて、「電話してくれればよかったのに」

「その必要はなかったんだ。警告してやると、キトンのやつ、例のスペイン戦争当時の新聞をどこかに隠してきてから戻ってきた。彼女はあれが気に入ってるんだ。彼女はその機械のなかを六ぺんもまわったよ、回転木馬みたいにね。ピューッと飛び込んでいったが、出てきたときには、前よりも元気一杯だったよ。最後には、ヤンセル巡査部長の帽子をひっさらい、そいつがからまって機械が止まってしまい、帽子はずたずたになっちまった。やつら、うんざりして引き揚げていったよ」

ピートはくっくと笑った。「それでも、電話してくれればよかったのに。クラレンスに写真を撮ってもらえばよかったのに」

「撮ったよ」と、クラレンスが言った。

「えっ？　知らなかったな、今朝きみがここへ来たなんて、クラレンス」

「べつに訊かれなかったので、言わなかったのさ」

ピートは相手を見やって、「ねえ、クラレンス――ニュース写真ってものは、印刷するものなんだ、写真部にしまっておくものじゃない」

「きみのデスクの上に置いといたよ」と、クラレンスが言った。

「ほう、そうだったのか。じゃあ、もっと簡単な問題に移るとしよう。パピー、ここに大きな看板を立てたいんだがね」

「ああ、いいとも。なんて書くんだい？」

「キトンを市長に――つむじ風・選挙本部、とね。この駐車場の角に二十四シート巻きの紙を貼りつければ、両方向から見える。ぴったりさ――まさしくね！　ああ、御一行様だ！」かれは入口のほうへ頭をぐいと動かした。

ヤンセル巡査部長が戻ってきた。「オーケイ、オーケイ！　立ち止まってはいかん！　ここから出ろ」かれと三人の相棒は、見物人を駐車場から追い出していた。ピートはかれのところへ行って、

「何事なのかね、ヤンセル？」

ヤンセルは振り向いた。「やあ、きみかい？　きみもだ――みんなをここから追い出さなくちゃならんのだよ。緊急事態が発生したんでね」

ピートは肩越しに振り返って、「キトンをどこかへ行かせたほうがいいぞ、パピー！」

と、大声で言った。「さあ、クラレンス」

「撮ったよ」と、クラレンスは言った。

「オーケイ」ピートは答えた。「ところで、ヤンセル、今われわれが写真を撮ったのは何なのか、教えてくれんかね。ぴったりしたタイトルを付けたいんでね」

「抜け目のないやつだ。おまえさんもその子分も、とっとと消え失せたほうがいいね、頭を吹っ飛ばされたくなかったらね。バズーカ砲を据えつけてるのさ」

「何を据えつけてるんだって？」ピートは、信じられぬといった面持ちで、パトカーのほうを見やった。たしかに、二人の警官がバズーカ砲を下ろしていた。「撮りまくれ」と、ピートはクラレンスに言った。

「よしきた」と、クラレンス。

「それに、風船ガムをパンパン鳴らすのはやめろよ。ところで、ねえ、ヤンセル――ぼくはしがない新聞記者だがね。こりゃいったいどういうつもりなんだ？」

「そこらでネバって突きとめるがいいさ」ヤンセルはむこうを向いて、「そこでよし！　はじめろ――砲撃開始！」

警官の一人が目を上げて、「目標は何です、巡査部長？」

「きみは元海兵隊員だったはずだが――目標はつむじ風だよ、もちろん」

パピーはピートの肩越しに身をのりだして、「やつら、何をしてるのかね？」

「どうやらわかりかけてきたよ、パピー、キトンを射程外に行かせておくように――やつらはキトンの土手っ腹にロケット弾を打ち込むつもりらしい。そうなったら、キトンのダイナミックな安定性もなにもかも、吹っ飛ばされてしまうかもしれん」

「キトンは大丈夫だよ。隠れてるように言っといたからね。それにしても、こいつはいかれてるねえ、ピート。やつらはまったくの、完全な異常者にちがいない」

「法律によれば、警察官たるものは精神が正常でなければならぬ、となっているんだが」

「つむじ風ってどれなんです、巡査部長？」と、バズーカ砲手がたずねている。ヤンセルは力強く話しはじめたが、つむじ風など見当たらぬことに気づくと、とたんに意気銷沈した。

「待て」ヤンセルは部下にそう言ってから、パピーのほうを向いて、わめいた。「きさまだな！　きさまがあのつむじ風を追い払ったんだな。ここへ連れ戻せ」

ピートは手帳を取り出した。「こいつはおもしろいねえ、ヤンセル。訓練された犬みたいに、つむじ風を命令に従わせられるというのが、あんたの専門家的意見なのかね？　そういったことが、警察でのあんたの職務なのかね？」

「わしは――いや、ノー・コメント！　へらず口をたたくな、さもないと、ぶち込むぞ」

「ぜひどうぞ。でも、そのバック・ロジャーズ砲の狙っている方向は、よしんば砲弾がつむじ風を貫通したとしても、砲弾の行き着く先はちょうど市役所のあたりになるでしょうな。こいつはヒゾナー市長暗殺の陰謀なんですかね？」

ヤンセルは突然あたりを見まわしてから、視線をさまよわせ、仮想の弾道を思いえがいた。

「こらっ、この間抜けめ！」かれは叫んだ。「そいつを反対方向へ向けろ。市長をぶっ殺そうっていうのか？」

「そのほうがいいですな」ピートは巡査部長に言った。「今度はファースト・ナショナル銀行のほうに向けられている。わくわくしますな」

ヤンセルは、またしてもあたりを見まわして、「だれも傷つけない方向へ向けろ」と、命令した。「おまえらが考えるべきことを、おれが全部考えなきゃならんのか？」

「しかし、巡査部長――」

「なんだ？」

「狙いはあなたが定めてください。発砲はわれわれがいたしますから」

ピートはかれらをじっと見ていた。「クラレンス」と、溜め息まじりに、「きみはこのへんにネバっていて、やつらが元どおり大砲を車に積み込んだところを撮っといてくれ。もう五分もすれば、そんなことになるだろう。パピーとおれは〈ハッピー・アワー〉バー・グリルへ行っている。いい写真を撮ってくれよ、ヤンセルにピントを合わせてな」

「よしきた」と、クラレンスが言った。

〈わが美しき町〉の次回分は、写真三枚入りで、見出しは「警察、つむじ風に宣戦布告」というのだった。ピートはその新聞一部を手にして、パピーに見せてやろうと駐車場へ出かけていった。

パピーはそこにはいなかった。キトンもいなかった。かれはあたりを見まわし、食堂やバーものぞいてみた。だが、見つからなかった。

買物か映画にでも行っているのかもしれないと思って、かれは〈フォーラム〉ビルへと引き返した。デスクに戻って、翌日掲載のコラムを書きはじめたが、初めの部分で二、三枚書き損じて、くしゃくしゃに丸め、写真部へ行った。「よお！　クラレンス！　きょう、あの駐車場へ行ってみたかい？」

「いんや」

「パピーが見つからんのだ」

「それで？」

「さあ、来いよ。かれを探し出さなくちゃ」

「なぜだい？」クラレンスはそう言いながらも、カメラをかついでやってきた。

駐車場には依然として人気がなかった。パピーもいないし、キトンもいない——そよ風すら迷い込んでこない。ピートは横を向いて、「おいおい、クラレンス——何を撮ってるんだい？」

クラレンスはカメラを空のほうへ向けていた。「撮ってるんじゃないさ。光線の具合がダメなんだ」

「何だったんだ?」

「つむじ風さ」

「え? キトンかい?」

「ひょっとするとね」

「おーい、キトン——おいで、キトン」つむじ風はかれのそばに戻ってきて、いちだんと速く旋回し、落ちていた一枚の厚紙を拾い上げた。そいつをパタパタいわせながら回転し、かれの目の前へ進んできた。

「おかしくもなんともないよ、キトン」ピートは文句を言った。「パピーはどこにいるんだ?」

つむじ風はかれのほうへそっと戻ってきた。つむじ風が厚紙を取り戻そうと手を伸ばすのが見えた。「いけないよ!」かれは思わず叫んで、自分が取ろうとして手を伸ばした。つむじ風のほうが手が早かった。つむじ風はそいつを数百フィートの高さまで舞い上げてから、落としてきた。厚紙は横合いからかれの鼻柱に命中した。「おい、キトン!」ピートは叫んだ。

「ふざけるのはやめろ!」

それは縦六インチ横八インチほどの、印刷された掲示だった。鋲で留めてあったものらしく、四隅とも少し裂けていた。〈**ザ・リッツ・クラシック**〉とあり、その下に〈二〇一三号室、シングル使用料六ドル、ダブル使用料八ドル〉とあった。それにつづいて、使用規約が印刷されていた。

　ピートはそれをじっと見つめ、顔をしかめた。そして突然、それをつむじ風のほうへぽいと投げ返した。キトンはすぐさまそれをかれの目の前に投げ返してきた。

「おい、クラレンス」と、かれはきびきびした口調で言った。「ザ・リッツ・クラシックへ行ってみよう――二〇一三号室へ」

　ザ・リッツ・クラシックというのは、そこから三ブロックはなれた、賭屋とマダムのアベックご愛用の、ばかでかい安ホテルだった。ピートは受付(フロント)を避けて、地階入口からはいった。エレベーター・ボーイがクラレンスのカメラを見て言った。「そいつはいけませんよ、旦那。当ホテルでは離婚訴訟は御法度(ごはっと)でしてね」

「安心したまえ」ピートはエレベーター・ボーイに言った。「そいつは本物のカメラじゃない。おれたちはマリファナを売り歩いてるのさ――そのなかに麻薬(ヤク)が隠してあるんだよ」

「そいつを早く言ってくださりゃいいのに。でも、カメラに入れて運ぶってのは感心しませんね。みなさん不安に駆られますしね。何階です？」

運んだ。

エレベーター・ボーイは、ほかの呼出しサインを無視して、ノン・ストップでかれらを
「二十一階」

「二ドルいただきますよ。スペシャル・サービスですからね」
「譲歩するが、代償は何なのかね？」
「文句はないでしょうに——ご商売柄」

かれらは階段を使って一階下へ降り、二〇一三号室を捜した。慎重にその部屋の把手をためしてみたが、鍵がかかっていた。ノックしてみた——応答なし。ドアに耳を押し当ててみた。中の動きが聞こえるような気がした。かれは顔をしかめ、うしろへさがった。

クラレンスが言った。「ちょっと思い出したことがあるんだが」そう言って、せかせかと走り去った。そして、赤い火災時用の斧を持って急いで戻ってきて、「どうだね？」と、ピートにたずねた。

「名案だ、クラレンス！　まだ使っちゃいかん」ピートはドアをドンドンたたいて叫んだ。
「パピー！　おーい、パピー！」

ピンク色のクーリー・コートを着た大柄な女がかれらの背後のドアを開けて、「眠れないじゃないの！」と、噛みついた。

ピートは言った。「お静かに、奥さん！　放送中ですので」かれは耳を澄ました。する

と、もがいているような音がして、「ピート！　ピート——」という叫び声。

「それっ！」と、ピートが言った。クラレンスは斧を振るいはじめた。

三度振りおろすと、錠がこわれた。ピートは室内にとびこみ、クラレンスがあとにつづいた。かれはとび出してきた何者かにぶつかって尻もちをついた。立ち上がると、ベッドの上にパピーの姿が見えた。パピーは口にかまされたタオルを振りほどこうと懸命になっていた。

ピートはさるぐつわを引ったくってやった。「やつらをつかまえろ！」と、パピーが叫んだ。

「あんたの縄をほどいたら、すぐにね」

「縛られちゃおらんのだ。ズボンを持っていかれちまったんだ。それにしても、あんたが来てくれるとは思ってもいなかったよ！」

「キトンに教えてもらったのさ、理解するのにしばらく時間がかかったけど」

「やつらをつかまえたよ」クラレンスが言った。「二人ともね」

「どこで？」と、ピートが訊き返す。

「ここにさ」クラレンスは誇らしげに言って、カメラをぽんとたたいた。

ピートは言い返したい気持ちをぐっとこらえて、扉口へ走っていった。「あっちへ行ったわよ」と、大柄な女が指さして言った。かれはとび出し、横滑りして角を曲がると、閉まる寸前のエレベーターにとびこんだ。

ピートは立ち止まった。ホテルのすぐ外の人込みを見て戸惑ったのだ。心もとなげにあたりを見まわしていると、パピーに肩をつかまれた。「あれだよ！　あの車だ！」パピーの指さす車は、ホテルの前に並んでいるタクシーの列のすぐむこうの道路縁から、ちょっとカーブを切って走りだしたところだった。その車は太いうなり声をあげてスピードを上げ、走り去った。ピートはいちばん近くのタクシーのドアをぐいと引き開けた。

「あの車を追いかけてくれ！」かれは叫んだ。かれらはどっと乗り込んだ。

「なぜです？」運ちゃんが訊き返す。

クラレンスは火災時用の斧を振り上げて、「どうだね？」とたずねた。

運転手は頭をひょいと下げ、「べつになんでもありませんよ。冗談ですよ」そう言って、問題の車を追って車をスタートさせた。

タクシーの運ちゃんの腕はたいしたもので、ダウンタウンで追いついたが、問題の車は右へカーブして三番街へと折れ、川のほうへ向かった。両者は、背後でもつれ合う車を尻目に、五十ヤードほどの間隔をおいて橋を渡り、速度制限のない高速道路にはいった。タクシーの運ちゃんは振り返って、「カメラ車はついてきてるんですか？」

「なんだい、カメラ車ってのは？」

「映画を撮ってるんじゃないんですかい？」

「とんでもない！　あの車には誘拐犯人がいっぱい乗ってるんだ。もっとスピードを上げろ！」

「誘拐ですって？　わたしゃ巻き込まれたくありませんな」かれは急ブレーキをかけた。

ピートは斧を手に取って運転手をつっついた。「やつらに追いつくんだ！」

タクシーはふたたびスピードを上げたが、運転手は抗議した。「このボロ車じゃ無理ですよ。あっちのほうがずっと馬力がありますからね」

パピーがピートの腕をつかんで、「あっ、キトンがやってきた！」

「どこに？　いや、そんなことは気にするな！」

「スピードを落とせ！」パピーが叫んだ。「キトン、おーい、キトン――こっちへおいで！」

つむじ風は舞い降りてきて、かれらにペースを合わせた。パピーはつむじ風にむかって叫んだ。

「おーい、キトン！　あの車をつかまえてくれ！　あそこまで飛んでいって――あいつをつかまえるんだ！」

キトンは戸惑っているようだった。パピーが繰り返して言うと、キトンは飛び立った――いかにもつむじ風らしく。そして急降下しながら、紙切れやゴミをしこたま拾い集めた。

キトンが急降下して前方の車に襲いかかり、運転手の目の前に紙屑を投げ散らした。車がぐらついた。キトンはふたたび襲いかかった。車は進路を誤って縁石に乗り上げ、ガードレールにぶち当たり、街灯柱にぶつかって停まった。

五分ほど経ったころピートは、擦り傷やら複雑骨折やら衝撃やらを受けた二人の悪漢を取りおさえるほうはキトンとクラレンスと火災時用斧に任せて、最寄りのガソリン・スタンドの公衆電話に十セント玉をほうり込んでいた。「FBIの誘拐係の電話を頼む。もちろん、ワシントンDCだ、誘拐係の番号だ」

「おやおや」交換手が言った。「盗聴してもかまわないんですか？」

「番号を、早く！」

「ただ今すぐに！」

ほどなく相手が出た。「連邦捜査局です」

「フーヴァー長官と話したいんだがね！　なんだって？　まあ、いいや——じゃ、あんたに話そう。いいかね、こいつは誘拐事件なんだ。今んところ取りおさえてるが、おたくの地方支局からすぐに一人ここへ寄越さんと、この事件をのがしちまうぞ——この市のお巡りどもが先に駆けつけたりしたら。なんだって？」ピートは声を落とし、自分の住所氏名を告げ、この事件のいきさつのうちで信じてもらえそうな部分を説明した。連邦捜査局員は、大至急だと急き立てるピートの言葉をさえぎって、地方支局にはすでに通報中だと請け合った。

ピートが事故現場に戻ったちょうどそのとき、ダムブロスキー警部補がパトカーから降り立った。ピートはあわてて走り寄って、「いかんよ、ダムブロスキー」と叫んだ。

大柄な警部補はためらって、「何がいかんというのかね？」

「なんにもしちゃいかん。もうすぐＦＢＩがやってくるんだ——あんたらも共犯ってことになる。もうこれ以上ヘタな真似はするな」

ピートは二人の悪漢を指さした。クラレンスは一方の悪漢の上に馬乗りになり、もう一方の悪漢の背中に斧の峰を押しつけていた。「こいつらがドロを吐いたんだ。この町ももうおしまいさ。急げば、メキシコ行きの飛行機に間に合うかもしれんぜ」

ダムブロスキーは相手を見やって、「利いたふうな口をききやがって」と、疑わしげに言った。

「やつらに訊いてみろ。やつらは自白したんだ」

一方の悪漢が頭をもたげて、「おれたちゃ脅迫されたんだ。そいつらをぶち込んでくださいよ、警部補。おれたちゃそいつらに襲われたんだよ」

「さっさとやれ」ピートが快活に言った。「われわれみんなぶち込むがいいさ——いっしょにな。そうすりゃ、その二人を取り逃がすこともなくＦＢＩが尋問できるってわけだ。ひょっとすると、あんたらも罪状を認めることになるかもしれんな」

「どうだね？」と、クラレンスが訊いた。

ダムブロスキーはくるりと向きを変えて、「その斧を捨てろ！」

「かれの言うとおりにしたまえ、クラレンス。カメラの用意をしろ、捜査官（Gメン）が到着したら撮れるようにな」

「捜査官（Gメン）なんか呼びゃしなかったんだろう」

「うしろを見てみろ！」

ダーク・ブルーのセダンが滑るようにやってきて静かに停まり、痩せぎすの、きびきびした男が四人、降り立った。最初に降りてきた男が言った。「ピーター・パーキンズという人はここにいるかね？」

「ぼくです」ピートは言った。「キスさせてくださいませんか？」


もう暗くなっていたが、例の駐車場には人びとが押しかけて騒々しかった。新市長と来賓用の壇が一方の側に設けられ、その反対側には演奏台がしつらえられていた。正面には、大きなイルミネーションの看板が出ていた。**キトンの家——わが美しき町の名誉市民。**

場内中央の、柵で仕切られた輪のなかでは、キトンがはね返ったり、ぐるぐる回ったり、揺らいだり、踊ったりしている。ピートはその輪の一方の側に立ち、パピーはその反対側に立っていた。その周囲に四フィート間隔で子供たちが配置されていた。「用意はいいか？」と、ピートが大声で叫んだ。

「用意よし」と、パピーが答えた。ピートとパピーと子供たちはいっしょになって、輪のなかへ色テープを投げ入れはじめた。キトンは舞い降りてきてテープを拾い集め、それらを自分の体に巻きつけた。

「紙吹雪（コンフェッティ）！」と、ピートが叫んだ。子供たちはそれぞれ、一袋分のコンフェッティを、つむじ風のほうへほうり投げた——そのうちで地面に落ちたものはほとんどなかった。

「気球！」と、ピートが叫んだ。「照明（ライト）！」子供たちはめいめい、オモチャの気球をふくらませはじめた。それぞれ色の異なるものだった。それらをふくらませるやいなや、キトンに投げ与えた。投光器やサーチライトが点（つ）いた。キトンは変身し、数階の高さの、沸き立ち泡立つ色の噴水と化した。

「いいかね？」と、クラレンスが言った。

「よーし、撮れ！」

歪んだ家

——And He Built a Crooked House——

吉田誠一訳

アメリカ人は、世界中いたるところで、いかれてる(クレイジー)と思われている。

かれらはたいてい、この非難の論拠を認めるが、この伝染病の中心はカリフォルニアであると指摘するであろう。カリフォルニアの人びとは、悪評の因(よ)ってきたるところはロサンゼルス郡の住民の行動にあるのだ、と頑強に言い張る。ロサンゼルスの連中は、そう言われると、この非難を認めはするが、あわててこう弁明するであろう。「そいつはハリウッドだ。われわれのせいじゃない――こっちとしては頼んだ覚えはない。ハリウッドは勝手に出来てしまったのだ」と。

ハリウッドの人びとは、いっこうに気にしない。いや、それどころか、誇りに思っているのだ。こちらが関心を示せば、車で、〝重症患者の住んでいる〟というローレル・キャニオンへ連れて行ってくれるであろう。キャニオンの連中は――日焼けした脚をした女たちや、タイトパンツをはいた男たちで、たえず途方もない未完成の家を建てたり建てなおしたりしているのだが――ありきたりのアパートに住んでいる鈍感な連中を、かすかな軽蔑の念をもって眺め、心ひそかに、真の生活を知っているのは自分たちだけだと思いこんでいる。

ルックアウト・マウンテン・アヴェニューというのは、ローレル・キャニオンから曲がりくねった道を上った中腹にある。キャニオンの住民でも他の地域の連中は、このルックアウト・マウンテン・アヴェニューのことを話題にのぼらせたがらない。要するに、人間というものは、どこかで一線を画さずにはいられないのだ！

その丘を登っていくと、ハーミット通り――もとはハリウッドのハーミット通りであったが――その通りの向かい側にある八七七五番地に、公認建築士クウィンタス・ティールが住んでいた。

南カリフォルニアでは、建築まで一風変わっている。ホットドッグは、子犬の形をした、〈子犬(パップ)〉という名の店で売っている。アイスクリームは、アイスクリーム・コーンの形をした上質プラスター塗りの巨大な販売機から出てくる。そして、「チリ・ボールをお買いなさい！」と呼びかけているネオンは、まぎれもなくチリ・ボールの形をした建物の屋根にまたたいている。ガソリンやその他のオイルや無料の道路地図は、三発式輸送機の翼の下で扱っており、一時間ごとに点検される快適な便所は、飛行機のキャビン内に設けられている。こういったものは、観光客をびっくりさせたり、おもしろがらせたりするかもしれないが、かの有名なカリフォルニアの真昼の太陽の下を帽子をかぶらずに歩く地元の連中は、しごく当然なことと思っている。

クウィンタス・ティールは同業者の仕事ぶりを、意気地のない、不器用な、おずおずしたものだと考えていた。

「家とは何ぞや？」ティールは友人のホーマー・ベイリーに問いただした。

「そうだなあ――」と、ベイリーは用心深く、「大ざっぱに言えば、家とは雨露をしのぐ装置だと思うね」

「ばかな！　きみも救いがたいな」

「なにも完全な定義などとは――」

「完全だと？　まるっきり方向違いじゃないか。そういう見地からすれば、われわれは、洞窟のなかにうずくまっていたっていいわけだ。だが、きみを責めているわけじゃない」ティールは寛大にことばをつづけた。「きみは、建築士を開業しているあのバカどもよりはまし、だ。モダン派の連中だって――やつらのやったことといえば、ウェディング・ケーキ派とは手を切って、ガソリン・スタンド派支持に転向しただけのことじゃないか。けばけばしいケーキを投げ捨て、そのかわりにクロム鋼をはりつけただけだ。根は、郡裁判所みたいに、保守的で因襲的なんだ。ノイトラがなんだ！　シンドラーがなんだ！　フランク・ロイド・ライトにはあって、このおれにないものがあるか？」

「設計料（コミッション）さ」友人は簡潔に答えた。

「え！　なんだって？」ティールのよどみない弁舌も、ここでちょっとぐらつき、ぎょっとしたが、すぐさま立ち直って、「設計料（コミッション）か。いかにも、そのとおりだ。では、なぜだろう？　ぼくは家というものを、室内装飾をほどこした洞窟とは考えていないからだ。ぼくに言わせれば、家とは生活のための機械なのだ、生命の根源であり、ダイナミックな生きものであり、居住者の気分とともに変化するものなのだ——死んだ、静的な、ばかでかい棺桶じゃない。いったい、なぜわれわれは、先祖伝来の凍りついた概念に縛られているのだ？　どんなバカでも、図形幾何学をちょっとかじりさえすりゃ、ありきたりの家は設計できる。ユークリッドの静的な幾何学だけが数学だろうか？　ピカール＝ヴェシオ理論を完全に無視していいのだろうか？　モジュール法はどうなんだ？　もちろん、立体化学の投げかける豊富な連想は言うまでもない。建築には、変換理論や、人間形態学や、可動構造のはいりこむ余地はないのか？」

「さっぱりわからんねえ、ぼくには」とベイリー、「四次元の話をしたほうがましだよ」

「もちろんだとも。なにも、限定することなんかない——おい！」ティールはふっとことばを切って、あらぬかたを見つめた。「おい、ホーマー、えらいことを言うじゃないか。

つまるところ、そのとおりなんだ。四次元的なつながりとか関係の、無限の豊かさを考えてもみたまえ。こいつはたいした家になる――」

かれはじっとその場に立ちつくし、青い出目（でめ）を考え深げにしばたたいていた。

ベイリーは歩み寄り、相手の腕をつかんでゆすぶった。「おい、しっかりしろよ。いったい何を言ってるんだ、四次元だって？　時間のことだよ、第四次元とは。時間に釘を打ちこむなんて、できやしない」

ティールは相手を振りはらって、「もちろん、そのとおり。時間は第四次元だ。だが、ぼくの考えているのは、空間的四次元というものなんだ、長さ、幅、厚さ、といったようなね。材料の節約、配置の便宜から見て、こいつにはかないっこない。敷地が節約できることはもちろんだ――今の一間（ひとま）分の敷地に、八間（ま）の家を建てることができるんだ。過剰空間のように――」

「なんだい、過剰空間とは？」

「きみは学校へ行かなかったのかい？　過剰空間とは、超立体なのだ。四つの次元をもつものなのだ。立体が三つの、平面が二つの次元をもっているようにね。じゃ、説明してやろう」ティールはキッチンへ駆けこみ、一箱の爪楊枝（つまようじ）をもって戻ってくると、それを二人のあいだのテーブルの上にぶちまけ、グラスと、ほとんどからになったオランダ・ジンの壜を、無造作にわきへ押しやった。「粘土が要るな。たしか先週このへんにあったはずだが」かれは食堂の隅をふさいでいる乱雑な机の引き出しをひっかきまわして、油じみた彫刻用粘土をとりだした。「やっぱりあった」

「どうするんだい？」

「まあ、見ていたまえ」ティールはすばやく粘土をつまんで、豆粒ほどの大きさに丸めた。それから、四つの粘土玉に爪楊枝を突き刺し、それをつなぎ合わせて正方形を作った。

「そうら！　正方形だ」

「ああ、いかにもね」

「こういうのがもう一つと、爪楊枝がもう四本あれば、立方体ができる」爪楊枝は立方体の骨組になるように配置され、粘土玉がその端をつなぎ合わせた。「これと同じ立体をもう一つ作る。二つの立体は、過剰空間の二つの面になるのだ」

　ベイリーは第二の立体のために小さな粘土玉を作る手伝いをはじめたのだが、柔らかい粘土の快い手ざわりがおもしろくなって、指でなにやら作りはじめた。

「ほら、見たまえ」と、努力の成果たる、ちっちゃな人形をさしあげて、「ジプシー・ローズ・リーだ」

「ガルガンチュアのほうに似てるじゃないか。彼女に訴えられるぜ。ところで、これを見たまえ。第一の立体の一端をひらき、第二の立体の一端を組み合わせて、その角をふさぐ。それから、爪楊枝をもう八本用いて、第一の立体の底と第二の立体の底とを斜めにつなぎ合わせる。そして、第一の立体の上面と第二の立体の上面とをつなぎ合わせる、同じような具合にね」そう言いながら、手早くやってのけた。

「こりゃ何だというんだい？」ベイリーはうさんくさそうに問いただした。

「こいつが過剰空間さ。八つの立体が、四次元的に超立体の側面を形作っている」

「あやとりとしか見えないな、ぼくには。立体は二つしかないじゃないか、どう見たって。ほかの六つはどこにあるんだ？」

「想像力をはたらかせたらどうだね、きみ。第一の立体の上面を第二の立体の上面と関係づけて考えてみたまえ――そいつが第三の立体なのだ。それから、二つの底の形作る立体、それから、各立体の前面の形作る立体、裏の平面同士、右手、左手――立体は全部で八つある」かれはそれぞれを指でさしながら説明した。

「ふむ、なるほどね。でも、やっぱり立体じゃないな。こいつは、なんてったらいいか――プリズムみたいなもんだ。直方体じゃない、ひしゃげている」

「そう見るからそう見えるのさ、遠近法的に見るからね。紙の上に立方体を描くと、横の面は菱形になるだろう？　それが遠近法だ。四次元的な形のものを三次元的に見ると、当然歪んで見える。それでもやはり、これらはすべて立方体なんだ」

「きみにとっては、そうかもしれんが、ぼくにはやっぱり歪んで見えるね」

ティールは反論にはとりあわずに、ことばをつづけた。「ところで、こいつを、八間（ま）の家の骨組だと考えたまえ。一階に一部屋ある――こいつは台所とか、道具置場とか、ガレージに使える。そこから次の階の六部屋に通じている、居間、食堂、浴室、寝室などにだ。そして、その上、最上階には、四方を窓に囲まれた書斎がある。ざっとまあこんな具合さ！　どう思う？」

「居間の天井から浴槽がぶらさがっているみたいに思えるね。部屋がタコの脚みたいにからまり合っている」

「遠近法的に見るからさ。じゃ、別のやりかたでやってみよう、今度はきみにもわかるだろう」今度は、ティールは爪楊枝で立方体を作ってから、半分の長さの爪楊枝で立方体をもう一つ作り、短い爪楊枝で小さな立方体の角を大きな立方体に結びつけて、第一の立方体のまんなかに置いた。

「さて――大きな立方体は一階で、内側にある小さな立方体は最上階の書斎だ。それらにつながっている六つの立体は居間などだ。わかるね？」

ベイリーはその形をじっと見ていたが、やがてかぶりを振って、「やっぱり、二つの立体しか見えないな、大きいのと小さいのしか。あとの六つは、今度はプリズムじゃなくってピラミッドみたいだ。しかし、やっぱり立方体じゃないな」

「ああ、そうだろうとも。きみは別の遠近法で見ているんだ。それがわからんのかい？」

「ああ、そうかもしれん。しかし、内側の部屋だがね。なにやかや、すっかり取り囲まれている。たしかきみは、四方が窓だと言ったね」

「そうだとも——一見、取り囲まれているように感じるだけなんだ。こいつは過剰空間住宅の大きな特徴で、どの部屋も完全に外に面しており、どの壁も二つの部屋の境をなしている。しかも、八間の家で一間分の敷地しかいらない。まさに革命的だ」

「わかりやすく言えばだね、きみは気が狂っているんだよ。建てられっこないよ、そんな家は。内側の部屋はやっぱり内側さ」

ティールは激怒をおさえて友人を見やった。「建築がいつまでたっても揺籃期を脱しないのは、きみみたいなやつがいるからなんだ。立方体には面がいくつある？」

「六つさ」

「内側にはいくつある？」

「一つもありゃしない。全部外側さ」

「ようし。いいかね——過剰空間には八つの立方面がある、全部外側なんだ。いいかい、よく見ていたまえ。この過剰空間をひらいてみせよう、立方体のボール箱をひらいて平らにするようにね。そうすりゃ、八つの立方体を一つのこらず見ることができるだろう」手早く立方体を四つ作ると、それらを縦に積み上げて、不安定な塔を作った。それから、さらに立方体を四つ作って、下から二番目の立方体の、外側の四つの面にくっつけた。粘土玉でぞんざいにつながれているので、多少ぐらつきはしたが、八つの立方体が、逆さにした二重の十字架のように、四つの立方体を四方に突き出して立っていた。

「今度はわかるかね？　一階の一部屋に支えられており、次の六つの立方体が居間などで、書斎は一番上だ」

ベイリーは、これまでよりも好意をもってこの模型を眺めた。

「まあ、これなら理解できる。これも過剰空間というやつなのかね？」

「過剰空間を三次元的に展開したものだ。こいつを元通りに組み合わせるには、一番上の立方体を一番下の立方体のなかにくるみこみ、まわりの立方体を一番上の立方体と接するように折り畳むと、それで出来あがりだ。そういった一連のことを、もちろん、四次元的にやってのけるんだがね。一つとして立方体を歪めたり、畳みこんだりはしないのだ」

ベイリーは不安定な骨組をなおもじっと見つめていたが、やがて、「おい。こいつを四次元的に畳みこむなんて諦めたらどうかね――どのみち――こんな家は建てられっこないんだから」

「そりゃどういうことかね、建てられっこないとは？　簡単な数学問題だし――」

「まあまあ、落ち着きたまえ。数学的には簡単だろうが、そんな設計をしたって、建築の認可はもらえっこないよ。第四次元なんてありゃしないよ。諦めるんだね。もっとも、こんな家ができたとしたら――いろいろと便利かもしれんがね」

ティールはあらためてその模型をつくづく眺めた。「ふうむ。いいことを言うじゃないか。われわれはこれと同じ間数の家を作って、敷地をそれだけ節約できるかもしれん。そうだ、その真中の十字架型の階を、北東、南西というふうにすれば、どの部屋にも一日じゅう日が射しこむ。その中心の軸は、集中暖房装置にうってつけだ。食堂を北東にし、キッチンを南東にして、どの部屋にも大きな見晴らし窓をつける。よし、ホーマー、こいつでいこう！　どこに建てたい？」

「おいおい、ちょっと待ってくれよ！　きみに建ててくれなんて言った覚えはないぜ――」

「もちろん、ぼくが引き受けるさ。きまってるじゃないか。きみの奥さんは新しい家をほしがっている。これこそ、うってつけじゃないか」

「しかし、女房のほしがっているのは、ジョージ王朝風の家なんだぜ――」

「ちょっとした思いつきにすぎんさ。女ってやつは、何がほしいのか、自分でもわからんのさ――」

「ぼくの女房に限って、そんなことはない」

「時代遅れの建築家に入れ知恵されたのさ。きみの奥さんは一九四一年型の車を乗りまわしているじゃないか（この作品が書かれたのは一九四〇年）。身につけるものといえば、流行の最尖端を行くものばかりだ――それなのに、なぜ十八世紀風の家に住まなくちゃならんのだ？　この家は、一九四一年型よりもずっと新しいものなんだぜ。未来のものなんだ。彼女は町じゅうの評判になるぜ」

「でも――あいつに相談しなくては」

「そんな必要ないじゃないか。こいつを作って、あっと言わせてやろうじゃないか。さあ、もう一杯飲めよ」

「ともかく、今はなんともできない。あす、女房といっしょに車でベイカーズフィールドへ行くんだ。会社が新しい油井を二つ開発するんでね」

「ばかな。絶好のチャンスじゃないか。こっちへ戻ってきたとき、すばらしい贈り物になるというのに。今ここで小切手を切ってくれさえすれば、心配もなくなるのに」

「女房に相談せずに、そんなことはできないよ。女房がいやがるよ」

「おい、きみの家では、どっちが主人なんだ？」

二本目の罎が半分ほどに減ったころ、小切手が切られた。


南カリフォルニアでは、なにごとも急速に運ばれる。普通の家はたいてい一ヵ月で建つ。ティールのきびしい監督のもとに、過剰空間住宅は、日に日に空にむかって、目くるめくほどにのびてゆき、十字架型の二階が四方に突き出た。この突き出た四つの部屋のことで、最初、検査官とちょっとばかりもめたが、強力な鋼材を使い、それに、金をつかませることによって、技術的に安全だと納得させることができた。

かねて打ち合わせていたとおり、ティールは、ベイリー夫妻が町に戻ってきた翌朝、車でベイリーの家へ乗りつけた。そして、二音調の警笛を鳴らした。ベイリーが玄関から首を出して、「なぜベルを鳴らさないんだい？」

「まだるっこしいからさ」ティールは快活に答えた。「ぼくは行動型の人間だからね。ベイリー夫人は用意ができたかね？　やあ、ベイリー夫人！　お帰りなさい。さあ、車にお乗りください。あなたのびっくりするものがあるんですよ！」

「ティール君を知っているね、おまえ」ベイリーが不安げに口をはさんだ。

ベイリー夫人はふんと鼻を鳴らして、「存じあげておりますわ。ねえ、ホーマー、わたしたちは自分の車で参りましょうよ」

「ああ、いいとも」

「そいつはいい」ティールが賛成した。「ぼくのより馬力があるからね。早く行ける。ぼくが運転しよう、道を知っているからね」彼はベイリーから鍵を受けとると、するりと運転席におさまり、ベイリー夫人がもたもたしているうちに、エンジンをかけてしまった。

「心配することはありませんよ、ぼくの運転は」かれはくるりと振り向いてベイリー夫人にそう言うと、スピードを上げ、サンセット大通りにはいった。「運転というのは、馬力とコントロールとのかねあいで、要するにダイナミックなプロセスなんですよ、ぼくは得意でしてね――大きな事故を起こしたことは一度もありません」

「一度起こせばおしまいですわ」ベイリー夫人は嚙みつかんばかりに、「お願いだから、わき見しないでいただけません？」

運転というものは目の問題ではなく、進路とスピードと確率との直観的統一の問題だということをティールは彼女に説明しようとしたが、そのときベイリーが口をはさんだ。

「家はどこだい、クウィンタス」

「家？」ベイリー夫人がうさんくさげに訊き返した。「ねえ、ホーマー、どういうことなんですの、家だなんて？　あたしには内緒で、なにか企んでいるの？」

ティールは精一杯の外交手腕を発揮して口をはさんだ。「ほんとに家なんですよ、奥さん。それも、とにかくすばらしい家なんですよ。献身的なご主人からの、びっくりするような贈り物なんですよ。ちょっと待ってください、すぐごらんになれますから――」

「そうでしょうとも」と、彼女はうらめしげに、「で、どんな様式なんですの？」

「新しい様式なんですよ。テレビよりも新しく、来週よりも新しい。必ずや真価がおわかりいただけるでしょう。ところで」と、反駁の余地をあたえまいとして、早口にまくしたてた。「あなたがたは、昨夜の地震にお気づきになりましたか？」

「地震ですって？　いつの地震です？　ねえ、ホーマー、地震なんてあったかしら？」

「ほんの小さなやつですよ」と、ティールはつづけた。「午前二時ごろ。ぼくだって、目をさましていなかったら、気がつかなかったでしょう」

ベイリー夫人は身震いした。「まあ、なんて恐ろしいところなんでしょう！　あなたお聞きになったでしょ、ねえ、ホーマー。あたしたち、寝てるまに死んでしまうかもしれなくってよ。なぜ、あなたに説き伏せられて、アイオワを離れる気になったのかしら？」

「だって、おまえ」かれは破れかぶれに抗議した。「カリフォルニアへ行きたいと言いだしたのは、おまえじゃないか。デモインにいるのがいやだと言って」

「そんなこと、つべこべ言う必要はありませんわ」彼女はきっぱりと言った。「あなたは男でしょ。こういうことは予想してしかるべきですわ。ああ、地震だなんて！」

「新しい家におはいりになれば、その点についても心配ご無用ですよ、奥さん。地震には絶対大丈夫です。どの部分も、他の部分と、力学的に完全なバランスがとれていますからね」

「そうあって欲しいものですわ。で、その家はどこなんですの？」

「その角を曲がってすぐですよ。そら、看板が出ている」

不動産屋の気に入りそうな大きな矢印の看板があって、南カリフォルニアにしてもばかでかい、けばけばしい文字でこう書かれていた。

未来の家!!
こいつはすごい——まさに驚異——革命的

ごらんください、お孫さんの住む家を！

建築士　Q・ティール

「もちろん、あの看板ははずします」夫人の表情に気づくと、かれはあわててつけ加えた。「あなたがたの手に渡り次第」角を曲がると、ブレーキに悲鳴をあげさせて未来の家の前に車をとめた。「そら！」そう言って、二人の反応をうかがった。

ベイリーは、信じられないというように目をみひらき、ベイリー夫人は嫌悪の色もあらわだった。かれらの目に映ったのは、ドアと窓のついた、なんの変哲もない立方体で、複雑な幾何学的図形で飾られているほかには、これといった建築的特徴はなかった。「おい、ティール」ベイリーはゆっくりとたずねた。「こりゃいったい、どうしたというんだ？」

ティールはかれらの顔から家へと視線を移した。二階の部屋の張り出した途方もない塔はなくなっていた。一階の上の七つの部屋は跡かたもない。残っているのは、土台の上に建っている一部屋だけだった。かれは思わず大声をあげた。

「ちくしょう！　盗まれてしまった！」

かれは急に走りだした。

しかし、なんの役にも立たなかった。前から見ようが、うしろから見ようが、一階はなんの変わりもなかった。七つの部屋は完全に消え失せていた。ベイリーが追いついて、かれの腕をつかんだ。

「弁明したまえ。どういうことなんだ、盗まれたとは？　なんだってこんなものを建てたんだ――契約違反じゃないか」

「ぼくはこんなのを建てた覚えはない。ぼくが建てたのは、契約どおりのものだ。過剰空間を展開した形の八間（ま）の家だ。ぶっこわされてしまったんだ、きっとそうだ！　妬みだ！　町の他の建築家は、ぼくがこの仕事を完成するのが、たまらなかったんだ。ぼくが完成すれば、やつらは干されてしまうからな」

「この前ここへ来たのはいつだ？」

「きのうの午後だ」

「そのときは、万事異常がなかったのかい？」

「ああ。庭師が最後の仕上げをしていた」

ベイリーは、一点非の打ちどころなく手入れのゆきとどいた庭をひとわたり見まわした。

「わけがわからんなあ、七つの部屋をたったの一晩で、しかもこの庭を少しも荒らさずに、取りはずして運び去るなんて」

ティールもあたりを見まわした。「そういえばそうだな。さっぱりわからん」

ベイリー夫人も加わった。「どうだっていうの？　あたしは勝手に楽しめっていうの？　せっかく来たんだから、一応見せてもらったほうがいいわ。でも、前もって言っておきますけど、こんな家、好きになれそうもないわ」

「ごらんになったほうがいい」ティールはそう言って、ポケットから鍵をとりだし、玄関から二人を入れた。「手がかりがつかめるかもしれない」

玄関ホールは整然としていた。ガレージに通じる引き戸はあいていて、内部がすっかり見えた。

「異常ないらしいな」と、ベイリーが言った。「屋上にあがって、どうなったのかつきとめてみよう。階段はどこだ？　階段まで盗まれたっていうのかい？」

「いや、そうじゃない。そら――」ティールが電灯のスイッチの下のボタンを押すと、天井のパネルがひらき、明るい品のよい階段が音もなく下がってきた。その骨組は銀色のジュラルミンで、踏み板と蹴込み板は透明なプラスチックだった。ティールはトランプ手品を見事にやってのけた少年のように得意げに身をよじり、ベイリー夫人の態度は俄然やわらいできた。

すばらしいものだった。

「見事なものだ」と、ベイリーは認めた。「しかし、どこへも行けそうにないな――」

「ああ、それはね――」ティールは相手の視線を追って、「上に近づくと、蓋が上がるんだ。吹き抜けの階段なんて時代錯誤だよ。さあ、行こう」かれらが上がってゆくと、はたして階段の蓋が開き、その上へ出ることができた。だが、予想とは違って、そこは一階の屋根ではなかった。気がついてみると、本来のこの建物の二階を構成していた五部屋の真中の部屋のなかに立っているのだった。

ティールが言葉を失ったのは、これが初めてだった。ベイリーも黙って葉巻を嚙んでいた。なにもかも整然としているのだ。目の前、ひらいた戸口と半透明の仕切りのむこうにキッチンが見え、コックの夢をかなえたような最新式設備がそろっていた。ニッケル合金、広々とした調理台、間接照明、機能的な設備、左手には、形式ばってはいるが品がよく居心地のよさそうな食堂が客を待っており、その調度が閲兵式のように整然と並んでいた。

首をめぐらさなくても、ティールにはわかっていた。信じられないことだが、客間も居間もこれと同じように、実体をもって存在していることが。

「たしかにすばらしいわ」と、ベイリー夫人が満足げに、「それに、キッチンは申しぶんありませんわ――外観からは思いもよりませんでしたわ、こんなに広い二階があるなんて。もちろん、多少配置換えしなくちゃなりませんでしょうけど。あの書きもの机は――こちらへ移して、あそこの長椅子は――」

「黙れよ、マチルダ」ベイリーがすげなくさえぎった。「おい、ティール、こりゃどういうことなんだ？」

「ねえ、あなた！　この――」

「黙れと言ってるのに。え、どうなんだ、ティール」

建築家はからだをもぞもぞ動かした。「さあ、わからんな。とにかく、上へあがってみよう」

「どうやって？」

「こうするんだ」かれは別のボタンを押した。すると、今ここへ上がってきたのと同じような、さっきのよりも色の濃い、おとぎの国の橋のような階段が、かれらを次の階へと導いた。ベイリー夫人がしんがりを務め、なにやらぶつぶつ言っていた。のぼってゆくと、そこは寝室だった。下の階と同じように、カーテンがおろされていたが、柔らかい照明が自動的に作動した。ティールがすぐさま別の階段のスイッチを押し、かれらは最上階の書斎へと急いだ。

「ねえ、ティール」と、息を静めてからベイリーが、「この部屋の屋上へ出られるだろうか？　そうすれば、あたりが眺められるんだが」

「出られるとも、展望台になっているんだ」かれらは第四の階段をのぼっていったが、階段の蓋がひらいて上の階に着くと、そこは屋上ではなく、この家にはいって最初に足を踏み入れた一階にかれらは立っているのだった。

ベイリー氏がまっさおになって叫んだ。「なんてこった。こりゃ幽霊屋敷だ。外へ出よう」妻の腕をつかむと、玄関のドアをさっとあけて、とびだした。

ティールは心を奪われていて、二人の出ていくのも気づかぬほどだった。これには答えがあるはずだ。信じられない答えが。だが、それを考えるのは中断しなければならなかった、上のほうから、しゃがれた叫び声が聞こえてきたからだ。かれは階段をおろして二階へ駆けあがった。ベイリーは真中の部屋で夫人の上にかがみこんでいた。夫人は気絶してしまったのだ。ティールは事態を見てとると、居間の造りつけのバーへ行って、ブランデーを指三本の幅ほど注ぎ、それをもって戻っていってベイリーに渡した。

「さあ——これで奥さんも意識を回復するだろう」

ベイリーはそれを飲んでしまった。

「そりゃ奥さんの分だぜ」と、ティール。

「つべこべ言うな」とベイリーは嚙みつかんばかりに、「もう一杯もってこい」ティールは建築依頼人の妻のために一杯つぐ前に、用心のため自分も一杯ひっかけた。行ってみると、彼女は目をあけかけたところだった。

「さあ、奥さん」と彼はなだめるように、「これで気分も楽になりますよ」

「あたし、アルコール類はいただかないんですの」彼女はそう言いながらも、ぐっと一息に飲んでしまった。

「さあ、聞かせてくれ、どうなったのか」と、ティールは促した。「きみたちは出ていったんじゃなかったのか」

「いや、出ていったんだ——玄関を出て、気がついてみると、ここにいたんだ、この居間に」

「えっ、なんだって！　ふうむ、ちょっと待てよ」ティールは居間にはいっていった。部屋の端にある大きな見晴らし窓があいている。かれは用心深くのぞいてみた。目を凝らすと、その目に映ったのはカリフォルニアの田園風景ではなく、一階の部屋——少なくとも、それにそっくりなものであった。かれはなにも言わず、あけはなしにしておいた階段のところへ戻ってきて見おろした。一階の部屋は依然としてそこにある。どういうわけか、一階は、同時に違った場所、違った高さのところにあるのだ。

かれは中央の部屋に戻ると、ベイリーの向かいの、深い低い椅子に腰をおろし、自分の突き出した骨ばった膝ごしに、相手を眺めた。そして、重々しく、「おい、ホーマー、どういうことになったのか、わかるかね？」

「いや、わからん——だが、早いとこ突きとめないと、とんでもないことになりそうだぜ！」

「おい、ホーマー、こいつはぼくの理論が裏書きされたんだ。この家はほんとうの過剰空間なんだ」

「ねえ、ホーマー、ティールさんは何をおっしゃってるの？」

「待て、マチルダ——ところで、ティール、こりゃとんでもないこった。ペテンにかけやがって、もう我慢がならん——女房はひどくおびえるし、おれはすっかり神経質になっちまった。今は、もう、なんとかしてここから出たいだけだ。こんな迫上みたいな仕掛けで、ばかげたいたずらはもうたくさんだ」

「ねえ、ホーマー、変なこと言わないでよ」と、ベイリー夫人が口をはさんだ。「あたし、おびえやしなかったわ。ちょっと気分が悪くなっただけだわ。心臓のせいだわ。あたしのうちの者はみんな、デリケートで敏感すぎるのよ。ところで、この妙な家のことですけれど――説明してくださいな、ティールさん。はっきりと」

途中何度も中断されたが、かれはこの家にひそむ理論を、できるだけうまく説明した。「で、ぼくの考えではですね、奥さん」と、結論をくだした。「この家は、三次元的にはまったく安定しているのですが、四次元的には安定していないのです。展開した過剰空間の形にこの家を建てたのですが、なにか衝撃でもあって、横すべりでもして、普通の形に戻ってしまったのです――畳まれてしまったのです」とつぜん、指をぱちんとはじいて、「そうだ、わかったぞ！　地震のせいだ！」

「地震ですって？」

「そうですとも、ゆうべのちょっとした地震のせいですよ。四次元的見地からすれば、辛うじてバランスを保っていた板のようなものだったんです。ちょっと一押ししただけで崩れてしまい、安定した四次元的な形に戻ってしまったのです」

「自慢なさってらしたんじゃなくって、この家がどんなに安全か」

「安全ですよ――三次元的にはね」

「こんな家が、安全だとは思わんね、ちょっと一揺れしたぐらいで崩れちまうような家は」と、ベイリーがとげとげしく言った。

「しかし、あたりを見まわしてみたまえ！」と、ティールは抗議した。「なんともなっておらんじゃないか、ガラス器具一つ、ひびが入っていない。四次元的に転位しても、三次元的な形には少しも影響がないのだ、印刷された活字を振り落とすことができないのと同じように、ゆうべここで眠っていたとしても、目をさまさなかっただろうな」

「それが心配なのさ。ところで、きみの偉大なる天才によって、この途方もない落とし穴から抜け出す方法がわかったかね？」

「なんだって？　ああ、できるとも。きみと奥さんは、出ようとして、ここに舞い戻ってしまったんだね？　しかし、それほど難しいことはないはずだよ――はいってきたんだから、出られるはずだ。やってみよう」言いおわらないうちに、立ちあがって、階下へと急いでいた。玄関のドアをさっと開けはなって、足を踏み出したが、気がついてみると、二階の居間の向こう側に、二人の連れの姿があるのだった。「うむ、ちょっと問題があるらしいな」かれは素直に認めた。「だが、ちょっとした技術的なことだ――いつでも窓からは出られる」かれは居間の横の壁についている奥行の深いフランス窓をおおっている長いカーテンをぐいと引きあけたが、ふとためらって、

「うーむ、こりゃおもしろい――じつに」

ベイリーがかたわらにやってきて、「何が？」

「これだよ」窓の外は、戸外ではなく、食堂だった。ベイリーは、居間と食堂が中央の部屋と直角に接している隅へ戻った。

「ありえないことだ」とかれは抗議するように、「あの窓はたぶん、食堂から十五フィートか二十フィートはあるだろう」

「過剰空間ではそうじゃないんだ。見たまえ」ティールは窓をあけ、肩ごしに言葉を返しながら出ていった。

そして、ベイリー夫妻の視野から消え失せてしまった。

しかし、かれ自身の視野から消え失せてしまったわけではない。息を吹き返すのに何秒かかかったが、ややあって慎重に、バラの茂みから身を起こした。さんざんとげにやられてしまい、とげのある植物は金輪際植えまい、と心に誓った。かれはあたりを見まわした。

かれは家の外にいるのだった。がっしりした一階の部屋がそばにそびえていた。どうやら、屋根から落ちたらしい。

かれは急いで角を曲がって玄関のドアをさっと開け、階段を駆けあがり、大声で叫んだ。

「ホーマー！　奥さん！　出口がわかった！」

ベイリーはかれを見ると、うれしいというよりも当惑したような顔をした。「どうしたんだ?」

「落ちたんだ。家の外に出られたんだ。きみたちだって出られる、簡単だよ――あのフランス窓から出りゃいいんだ。でも、バラに気をつけろよ――もう一つ階段を作らなくちゃならんかもしれんな」

「どうやって戻ってきたんだ?」

「玄関からさ」

「じゃ、われわれも同じようにして出よう。さあ、行こう」ベイリーは帽子をしっかりかぶると、妻をかかえて、ずんずん階段をおりていった。

ティールは居間でかれらに出会った。「それじゃうまくゆかんだろうな。ところで、ここに問題があるんだ。ぼくの考えでは、四次元的建造物のなかでは、三次元的人間は、壁とか敷居のような連結部を越えるたびに、二つの場合が考えられる。普通、四次元的には九十度回転するのだが、ただ三次元的にはそれを感じないのだ。ほら」かれは今しがた落ちた窓から出ていって、食堂にはいった。そして、そこに立って、なおも話しつづけている。

「行く先を見ていたので、行こうと思ったところに着いたのだ」かれは居間に戻ってきて、「この前のときは、見ていなかったので、普通の空間に足を踏み入れ、家の外に落ちてしまったのだ。これは意識下の方向づけの問題にちがいない」

「毎朝、新聞を取りに行くたびに、意識下の方向づけに頼るなんて、まっぴらごめんだね」

「そんな必要はないんだ。自動的にゆくようになるさ。さあ、今度はこの家から出ることとしましょう——奥さん、窓に背を向けてここに立ち、うしろへ跳べば、まず間違いなく庭に出られますよ」

ベイリー夫人の顔には、ティールとその考えに対する反感があらわだった。「ねえ、あなた」と、夫にむかってかん高い声で、「そこにつっ立って、この人に勝手にしゃべらせておくつもり——」

「しかし、奥さん」と、ティールは説明しようとした。「あなたの体にロープを結びつけて、そろそろと——」

「だめだよ、ティール」ベイリーがそっけなくさえぎった。「もっといい方法を探さなくちゃならん。女房もぼくも、跳んだりすることには向いてないんだ」

ティールはしばし途方にくれた。ちょっと沈黙がつづいた。それを破ったのはベイリーだった。

「あれが聞こえたかい、ティール」

「何が？」

「遠くのほうで、だれかしゃべっている。ほかにだれかいるのだろうか、この家のなかに。

われわれにいたずらしているのだろうか」

「いや、そんなことはあるまい。鍵はぼくしか持っていない」

「でも、たしかに聞こえたわ」と、ベイリー夫人、「はいってきたときから、ずっと聞こえていましたわ。声が。ねえ、あなた、あたし我慢ができませんわ、こんなの。なんとかしてよ」

「まあまあ、奥さん」と、ティールがなだめた。「落ち着いてください。われわれのほか、だれもいるはずがありませんよ。でも、念のために調べてみましょう。ホーマー、きみは奥さんといっしょにここにいて、この階の部屋を監視していてくれたまえ」かれは居間から一階へ行き、そこからキッチンへ、それからさらに寝室へはいっていった。すると、まっすぐに居間にもどってきた。つまり、まっすぐ前進しつづけて、出発点にもどってしまったのである。

「だれもいなかった」と、かれは報告した。「途中、ドアも窓もひとつのこらず開けてみた――こいつを除いては」かれはこのまえ踏み越えて落ちた窓の向かいの窓に歩み寄り、ぐいとカーテンを開けはなった。

四部屋むこうに男が見えた。こちらに背を向けている。ティールはやにわにフランス窓を押しあけ、叫びながら突進していった。

「やっ、いたぞ！　待て、泥棒！」

相手は明らかにかれの声が聞こえたらしい。一目散に逃げだした。ティールはひょろ長い手足を精一杯動かし、客間を通ってキッチンへ、食堂へ、居間へと——部屋から部屋へと追いかけたが、力の限りをつくしても、侵入者との最初の四部屋の差をちぢめられそうになかった。

見ると、追われているその人間は、ぎごちなく、だが勢いよくフランス窓の低い敷居を跳び越え、その拍子に帽子を落とした。ティールは、敵が帽子を落とした地点へやってくると、身をかがめてそれを拾いあげ、一息つく口実ができてほっとした。居間に戻って、「どうやら、逃げられてしまったらしい。だが、帽子を落としていった、ほれ、このとおり。これで身元がつきとめられるかもしれん」

ベイリーは帽子を受けとって眺めていたが、ふ<ruby>ん</ruby>と鼻を鳴らして、ティールの頭にぽんとのせた。それはぴったり合った。ティールは当惑したような顔をして、帽子をぬいで調べた。帽子の内側のびん革に、Q・Tという頭文字がついていた。かれ自身の帽子だった。

事情がのみこめてきたらしい様子が、徐々にティールの顔ににじみ出てきた。かれはフランス窓のところに戻ると、謎の男を追いかけた一連の部屋を見つめた。ベイリー夫妻がそちらに目をやると、ティールは手旗信号でもやっているように両腕を振りまわしていた。

「何してるんだ?」と、ベイリーがたずねた。

「来てごらん」二人はかれのそばへ行って、かれの視線を追った。四部屋むこうに、こっちに背を向けている三つの人影が見えた。男が二人に女が一人。背の高い痩せたほうの男が、ばかみたいに両腕を振りまわしている。

ベイリー夫人は悲鳴をあげ、またしても気絶してしまった。

何分かたって、ベイリー夫人が息を吹き返し、いくぶん落ち着きをとりもどすと、ベイリーとティールは情勢判断にのりだした。「ねえ、ティール」と、ベイリーが言った。「ぼくはきみを責めたてて時間をむだにしようとは思わん。責任のなすり合いをしたって、どうなるものでもないし、それに、故意にこんなふうにしたわけじゃないだろうが、われわれがかなり重大な苦境に陥っていることは、よくわかっているだろうね。どうやってここから出るのか？　このままでは飢え死にしてしまう。どの部屋も別の部屋に通じているのだから」

「いや、それほどのことはないさ。ぼくは一度出られたんだから」

「ああ、でも、二度とできないじゃないか——やってみたのに」

「でも、全部の部屋をためしてみたわけじゃない。まだ書斎が残っている」

「ああ、そうか、書斎がね。初めてはいってきたとき、あそこを通ったが、立ちどまらなかったな。あそこの窓から出られると思うのかね？」

「望みを捨ててはいけない。数学的には、あの窓はこの階のまわりの四つの部屋を見おろすことになる。あのブラインドはまだ開けたことがない。のぞいてみるべきだ」

「とにかく、害にはならんだろうしね。ところで、おまえはここで休んでいたほうがよかろう――」

「こんな恐ろしいところに、ひとりぼっちで？　いやですわ！」ベイリー夫人はそう言いながら、体を休めていた長椅子から立ちあがった。

三人は階上へ向かった。「これは内側の部屋なんだろう、ティール？」中央の寝室を通って書斎へ上がる途中、ベイリーがたずねた。「つまり、模型では、大きな立方体の真中にあって、完全に囲まれていた小さな立方体なんだろう」

「そのとおりだ。さて、のぞいてみよう。この窓からはキッチンが見えると思うのだが」

かれはベネチアン・ブラインドの紐をつかんで引いた。

ところが、さにあらず。三人とも目まいに襲われた。思わず床に倒れ、転落すまいと絨毯の模様をつかもうとした。

「しめろ！　しめろ！」と、ベイリーがうめくように言った。

原始的な、本能的な恐怖をいくぶん抑えて、ティールは窓のところへ戻ると、やっとのことでブラインドをおろした。窓は普通の戸外ではなく、恐ろしく高い所から下を見おろしているのだった。

ベイリー夫人はまたまた気絶した。

ティールはまたブランデーをとりにゆき、ベイリーは夫人の手首をこすった。彼女が意識をとりもどすと、ティールは用心深く窓のところへ行って、日除けをちょっぴり上げた。そして両膝に力を入れ、窓外の光景に目を凝らした。それから、ベイリーを振り返って、

「こっちへ来て見てごらんよ、ホーマー。見覚えがあるかどうか」

「行っちゃだめよ、あなた！」

「大丈夫だよ、マチルダ、注意するから」ベイリーはティールのそばへ行って外を眺めた。

「見てごらん、あそこを。あれはクライスラー・ビルだ、間違いない。それに、あれはイースト・リヴァー、あそこはブルックリン」二人は途方もなく高いビルの、切り立った外壁をまっすぐ見おろした。千フィート余りかなたに、おもちゃのような、活気に満ちた町が広がっている。

「ぼくの理解しうる限りでは、われわれはエンパイア・ステート・ビルの側面を、そのテレビ塔よりちょっと高いところから見おろしているんだと思うね」

「こりゃ何だね？　蜃気楼かね？」

「そうじゃあるまい――あまりにも完全すぎる。ここでは空間が四次元的に畳まれていて、われわれはその向こう側を見ているんだと思うね」

「じゃ、本物を見ているんじゃないというのか？」

「いや、本物さ。この窓から外へ出たら、どういうことになるかわからんが、ぼくとして

は、ためしてみたくはないね。それにしても、なんてすばらしい眺めだろう！　まったく！　別の窓もためしてみよう」

かれらはいちだんと慎重に次の窓に近づいた。そうしたことは無駄ではなかった。そこからの眺めは、摩天楼の恐ろしい高みから見おろすよりも、いちだんと目くるめくような、理性をゆさぶるようなものだったからである。それは純然たる海の景色だった。広々とした海原と青い空――だが、空のあるべきところに海があり、両者の位置が逆になっていた。今度はいくぶん緊張しただけだったが、頭上にうねる波を見ていると、二人とも船酔いに似た感じに打ちひしがれそうになった。ベイリー夫人には見せまいと、かれらは急いでブラインドをおろした。

ティールは三番目の窓を見て、「あれも試してみようか、ホーマー」

「うむ――試さんことには、気がすまんだろうな。まあ、無理せんようにやってくれ」ティールはブラインドを二、三インチ上げた。なにも見えない。もう少し上げてみた――依然としてなにも見えない。少しずつ上げていって、とうとうすっかり開けてしまった。目を凝らしたが――なにもない。

なにもない。まったくの無。無は何色をしているのだろう？　ばかな！　無はどんな形をしているのだろう？　形とは物の属性である。それには深さも形もなかった。暗さすらなかった。要するに無であった。

ベイリーは葉巻を嚙んでいた。「ティール、きみはこれをどう思う?」ティールの無頓着な態度が初めてゆらいだ。「わからんな、ホーマー、よくはわからん——だが、この窓はふさぐべきだと思うな」かれは一瞬、おろしたブラインドを見つめた。「たぶん、われわれは、空間のないところを見ていたんだろう。四次元の角の向こうを見ていたんだ。だから、なにもなかったんだ」かれは目をこすった。「ああ、頭が痛くなった」

四番目の窓に取り組む前に、かれらはしばらく待った。それは未開封の手紙に似て、中身は凶報ではないかもしれない。疑いには希望の余地がある。ついに、宙ぶらりんの状態に耐えきれなくなって、ベイリーは妻の抗議を振り切って、みずからブラインドの紐をひっぱった。

それほどひどい眺めではなかった。ある風景が正常な形で広がっていた。書斎がまるで一階の高さにあるような感じ。だが、まったくなじみのない風景だった。暑い暑い太陽がレモン色の空から照りつけている。平らな地面は、焼きつくされて白茶けた不毛の大地。生命を維持することができないように見えた。生物といえば、節だらけのねじくれた腕を空にむかってのばしている、いじけた異様な灌木があるだけだった。これら不恰好な植物の梢には、針のような葉が少しずつかたまって生えている。

「なんてこった」と、ベイリーがつぶやいた。「どこだろう、ここは?」

ティールは首を横に振った。その目には当惑したような色がうかんでいる。「こりゃ参った」

「地球上じゃないみたいだ。別の惑星みたいだな――ことによると、火星かもしれん」

「ぼくにはわからんがね。ひょっとすると、それどころじゃないかもしれんぞ、ホーマー。つまり、別の惑星だったら、まだましだということだ」

「なんだって？　じゃ、どうだというんだ？」

「われわれの宇宙とはまったく別物かもしれん。だいいち、あれはわれわれの太陽だかどうだか、わかったもんじゃない。あまりにも明るすぎる」

ベイリー夫人はおそるおそる二人のそばへ行き、異様な風景に目を凝らした。「ねえ、あなた」と、押し殺したような声で、「あの木、ぞっとするわ――あたし、こわいわ」

ベイリーは妻の手をなでてやった。

ティールは窓の掛け金をいじっている。

「何してるんだ？」と、ベイリーが問いただした。

「窓から首を出せたら、あたりを見まわせるし、もう少しわかるかもしれんと思ったのさ」

「ああ――いいとも」ベイリーは尻ごみした。「だけど、気をつけろよ」

「ああ」ティールは窓をちょっぴり開けて鼻をくんくんいわせた。「少なくとも、空気は大丈夫だ」そう言って、窓を大きく開けはなった。

だが、計画を実行する前に、かれの注意はそらされてしまった。船酔いの前兆のような不安な震動が、建物全体をしばらく揺るがしてから、やんだ。

「地震だ！」かれらは異口同音に言った。ベイリー夫人は夫の首にかじりついた。

ティールはごくりと唾をのんで落ち着きをとりもどし、

「大丈夫ですよ、奥さん。この家はまったく安全です。ゆうべ地震があったんですから、余震があるのは当然ですよ」そう言って、自信たっぷりの表情をうかべたとたん、第二の震動が起こった。今度のは決してなまぬるいものではなく、船酔いを起こしそうな本格的な横揺れだった。

カリフォルニアの住民は、生粋の土地っ子も、よそから移住してきた者も、根深い原始的な反射神経をもっている。地震に遭うと、耐えがたい閉所恐怖症にとりつかれて、やみくもに戸外へとびだしてしまうのだ！　模範的なボーイスカウト団員でも、老婆を押しのけて、反射神経のおもむくままに従うであろう。ティールとベイリーがベイリー夫人の上にとびおりたのは、記録の問題にすぎない。すなわち、彼女が真先に窓から飛び出したということにほかならない。この順序は騎士道精神のしからしむるところではない。彼女のほうが他の二人よりも飛び出しやすい位置にいたと考えなければならない。

かれらは気を静め、いくぶん落ち着きをとりもどすと、目から砂を払いのけた。まず最初に感じたのは、しっかりした砂漠の砂を踏みしめているのだという安堵だった。ややあってベイリーが、あることに気づくと、みんなはいっせいに立ちあがった。ベイリーは妻が口にしようとした言葉を抑えようとした。

「家はどこへ行ってしまったの？」

家は消え失せていた。跡形もなかった。かれらは荒涼たる平地のまんなかに立っていた。つまり、窓から見た風景のなかに。だが、痛めつけられてねじくれた木を除いては、頭上の黄色い空と発光体しか見えなかった。その焦熱と、ぎらぎらする光は、耐えがたいほどだった。

ベイリーはゆっくりとあたりを見まわしてから、建築家のほうを向いて、「どういうことなんだね、ティール」その声は不吉だった。

ティールは力なく肩をすくめて、「それがわかればいいんだが。地球上だということだけでも、はっきりすればいいんだが」

「とにかく、こんなところにつっ立ってはいられない。つっ立っていたら、死んでしまう。どっちの方向へ行く？」

「どっちでもいいだろう。太陽で方位を定めよう」

かれらはとぼとぼ歩きつづけた。どのくらい歩いたろうか、ベイリー夫人が休息したいは？」
と言いだした。かれらは足をとめた。ティールはベイリーに耳打ちした。「なにか考え
「いや……なにもない。おい、なにか聞こえるか？」
ティールは耳をすました。「うん——気のせいかもしれんが」
「自動車みたいな音だ。おい、自動車だぜ！」
百ヤードと行かないうちにハイウェイに出た。やってきたのは、古ぼけて息切れのした
ような小型トラックで、運転しているのは農場労働者風の男だった。三人が声をかけると、
男は車輪をきしませて車をとめた。「迷ってしまったんです。助けていただけません
か？」
「ああ、いいとも。お乗んなさい」
「この車、どこへ行くんですか？」
「ロサンゼルス」
「ロサンゼルスですって？　じゃ、ここはいったいどこなんです？」
「ジョシュア・ツリー国立公園のなかですよ」
帰りは、ナポレオンのモスクワ退却のように、意気銷沈していた。ベイリー夫妻は運転
手といっしょに前の席に坐り、ティールはトラックの荷台に揺られながら、頭を太陽から

守ろうとした。ベイリーは人のいい労働者を買収して、過剰空間住宅のほうへ回り道してもらうことにした。その家をもう一度見たかったからではなく、車をとってくるために。

ようやく例の角に来て車が曲がると、三人は出発した地点に戻った。だが、家はもうそこにはなかった。

一階の部屋すらなかった。跡形もなく消え失せていた。ベイリー夫妻は思わず興味をかきたてられて、ティールといっしょに敷地をついてまわった。

「こいつをどう説明するのかね、ティール？」と、ベイリーがたずねた。

「さっきの震動で、別の空間へ落っこってしまったにちがいない。敷地にしっかり固定しておくべきだった」

「そんなことじゃ、おっつかなかったろう」

「でも、がっかりすることはないと思うな。あの家には保険がかけてあるし、それに、われわれとしても、びっくりするほどいろんなことを学んだんだからね。可能性があるんだ、きみ、いろいろと可能性がね！　たった今、ぼくは家に対する革命的な一大アイデアを思いついたんだ——」

ティールはひょいと頭を下げて体をかわした。かれはつねに行動の人であった。

異色作家ロバート・A・ハインライン
Where did all you zombies come from?

SF評論家
高橋良平

祝、復刊!

このたび、「輪廻の蛇」原作の映画の公開に合わせ、長らく品切れだったハインライン作品集の一冊である本書が、新装版で甦ったわけで、いや、おめでたい。

その映画――おなじみのイーサン・ホーク、『スリーピング・ビューティー～禁断の悦び～』の注目株サラ・スヌーク、『オール・ユー・ニード・イズ・キル』のノア・テイラーらが主演する、二〇一四年のオーストラリア作品の題名、『プリデスティネーション』*Predestination* は、運命、宿命を意味し、辞書にあたれば、「この世に起こる一切は神により予定されている」とする神学上の予定説もさしており、原作の結構を十二分に汲みとっているばかりでなく、原作者ハインラインの中心テーマのひとつだった、運命にあらがう自由意思の問題にも言及していないで、絶妙のタイトルというほかない。

監督・脚本は、一九七六年ドイツ生まれ、オーストラリア育ちの一卵性双生児ピーター&マイケル・スピエリッグ。高校時代から短篇映画作りをはじめたインディーズのふたりらしく、製作も特殊視覚効果も受けもち、さらにピーターは音楽も担当している。

彼らの長篇映画デビュー作、超低予算のホラー・コメディという『アンデッド』（〇三年）は未見だが、二作目の『デイブレイカー』（〇九年）は、リチャード・マシスンの『アイ・アム・レジェンド』（尾之上浩司訳・ハヤカワ文庫NV）的な状況を借りたハイコンセプトの近未来吸血鬼映画で、イーサン・ホーク、ウィレム・デフォー、サム・ニールら、ハリウッド・スターが、オーストラリアのB級映画に出演したのも、脚本が秀逸だったからに他ならぬはず。結果、製作費二千万ドルのこの作品、ライオンズゲイト配給で、全世界で興収五千万ドルをあげる大成功をおさめたそうだ。

インディーズのフィルムメイカーが、エクスプロイテーションのホラー映画で監督デビューを果たすのは従来からの世界的な傾向にしても、二作目からしてスピエリッグ兄弟は、創意と工夫、新人らしからぬ熟達した映像スタイルを凝らし、なにより脚本はふたりがジャンルに通暁・知悉していることを明示している。ならばこその「輪廻の蛇」の映画化で、セリフをそのまま使用するなど、これほど原作に忠実にタイムパラドックス・ストーリーを展開しつつ、さらにプロットをもうひとつ加えてひねる離れ業には、もう脱帽！

だから、原作を読んでいて筋立てを知っていても映画に驚きを感じるだろうし、まして、映画を観て頭がこんがらがった未読の方は、本書に飛びついたに違いない。そして、タイムパラドックスの醍醐味、ひいてはSFの魅力にとり憑かれたら、しめたもの……。

ここで、参考のために、これまでのハインラインと映画の関係に触れておこう。

第二次世界大戦をはさんで、五年の空白ののちに執筆を再開したハインラインは、子どもだましの荒唐無稽な低俗小説と見なされていたSFが、原爆後の時代風潮にあおられてブームとなるなか、一九四七年、その面目を一新する啓発的な偉業に着手する。

そのひとつは、「地球の緑の丘」をはじめとする〈未来史〉シリーズ（矢野徹訳『デリラと宇宙野郎たち』『地球の緑の丘』『動乱2100』ハヤカワ文庫SF）に属する短篇を一流週刊誌の〈サタデイ・イヴニング・ポスト〉に次々と発表し、SFのステイタスをあげたこと。ふたつめは、一流出版社のスクリブナーズから『宇宙船ガリレオ号』（山田順子訳・創元SF文庫）を刊行し、児童書に良質な〝ジュヴナイルSF〟というジャンルを開拓したこと。以降、同社から新作を毎年送りだし、青少年にSFの魅力を浸透させることになる。そして三つめが、より広く大衆にSFを普及させるための本格的なSF映画作りであった。それは『来るべき世界』（三六年）のH・G・ウエルズ以来、久々のSF作家が関わるSF映画となる。

『宇宙船ガリレオ号』を下敷きに、ハインラインがリップ・ヴァン・ロンケルと書きあげ

た脚本 *Destination Moon* が、ジョージ・パルに拾われる。ご存じのように人形アニメ作家出身のパルは、『地球最後の日』（五一年）『宇宙戦争』（五三年）『宇宙征服』（五五年）『タイム・マシン』（五九年）などをものし、五〇年代のハリウッドSF映画をリードしたプロデューサーで、ハインラインがテクニカル・アドヴァイザーも兼ねたアーヴィング・ピシェル監督の『月世界征服』（五〇年）は、その嚆矢であった。その舞台裏は、中村融編『地球の静止する日』（創元SF文庫）収録のハインラインが自ら綴った『月世界征服』撮影始末記」で知ることができるが、当時としては珍しくカラー作品のSF映画だったばかりでなく、チェスリイ・ボーンステルの天体画などを使い、リアリスティックに宇宙旅行を細部まで描いたことで、のちの『2001年宇宙の旅』（六八年）のごとく、観客を驚嘆させる画期的なSF映画となった。この成功を受け、ハインラインの『栄光のスペース・アカデミー』（矢野徹訳・ハヤカワ文庫SF）を原作にした子ども向けTV番組 Tom Corbett, Space Cadet が五〇年十月二日からスタートしており、先行の Captain Video and His Video Rangers や後続の Space Patrol とともに、TV黎明期に親しまれた。

ハインライン原案、製作のジャック・シーマンとの共同脚本、リチャード・タルマッジ監督の ***Project Moonbase***（五三年）は、TVシリーズとして企画された ***Ring Around the Moon*** のパイロット版を映画に格上げした六十三分の作品。一九七〇年、アメリカの月面基地建設に妨害工作が企てられる物語で、合衆国大統領が女性だったりのハインラインらしさはあるものの、番組がどのTV局にも売れなかったことからも出来ばえが知れよう。

　一九五八年のブルーノ・ヴェソタ監督の『脳を喰う怪物』*The Brain Eaters* は、『人形つかい』（福島正実訳・ハヤカワ文庫ＳＦ）が原作。同じくアメリカン・インターナショナル配給で同時公開されたバート・I・ゴードン原案・監督の *The Spider*（別題 *Earth vs the Spider*）とプロットのギミックが瓜ふたつだと騒がれたのはともかく、レナード・〝スポック〟・ニモイが宇宙人役で登場していることでＳＦファンには知られる。

　この『人形つかい』をディズニーが再映画化（といっても、前作を記憶しているのはマニアのみだろう）したのが、スチュアート・オルム監督の『ブレイン・スナッチャー　恐怖の洗脳生物』*The Puppet Masters*（九四年）で、デイヴィッド・S・ゴイヤーが参加している脚本も、ドナルド・サザーランド以下の出演者も、それなりに評価されているのに、演出が凡庸のため、日本でビデオ・リリースになったのも、むべなるかな。

　それにめげずに（?）ディズニーが再チャレンジしたのが、『宇宙の戦士』（矢野徹訳・ハヤカワ文庫ＳＦ）が原作の『スターシップ・トゥルーパーズ』（九七年）で、アメリカでは物議をかもしたポール・ヴァーホーヴェン監督のこの大作に贅言は無用だろう。

　さて、本書の底本になったのは、一九五九年にノーム・プレスから発行された *The Unpleasant Profession of Jonathan Hoag*（一九六一年に刊行されたピラミッド・ブックスのペイパーバック版では、*6 x H: Six Stories of Robert A. Heinlein* と改題）で、作品集としては七冊目で、〈未来史〉シリーズを除くものでは四冊目にあたる。

邦訳表題作「輪廻の蛇」が初紹介されたのは〈S－Fマガジン〉一九六〇年四月号、米〈F&SF〉誌の日本語版として出発した同誌の創刊第三号であった。本国版掲載が五九年三月号、長篇執筆タイプに切り替わったトップランナー作家のホットな最新短篇である。編集部F氏の解説には、〈ハインラインネスクという言葉があります。雄大で、しかもデテールの緻密な、いわばゴシック風のハインライン・スタイル宇宙小説、という意味で使うのですが、これとは別に、ハインラインの最も得意とする分野があります。パラドックスを、もののみごとに使いわけることです。彼は、すこぶる知的な、そして痛快きわまる論理的諧謔を、思う存分展開します。彼の論理についてゆこうと、懸命に読んでゆくうちに、ふと気がつくと、ハインライン先生、論理の彼岸ですましこんでいる、といった面白味は、彼ならでは味わえぬものかもしれません。（中略）彼が自分のSFを、誇らしげにspeculative fiction と呼んでいるのもうなずけます〉

本作のタイムパラドックスについては、作中一行目の〝ポップ酒場〟Pop's Place（ポップはパパと同じ）をはじめ、〝輪廻の蛇〟The Worm Ouroboros、ジューク・ボックスから流れる〝わたしは自分のおじいちゃん〟I'm My Own Granpaw! など、ヒントがちりばめられている。メビウスの輪のようなパラドックスにキンキーなセックスを扱い、『悪徳なんかこわくない』（矢野徹訳・ハヤカワ文庫ＳＦ）以降の作品に顕著となる作者のセクシャリティをしのばせているのがミソで、いまでも充分にショッキングな作品である。タイムパラドックスＳＦの極めつけの本作、伝説では作者が一日で書きあげたという……。

Ｈ・ブルース・フランクリンは、評伝 *Robert A. Heinlein: America as Science Fiction* (1980, Oxford University Press) のなかで、明示されている年号のうち、一九一七年はアメリカが第一次世界大戦に参戦した年、一九四五年九月二十日は第二次世界大戦で日本が無条件降伏して一カ月後（同月二日に、横浜沖の米戦艦ミズーリ号上で降伏文書が調印され、終戦となる）、別のタイムラインで第三次世界大戦が勃発した一九六三年（執筆時点では未来）を挙げ、同じ五九年の〈Ｆ＆ＳＦ〉十、十一月号に *Starship Soldier* のタイトルで雑誌版が分載され、スクリブナーズ社からはジュヴナイルＳＦとしての出版を拒否され、パトナム社から刊行された『宇宙の戦士』との関連を指摘している。ちなみに、この世界の六三年十一月には〝ケネディ大統領暗殺事件〟という悲劇が起きた。

原書の表題作であり、巻頭から本書の半分以上を占める「ジョナサン・ホーグ氏の不愉快な職業」の初出は、〈アンノウン・ワールド〉誌一九四二年十月号。ジョン・リヴァーサイド名義で発表された戦前最後の作品で、前述のように五年後にハインラインは「地球の緑の丘」で復活する。「かれら」もまた、その前身の〈アンノウン〉四一年四月号に掲載。エリック・フランク・ラッセルの人類家畜テーマの長篇『超生命ヴァイトン』（矢野徹訳・ハヤカワSFシリーズ）が創刊号を飾った〈アンノウン〉は一九三九年三月号でスタートし、四一年から隔月刊となり、その年の十月号から〈アンノウン・ワールド〉と誌名変更して、四三年四月号まで三十九冊つづいたこの雑誌は、ハードコアSFの牙城と目された〈アスタウンディング〉誌の編集長ジョン・W・キャンベルの手がけた姉妹誌で、〝アンノウン・タイプ・ファンタジイ〟と呼ばれるキャンベルの定めたSFの枠組みから離れた合理性をもつファンタジイ、いまでいえば〝サイエンス・ファンタジイ〟の雑誌だった。「ジョナサン・ホーグ氏～」も「かれら」も、人間存在（実存）の不確かさを扱った作品で、その意味、フィリップ・K・ディックの初期作品に通底し、〝ノワールの時代〟らしいニューロティックなサスペンスをかもしだしている。

「象を売る男」は、ドナルド・A・ウォルハイムが実質編集する〈サターン〉誌一九五七年十月号（第四号）に“The Elephant Circuit”のタイトルで掲載された。作者と同じく子を成さず、国中のカントリー・フェアを追いつづけた老人が、天国へとつづく果てしなき祝祭のなかで先立たれた妻に再会するファンタジイで、ややブラッドベリめいたところもあり、発表当時のアメリカの夢を、淡くノスタルジックにかきたてる。

「わが美しき町」は〈ウィアード・テイルズ〉一九四九年一月号に発表。〝生きている〟つむじ風キトンの助けを借りて、新聞記者が町の政治腐敗を正すキャンペーンをはる、戦後の世相を背景にしたファンタジイ。東大の客員教授時代に日本のSFファンとも親交のあったレオン・ストーヴァーは、学生向けテキスト的な評伝のなかで、ハインラインをマーク・トゥエインと比較しているように、トール・テイルのもつ諷刺の味わいがある。

最後の「歪んだ家」は、本書のなかで最も古く、〈アスタウンディング〉一九四一年二月号掲載。斬新な新築の〝過剰空間住宅〟が地震の影響でクラインの壺的な四次元空間住宅と化すユーモアSF。同題の先行訳に〈探偵倶楽部〉五六年四月号に掲載された村西義夫訳があるが、日本で広く読まれたのは、五九年八月に荒地出版社から出て評判になった、クリフトン・ファディマン編の数学SFアンソロジーの抄訳版『第四次元の小説』（はるかのちに小学館より復刊）の三浦朱門訳だろう。

ハインライン本人がファンタジイ集と呼んだ異色作づくめの本書に、共通するテーマを探れば、それは愛と孤独といえるかもしれない。それゆえ、『宇宙の戦士』以来喧伝されて固定化した右寄りのハインライン像は、本書によって修正されるに違いない。

二〇一五年一月　『ベスト・オブ・ハインライン』編纂を夢みて擱筆

おことわり

本書には、今日では差別表現として好ましくない用語が使用されています。

しかし作品が書かれた時代背景、著者が差別助長を意図していないことを考慮し、当時の表現のまま収録いたしました。その点をご理解いただけますよう、お願い申し上げます。（編集部）

本書は、一九八二年九月にハヤカワ文庫ＳＦから刊行された『ハインライン傑作集②　輪廻の蛇』の新装版です。

HM=Hayakawa Mystery
SF=Science Fiction
JA=Japanese Author
NV=Novel
NF=Nonfiction
FT=Fantasy

輪廻の蛇

〈SF1989〉

二〇一五年一月二十日　印刷
二〇一五年一月二十五日　発行
（定価はカバーに表示してあります）

著者　ロバート・A・ハインライン
訳者　矢野徹・他
発行者　早川浩
発行所　株式会社早川書房

郵便番号　一〇一 - 〇〇四六
東京都千代田区神田多町二ノ二
電話　〇三 - 三二五二 - 三一一一（大代表）
振替　〇〇一六〇 - 三 - 四七七九九
http://www.hayakawa-online.co.jp

乱丁・落丁本は小社制作部宛お送り下さい。
送料小社負担にてお取りかえいたします。

印刷・三松堂株式会社　製本・株式会社川島製本所
Printed and bound in Japan
ISBN978-4-15-011989-8 C0197

本書は活字が大きく読みやすい〈トールサイズ〉です。